Klaus Marhudt Badwater

D1922663

Klaus Marhudt

BADWATER

Vom Untergang eines Journalisten

Roman

IDEA

Die Deutsche Bibliothek – CIPEinheitsaufnahme
Marhudt, Klaus
Badwater
Klaus Marhudt – Palsweis, IDEA 2019

ISBN 978-3-88793-213-8

‚Badwater' ist ein ausgetrockneter See im US-amerikanischen Death Valley, wo im Sommer Temperaturen von mehr als 50 Grad im Schatten herrschen. Der Titel „Badwater" steht für einen unerträglichen Ort, den dieHauptfigur des Romans an der Elbe erlebt.

Coverfoto: Klaus Marhudt
Umschlaggestaltung: Mia Design, München
ISBN 978-3-88793-213-8
© 2019 IDEA Verlag GmbH, Palsweis
www.idea-verlag.de
Alle Rechte vorbehalten

I.

Die Arbeit des ›Witwenschüttlers‹ war Ivan zuwider. Kein Traumjob für Journalisten. Wer bei Angehörigen von Mordopfern klingeln musste, um Interviews zu bekommen, lag in der Beliebtheitsskala der Betroffenen nicht sehr weit oben. Diese Tätigkeit verlangte eine Aufdringlichkeit, die man als Privatperson niemals an den Tag legen würde.

Ivan arbeitete seit acht Jahren als Fernsehreporter in München, vorwiegend für kommerzielle Fernsehsender. Vor eineinhalb Jahren war er dann in diesem Boulevard-Magazin gelandet. Dessen Ziel war es, die spektakulärsten und emotionalsten Stories des Tages im Programm zu haben: tragische Unfälle, Prominentenskandale, Verbrechen. Dass das auf Dauer nichts für ihn ist, merkte Ivan schnell. Er tat sich schwer damit, Menschen in existentiellen Nöten so auf die Pelle zu rücken, dass sie emotionale Statements von sich gaben. Viel lieber waren ihm Promi-Geschichten, weil er den lästigen Reporter dann bei Medienprofis spielen konnte. Die hatten genug mentale Hornhaut, um penetrante Fragen auszuhalten. Klar, es gab auch angenehme Drehs in dieser Redaktion, etwa beim Bayerischen Filmpreis, mit illustren Persönlichkeiten, Gratis-Häppchen am Buffet, engem Kontakt zu Schauspielern. Aber leider konnte er nicht jede Woche zu einer Preisverleihung.

Seit einigen Wochen spielte Ivan mit dem Gedanken, die Redaktion wieder zu verlassen. Nicht erst, seit er mitbekommen hatte, dass sein Chef Brunner eine bizarre Liste führte. Er verteilte Punkte für Filmbeiträge mit Interviews von weinenden Personen. Je nach Stärke der Emotionen vergab er unterschiedlich viele Kreuze für die jeweiligen Aussagen. Drei war die beste Wertung, für Statements, in denen vor lauter Schluchzen kaum ein Wort verstanden werden konnte. Einen Punkt, wenn die befragten Personen nur den Tränen nahe waren.

Von dieser Liste hatte der Redaktionsleiter einem Mitarbeiter abends nach dem dritten Bier erzählt, unter dem Siegel der Verschwiegenheit. Der Kollege verbreitete es dann am nächsten Tag in der Redaktion – ebenfalls mit dem Hinweis, die Info vertraulich zu behandeln. »Der Chef sagt, es geht ihm nicht um eine zynische Auflistung«, erzählte der Reporter beim Mittagessen. »Er notiere sich nur, welche Themen die emotionalsten Filme liefern. Davon will er künftig noch stärker die Auswahl der Sendungsinhalte abhängig machen.« Die versammelten Journalisten sprachen von Geschmacklosigkeit. Nach Feierabend setzten sie sich zusammen, um eine Strategie für ein Gespräch beim Chef zu entwickeln. Sie diskutierten verschiedene Optionen für dieses Meeting bei Brunner, ohne sich auf eine Variante einigen zu können. Letztlich fand das Gespräch nie statt. Drei Wochen später sprach niemand mehr über Brunners Liste, obwohl es einigen peinlich war, dass sie das Verhalten des Vorgesetzten damit stillschweigend akzeptierten. Sie hatten einfach Angst, beim Redaktionsleiter in Ungnade zu fallen. Der Job war zwar nicht außergewöhnlich gut bezahlt, aber man konnte ganz ordentlich davon leben. Und gelegentlich hatte man abwechslungsreiche Drehorte. Das wollte kaum einer aufs Spiel setzen. Wer es versucht hatte, zog bisher immer den Kürzeren. Denn Brunner war gut vernetzt, hatte ein exzellentes Verhältnis zu den Geschäftsführern und vor allem zu vielen Promis der bayerischen Metropole. Dies verschaffte der Redaktion die eine oder andere Home-Story: die Schauspielerin und ihre Lieblingskatze, der Profi-Fußballer mit seiner neuen Freundin, der Politiker als Marathonläufer. In unserer Sendung muss es ›menscheln‹, hörten die Reporter ständig. Der Zuschauer sollte mitleiden, staunen oder zumindest über die porträtierten Personen lästern können. Natürlich waren auch Themen dabei, die Ivan nahegingen. Sensible Geschichten, in denen es um getötete oder sterbenskranke Kinder ging. Er wollte den Spagat zwischen gutem Journalismus und den fraglichen Methoden des Boulevards hinkriegen. Eine schwierige Aufgabe.

Ivan hatte seiner Freundin Anna schon öfter gesagt, dass er in dieser Redaktion nicht alt werde. Jetzt, 2010, war er Ende dreißig. In seinen kurzen schwarzen Haaren tauchten die ersten grauen auf. Er hatte sich gut gehalten. Schlank, ohne zu rauchen. Sympathisches Lächeln, warme dunkelbraune Augen. Eleganter, zielstrebiger Gang. »Nach ein paar Jahren bist du in diesem Job zum Arschloch degeneriert. Du freust dich über verzweifelte Protagonisten, über Scheidungen und Krankheiten. Pervers.«

Allerdings wollte er nicht kündigen, bevor er einen neuen Job hatte. So blieb es zunächst dabei, dass er von Events mit Prominenten, von Verkehrsunfällen oder überfallenen Banken berichten durfte. Die Stories mussten aufwühlen, verwirren, berühren, mussten amüsant oder dramatisch sein. Manchen Kollegen waren dafür alle Mittel recht. Notfalls verteilten sie Geld an Jugendliche, um die gewünschten Statements zu bekommen.

Im März 2010 entdeckte Ivan im Internet eine Stellenanzeige des *Hamburg Magazin*. »Für unsere tägliche Fernsehsendung suchen wir einen Journalisten mit mehrjähriger Erfahrung in der TV-Berichterstattung. Idealerweise haben Sie ein Fernsehvolontariat absolviert und schon als Chef vom Dienst (CvD) in einer Redaktion gearbeitet«. Ivan fand das Inserat spannend, obwohl er keine Erfahrung als CvD hatte. Zu dieser Tätigkeit gehörte, die Sendung zu planen und die Beiträge der Kollegen abzunehmen. Ivan traute sich diesen Job auf jeden Fall zu. Eigentlich wäre ihm fast jeder Redakteursposten recht, der ihn aus dem Münchener Boulevard-Sumpf ziehen konnte.

Die Hamburger Stelle klang nach Herausforderung. Als CvD musste er jüngeren Kollegen Tipps geben können, wie sie aus einer kleinen Zeitungsnachricht einen Film realisieren konnten.

Vor allem benötigte er ein Gespür für die wichtigen Themen, die er als CvD aus der Masse an Nachrichten herausfiltern musste.

Jede Redaktion hatte andere Kriterien, was wichtig ist. Das Boulevard-Magazin kümmerte sich um die emotionalen Themen; die Politiksendung ging gesellschaftlich bedeutenden Skandalen auf den Grund; ein Regionaljournal hatte von allem etwas: politisch Brisantes wie Korruption in der Stadtverwaltung; bunte Boulevard-Stücke; Ratgeber-Filme, die dem Zuschauer Tipps für das tägliche Leben lieferten, die ihm sagten, wie und wann er Obstbäume schneiden soll und was er bei Rückenproblemen tun kann.

Zur Vorbereitung auf seine Bewerbung schaute sich Ivan die Internetseite des *Hamburg Magazin* genau an. Die Themen der Sendungen machten ihm schnell klar, dass alles deutlich seriöser war als der Trash aus seiner jetzigen Münchener Redaktion. Zwei Tage später schickte er seine Bewerbung ab. Er konnte nicht einschätzen, ob seine Erfahrungen als Fernsehreporter ausreichten, um zu einem Gespräch eingeladen zu werden. Aber seine Not stimmte ihn optimistisch.

»Was ist, wenn du die Stelle bekommst? Ziehst du dann in den Norden und lässt mich hier sitzen?«, fragte ihn seine Freundin gereizt.

»Natürlich nicht. Aber wer weiß, wann das nächste Mal eine solche Chance kommt? Für dich gibt es in Hamburg bestimmt auch was Cooles.«

»Und was, wenn nicht? Wenn ich monatelang nichts finde. Trennen wir uns dann? Sieben Jahre Beziehung aufgeben?

»Nein!«

»Willst du auf Dauer eine Wochenend-Beziehung führen?«

»Das hat auch seinen Reiz, wenn man sich nicht jeden Tag sieht«, versuchte Ivan das Gespräch zu beruhigen.

»Welchen Reiz meinst du? Den Reiz, jedes Wochenende zwei Mal sechs Stunden im Zug zu hocken? Oder den Reiz, unter der Woche mit langen Telefonaten eine Beziehung zu retten?« Anna konnte richtig gallig werden, wenn sie das Gefühl hatte, dass ihre Interessen nicht berücksichtigt wurden.

»Wochenendbeziehung ist auch für mich keine Traum-Vorstellung, das weißt du«, konterte Ivan. »Aber meine Unzufriedenheit kann ja keine Dauerlösung sein. Und besonders glücklich bist du in deinem Job ja auch nicht.«

»Jetzt tu nicht so, als wär' ich der Grund, weshalb du was Neues suchst. *Du* willst weg, nicht ich. *Du* bewirbst dich in Hamburg, nicht ich. *Du* jammerst die ganze Zeit rum.«

»Ja, ist ja gut«, schwenkte Ivan ein. »Noch ist überhaupt nichts spruchreif. Vielleicht hab' ich eh keine Chance auf den Job.«

Er hatte keine Lust auf einen ausgedehnten Streit. Mit Anna spitzten sich Auseinandersetzungen manchmal schnell zu, bei zunehmender Lautstärke. Grundsätzlich liebte Ivan ihr Temperament, wenn es nicht gerade gegen ihn gerichtet war. Sie war ihm das erste Mal bei der Geburtstagsparty eines Freundes aufgefallen, als sie einen ganzen Tisch mit ihren Anekdoten bestens unterhalten hatte. Er verliebte sich sofort in ihr herzliches, lautes Lachen, in ihr fröhliches Gesicht, ihre Lebenslust. Ihr Mund, fast ein wenig zu groß, um klassisch schön zu sein, bezauberte ihn mit dieser vollen Unterlippe, von der er gleich ahnte, wie angenehm sie sich beim Küssen anfühlen würde. Ihre schulterlangen schwarzen Haare verstärkten die noble Blässe ihres Gesichts. Als sie aufstand, war er überrascht von ihrer Größe. Sie musste fast einsachtzig sein, nur wenig kleiner als er. Sie war schlank, aber nicht dürr. Ihr Gang strahlte eine unglaubliche Souveränität aus, ohne affektiert oder arrogant zu wirken. Ivan erkundigte sich beim Gastgeber nach dieser Frau. Zwei Wochen später ging er das erste Mal mit ihr aus. Vier Wochen später waren sie liiert.

Zehn Tage nach der Bewerbungsfrist erhielt er die Einladung zum Vorstellungsgespräch in Hamburg. Als er das Schreiben aus dem Briefkasten holte, bekam Anna nichts davon mit. Er wollte sie erst informieren, wenn sich eine gute Gelegenheit dafür ergab.

Wann das sein würde, war ihm noch nicht klar. Vielleicht in den nächsten Tagen, vielleicht später.

Das Vorstellungsgespräch war auf Mitte April terminiert. Ivan hatte drei Wochen Zeit, sich auf das Meeting mit der Hamburger Redaktion vorzubereiten. Er zeichnete Sendungen verschiedener TV-Magazine aus der ganzen Republik auf. Dann nahm er zwei Tage Urlaub, um das *Hamburg Magazin* und die anderen Aufzeichnungen akribisch unter die Lupe zu nehmen. Die Analyse der Programme erinnerte ihn an sein Studium, als sie Sendungen bis ins kleinste Detail sezierten. Er wollte Ideen für das Vorstellungsgespräch sammeln.

Als Anna am Abend seines ersten Analysetags nach Hause kam, war Ivan froh, kein Moderatoren-Deutsch mehr hören zu müssen. »Hast du Lust auf Spaghetti mit Pesto und Salat? Zum Nachtisch Apfelstrudel mit Vanillesoße«, fragte er seine Freundin. »Ja, klingt gut«, gab sie fröhlich zurück. Sie hatte einen entspannten Arbeitstag hinter sich. Das war zuletzt nicht selbstverständlich. Oft kam sie übel gelaunt nach Hause, wenn ihr Chef mal wieder ignoriert hatte, dass ein normaler Arbeitstag eher acht als zwölf Stunden dauert. Seit drei Jahren war sie Grafikerin in einer Werbeagentur, die das Klischee bestätigte, dass in dieser Branche ›Feierabend‹ ein sehr dehnbarer Begriff ist. Nicht selten war sie erst abends um zehn zu Hause, konnte gerade noch ein Glas Rotwein runterkippen, bevor sie todmüde ins Bett fiel. Die Arbeit gefiel ihr grundsätzlich gut, das Team war in Ordnung. Aber an diese ultralangen Schichten konnte sie sich überhaupt nicht gewöhnen.

Als Ivan den Apfelstrudel servierte, startete er das Thema ›Vorstellungsgespräch‹. »In zwei Wochen habe ich einen Termin in Hamburg.«

Sie sah ihn irritiert an. »Wann hast du die Einladung bekommen?«

»Letzte Woche schon. Ich wollte mir erst selbst klar werden, ob ich da wirklich hin will. Ich hatte heute ja frei und hab' den ganzen Tag TV-Magazine geglotzt.«

»Ist ja nett, dass ich über deine Aktivitäten informiert werde.« Anna war genervt wegen Ivans Heimlichtuerei. Sie hasste das und er wusste es. Aber er hatte tatsächlich ein paar Tage gebraucht, um sich sicher zu sein, dass er zum Vorstellungsgespräch gehen will.

»Das ist eine große Chance. Ich würd' mir ewig Vorwürfe machen, wenn ich es nicht probiere.«

»Und ich? Darf ich mir auch einen Ort für einen neuen Job aussuchen? San Francisco wäre cool. Natürlich nicht so cool wie Hamburg.«

»Hör auf mit deinem Sarkasmus. Das hilft uns nicht weiter«, wollte Ivan beschwichtigen.

»Ach. Und was hilft uns weiter? Deine Alleingänge, mit denen du mich vor vollendete Tatsachen stellst?«

»Lass mich die Redaktion dort mal anschauen. Komm doch mit und mach dir einen schönen Hamburg-Tag.«

Nachdem sich bei Anna der erste Ärger über die überraschende Neuigkeit gelegt hatte, unterhielten sie sich darüber, was er beim Vorstellungsgespräch an Ideen einbringen könnte. Ivan schätzte sie als kreative Gesprächspartnerin, die manchmal aus einer völlig anderen Perspektive argumentierte. Schon oft hatte er davon profitiert, dass sie so unterschiedlich waren und sich ideal ergänzten.

An den letzten Tagen vor dem Hamburg-Termin genoss er seinen Boulevard-Job. Das Gefühl, in wenigen Wochen vielleicht den ganzen Kram in die Ecke treten zu können, war sehr befreiend. Seine positive Stimmung fiel auch den Kollegen auf: »Was hast *du* denn heute Morgen eingeworfen. Das hätt ich auch gern«, scherzte Nina, seine Zimmerkollegin. Sie sah diesen Job ähnlich wie er, fand aber bisher auch nichts Neues, das einen Wechsel wert gewesen wäre.

Abends hatte Ivan einen Drehtermin. Modenschau in Schwabing, bei der einige Promis erwartet wurden. Die Redaktion interessierte sich vor allem dafür, was die Berühmtheiten der Stadt für einen Fummel tragen, wie tief die Dekolletés geschnitten sind und welche Frauen ein paar Pfunde zugelegt haben.

Bei den meisten Drehs war Ivan sein eigener Kameramann, als sogenannter Videojournalist. Mit einem solchen VJ, der selbst dreht, sparten die Redaktionen die Kosten für das Kamerateam ein. Etwa siebenhundert Euro kostete ein professionelles 2-Mann-Team, wobei die Preise von Stadt zu Stadt variierten. Berlin beispielsweise war dafür bekannt, dass sich die Kameraleute im hart umkämpften Markt gegenseitig mit Dumping-Preisen unterboten. In München lagen die Preise höher, weshalb Ivans Redaktionsleiter gern VJs einsetzte und nur in Notfällen ganze Teams buchte. Die Reporter drehten vor allem bei anspruchsvollen Interviews gern mit einem Kamerateam, um sich ganz auf das Gespräch konzentrieren zu können. Doch letztlich entschied der Chef, ob aus Kostengründen nicht doch die One-Man-Show VJ zum Einsatz kam.

Für den Modenschau-Termin an diesem Abend durfte Ivan ein Team mitnehmen. Der Beitrag sollte Hochglanz-Bilder vom Laufsteg und aus dem Club liefern. Visuelle Perlen für die Sendung. Ivan genoss die Zusammenarbeit mit Teams, weil er sich nicht um die Technik kümmern musste. Er teilte dem Kameramann mit, welche Bilder er benötigte – und konnte sich dann als Reporter ein wenig zurücknehmen. Das war Arbeitsteilung, wie Ivan sie sich vorstellte. An diesem Abend bei der Modenschau hielt er sich viel an der Bar auf, während der Kameramann Publikum und Models ins Visier nahm. Ivan war schon nach kurzer Zeit in einen Smalltalk mit der hübschen Barkeeperin verwickelt, von der er sich die alkoholischen Feinheiten der verschiedenen Cocktails erklären ließ. Zum Einstieg gönnte er sich einen harmlosen *Margarita.* Auf seiner to-do-Liste standen noch zwei, drei Interviews, die er einigermaßen nüchtern führen wollte. Die Redaktion hatte unter anderem ein Statement von Uwe Ochsenknecht bestellt, dessen Schauspieler-Söhne für den Laufsteg angekündigt waren. Jimi Blue und Wilson Gonzales – das klang exotisch genug, um für den Catwalk der bayerischen Metropole prädestiniert zu sein. Die Namen hätten genauso gut auf die Liste der offerierten Cocktails gepasst.

»Ich hätte gern einen Jimi Blue auf Eis, mit einem Schuss Wodka«, ging es Ivan durch den Kopf. »Und für meine Kollegen bitte einen Wilson Gonzalez, geschüttelt, nicht gerührt.«

Bei diesem Gedanken fiel ihm der Song »Shaken not stirred« der *Red Guitars* ein, den er seit Ewigkeiten nicht mehr gehört hatte, wie so viele alte Indie-Rock-Titel. Ein Oldie wie *Temple of Love* von den *Sisters of Mercy* hätte den Laden richtig in Schwung gebracht. Aber die Organisatoren der Modenschau setzten an diesem Abend auf massentaugliche Titel. *Madonna* machte den Anfang. Als das Saallicht ausging, betrat der Moderator im Spotlight die Laufsteg-Bühne. »Herzlich Willkommen zu unserem April-Event«.

Ivan wandte sich wieder der Bar zu und dachte über die Ochsenknecht-Cocktails nach. *Frozen Uwe* – ideal für schnelle Bestellungen. »Noch drei Uwe bitte«. Das würde man auch noch in der fortgeschrittenen Lall-Phase über die Lippen bringen.

Der Modenschau-Moderator war bei den letzten Worten seiner Einstiegsrede angekommen, wünschte den Anwesenden einen farbenprächtigen Abend. Kaum hatte er den Satz beendet, ging das Licht komplett aus und der Sound aus den Lautsprechern stimmte das Publikum auf das Motto der nächsten sechzig Minuten ein. *Let me entertain you* von Robbie Williams war der Tempomacher für die Girls und Boys auf dem Laufsteg. Die ersten Kreationen wurden präsentiert, vom überdimensionierten Cowboy-Hut bis hin zum sackartigen Leinenanzug, der an David Byrnes Klamotten im Film *Stop Making Sense* erinnerte. Es folgte eine Kollektion schrill-bunter Outfits, der passende Style für die beiden jungen Ochsenknechts: Jimi Blue im knallroten Anzug, die Hose endete knapp unterhalb der Knie; über den dunkelblauen Kniestrümpfen Stiefeletten im Rot des Anzugs. Sein Bruder Wilson Gonzales durfte sich mit einer anderen Farbe herumschlagen. Über dem hautengen grasgrünen T-Shirt trug er eine hellgrüne Weste mit großen schwarzen Knöpfen; knöchellange dunkelgrüne Hose, dazu schwarze Stiefel mit türkis-grünen Schnürsenkeln.

Die Jungschauspieler verschwanden hinter dem Bühnenvorhang. Ivan hätte am liebsten einen Uwe-Cocktail bestellt, um auszuloten, wie die Barkeeperin darauf reagierte. Stattdessen orderte er einen Whiskey-Cola. Das bisschen Alkohol konnte vor dem Interview nicht schaden.

»Habt ihr hier öfter solche Events«, setzte Ivan seinen Smalltalk mit der Barkeeperin fort.

»Nur einmal im Monat. Sonst sind wir ein klassischer Club. Hie und da legt ein bekannter DJ auf. Dann ist es richtig voll.«

»Und die Ochsenknechts? Sind die sonst auch hier?«

»Sehr selten. Und wenn, dann spät in der Nacht, wenn sie eine Tour durchs Münchener Nachtleben machen. Aber meistens nicht zusammen.«

»Aber sicherlich mit Groupies im Arm?«, fragte Ivan nach. Recherche für den Beitrag. Es konnte nicht schaden, ein paar zusätzliche Infos zu haben, die über das hinausgingen, was schon in den bunten Blättern der Republik abgedruckt war. Da er selten solche Termine hatte, war er in Sachen Promi-Tratsch nicht bestens informiert. Allmählich fand er Gefallen an der Idee, den Ochsenknechts ein paar persönliche Statements aus dem Leib zu kitzeln.

»Kommt schon mal vor, dass Frauen an den Promis dranhängen«, grinste die Cocktail-Expertin. Da sie Ivan zuvor zusammen mit dem Kamerateam gesehen hatte, hielt sie sich mit Details zurück. Sie wollte den Medien keine verfänglichen Infos über Clubbesucher liefern.

Ivan grinste zurück und drehte sich wieder in Richtung Catwalk. Er war froh, dass er das Interview mit der Designerin der Kollektionen schon eine Stunde vor Beginn der Veranstaltung aufgenommen hatte. Nach der Modenschau wäre es viel schwieriger gewesen, sie hinter den Kulissen aufzutreiben, im Trubel der After-Show-Euphorie. Die Modemacherin hatte ihm in die Kamera gesagt, dass die jungen Ochsenknechts wegen ihrer Natürlichkeit ausgewählt wurden, wegen ihrer bodenständig wirkenden Erscheinung. Und offensichtlich auch, weil sie keine Scheu vor schrillen Farben hatten.

Ivan entdeckte in der ersten Zuschauerreihe, direkt am Laufsteg, Ochsenknecht senior. Sobald dieser sich von seinem Sitzplatz wegbewegte, wollte Ivan ihn für ein Interview verhaften. Im Augenblick starrte der Schauspieler gebannt auf die Aktionen der Models. Laut Zeitplan müsste in zehn Minuten Schluss sein. Ivan positionierte sich zusammen mit dem Kamerateam in der Nähe des Seniors, damit dieser nicht entwischen konnte.

»Herr Ochsenknecht, wie hat Ihnen der Auftritt Ihrer Söhne gefallen?«

»Ich finde, das haben sie gut gemacht. Es gibt sicher grazilere Figuren, aber darum ging es ja wohl nicht.«

»Worum ging es denn Ihrer Meinung nach?«

»Die Designerin wollte bewusst Männer mit normaler Statur. Und natürlich wollte sie mit unserem Namen auf sich aufmerksam machen.«

»Wann sehen wir Sie auf dem Laufsteg?«

Uwe Ochsenknecht lachte bei dieser Frage laut auf: »Ich wäre eigentlich die Idealbesetzung für die weiten Übergrößen gewesen, die am Anfang gezeigt wurden. Da hätte sich mein Astralkörper schmiegsam anpassen können. In Kombination mit meiner Lockenpracht wäre das der Höhepunkt des Abends geworden.«

Ivan frohlockte innerlich. Dies war das Statement, das er brauchte. Er bedankte sich artig beim Schauspieler und gab seinem Team zu verstehen, dass es Zeit für den Feierabend-Drink sei.

»Was ist mit den jungen Ochsenknechts«, fragte der Kameramann an der Theke. »Wollten wir die nicht auch noch interviewen?«

»Eigentlich schon, aber ich hab' vorhin erfahren, dass jetzt backstage eine Party steigt, zu der die Medien nicht zugelassen sind. Das heißt, wir kommen nicht an sie ran. Und ich hab' keine Lust, ein paar Stunden zu warten, bis wir sie vor die Kamera kriegen. Wenn sie nicht vorher schon durch einen Seitenausgang verschwinden. Außerdem bin ich mit dem O-Ton vom alten Ochsen sehr zufrieden.«

»Der Spruch über seine Frisur war cool«, pflichtete ihm der Kameramann bei. »Für mich bitte einen Caipirinha«, sagte er in Richtung Bar.

»Hast du gute Bilder von den beiden Jungstars bekommen?«, fragte Ivan.

»Ja, ich denke schon. Sie sind am normalsten von allen gelaufen. Die anderen hatten so 'nen extremen Hüftschwung, dass sie fast auf die Schnauze gefallen wären.«

Sie diskutierten noch eine Weile über die jungen Ochsenknechts und über Modegeschmack. Über seinen Boulevard-Job lästerte Ivan an diesem Abend mal nicht. Er hatte einen angenehmen Dreh, immer einen Drink zur Hand und nette Gespräche. Keine schlechten Begleitumstände für einen Arbeitseinsatz, wie er fand.

II.

Drei Tage nach der Modenschau stand Ivan nachmittags am Münchener Hauptbahnhof und wartete auf den Zug nach Hamburg. Kurz nach zwei sollte der ICE abfahren, der ihn ohne Umsteigen in knapp sechs Stunden in die Hansestadt bringen würde. Am Abend wollte er mit seinem alten Studienfreund Paul, der seit langem in St. Pauli lebte, noch ein, zwei Bierchen trinken. Ivan konnte bei seinem Kumpel auf der Gästematratze schlafen.

Der Fernsehbeitrag über Familie Ochsenknecht war in der Redaktion mit Wohlwollen aufgenommen worden. Wie vermutet fanden alle das Statement des Seniors gut. Zusammen mit den bunten Laufsteg-Bildern war ein kurzweiliges dreiminütiges Filmchen über eine junge Designerin und ihre Promi-Models entstanden. Am Tag vor seiner Reise in den Norden hatte er sich frei genommen, um nochmals ein paar aktuelle Sendungen des *Hamburg Magazin* anzuschauen. Anna wünschte ihm bei der Verabschiedung viel Glück, auch wenn sie sich noch nicht richtig ausmalen wollte, was im Fall einer Zusage auf ihre Beziehung zukäme.

Der ICE startete pünktlich in München. Ivan fuhr selten mit dem Zug, aber wenn, dann blieb er meistens von Verspätungen verschont. Die ewigen Klagen aus seinem Bekanntenkreis über die Unpünktlichkeit der Bahn konnte er daher nicht verstehen. Wieso regten sich manche Leute über Verspätungen von wenigen Minuten derart auf, dass sie aufgebrachte Leserbriefe an Zeitungen schickten? Ivan war Autofahrer und daher Stau-Kummer gewöhnt. Wer regelmäßig mit dem eigenen Wagen durch Großstädte fuhr, wusste, dass er nie zur geplanten Zeit ankam. Autofahren war programmiertes Zuspätkommen und Adrenalinüberdosis. Wenn wieder mal ein Luxusschlitten die Verkehrsregelung ignorierte und rücksichtslos in die Kreuzung einfuhr, gab Ivan gern ein ›Fuck you‹ von sich. Noch mehr liebte er die peinlichen Drängler auf den Autobahnen, die notorischen Linksfahrer, mit Blinker im Dauereinsatz. Sie hatten entweder zu viel Formel 1 geschaut oder ließen auf der Überholspur ihren Frust darüber aus, dass sie zu Hause zum Rauchen immer auf den Balkon mussten.

Die sechsstündige Zugfahrt brachte Ivan endlich mal wieder dazu, einen Roman zu lesen. Viel zu selten nahm er sich die Zeit dafür. An normalen Wochenenden las er vor allem Zeitungen und im Internet. Als Journalist war er sieben Tage die Woche im Recherche-Modus. Jede gute Zeitungsstory konnte eine Geschichte für seinen Fernsehjob sein. Aus einer Kindesentführung im Ausland ließ sich eine Geschichte über die Sicherheit auf deutschen Schulwegen stricken; aus Gewerkschaft-Demos in Berlin konnte er einen Bericht über die Situation in Süddeutschland produzieren; und die Trennung eines Promi-Paars war ohnehin für jedes Boulevard-Magazin der Republik ein gefundenes Fressen.

Im Zug interessierte sich Ivan nicht für derlei Geschichten. Er wollte für einige Stunden aus diesem Hamsterrad aussteigen. In seiner Hand lag *World's End* von T.C. Boyle, kein neues Buch, aber eines, das er schon lange mal lesen wollte. Vor einem Jahr hatte er es zum Geburtstag bekommen, seither mehrfach aus dem Bücherregal gezogen, auf die Kommode im Esszimmer gelegt, um bald mit dem Lesen zu beginnen. Dort lag es dann tagelang, unbenutzt, bis Anna es wieder ins Regal zurückstellte. »Du kannst es ja morgen wieder rausnehmen, wenn du damit anfängst«, hatte sie lächelnd angemerkt, wohl wissend, dass es womöglich Monate dauern könnte, bis er sich zur Lektüre durchringt.

Kaum hatte er im ICE sein Buch aufgeschlagen, ging das Handy-Gebimmel los. »Hallo … ich sitz gerade im Zug … ich glaube, die Verbindung wird schlechter«, hörte er einen Mann aus der Reihe hinter sich. Der schwächer werdende Telefonempfang hielt den Herrn allerdings nicht davon ab, seinem Gesprächspartner Details vom gestrigen Abend akribisch mitzuteilen. »Sascha war ja zum ersten Mal mit seiner neuen Freundin bei uns. Sie hat kaum was gesagt, saß Händchen haltend neben ihm und lächelte die ganze Zeit doof in die Runde.« Er lästerte noch ein paar Minuten über die neue Partnerin des gemeinsamen Freundes, dann beendete er sein Telefonat unfreiwillig im Tunnel, wo die Verbindung endgültig abriss. Ivan startete den nächsten Versuch mit seinem Buch und tatsächlich war ihm über eine halbe Stunde ruhige Lektüre vergönnt. Bis zum Halt in Ulm, wo eine Frau mit drei kleinen Kindern einstieg. Ivan ahnte, dass er mit seinem Buch nicht allzu weit kommen würde, wenn diese Familie eine längere Strecke vor sich hatte. Er schaute auf den Reservierungshinweis oben am Gepäckfach und las ›Kassel‹. Na wunderbar, dachte er.

Die Frau saß mit ihren Kindern an einem 4er-Platz mit Tisch, eine Reihe schräg vor Ivan. Allein das Gepäckverstauen und Kinder-auf-die-Sitze-Verteilen dauerte eine gefühlte Stunde.

»Mama, ich will aber lieber neben dir sitzen.«

»Nein, da sitz ich.«

»Aber nachher darf ich«.

»Ich durfte schon beim letzten Mal nie neben Mama sitzen.«

Ivan konnte sich kaum etwas Schöneres vorstellen als eine Bahnfahrt mit unausgeschlafenen Kids. Kaum saßen alle, ging es mit der Proviantfrage weiter. »Mama, ich hab' Hunger. Kann ich Schokolade haben?«

»Nein, jetzt noch nicht. Wir haben doch gerade erst gegessen«, konterte die Mutter.

»Krieg ich einen Keks«, quengelte das älteste Kind.

Ivan regte sich nicht grundsätzlich über Kinder auf, hielt auch einiges an Lärm und Gekreische aus. Aber die ersten fünfzehn Minuten neben dieser jammernden Bande reichten, um seine entspannte Stimmung wegzublasen. Er dachte darüber nach, dass die Deutsche Bahn verpflichtende Grundregeln für Passagiere erstellen sollte. Der Lautstärkepegel dürfte übliches Gesprächsniveau nicht übersteigen – ausgenommen kurze Kommandobefehle an aufmüpfige Kinder oder renitente Fahrgäste; für Kleinkinder müssten die angesagtesten Multimedia-Geräte zur Verfügung stehen, um sie ruhigzustellen; längere Handy-Gespräche sollten nur auf dem Klo erlaubt sein. Wer sich nicht daran hält, kann vom Bahnpersonal für dreißig Minuten in das Störer-Abteil des jeweiligen Wagens gesteckt werden.

Nette Utopie, resümierte Ivan seine Tagträumerei. Schön wär's schon, wenn er hier eine klare Ansage machen könnte, um für Ruhe zu sorgen. Er beendete seine Beobachtungen der Kleinfamilie, schnappte sich optimistisch wieder sein Buch und lehnte sich zurück. Nach wenigen Minuten war er völlig in die Lektüre versunken, nahm die Störgeräusche nicht mehr wahr. Abgesehen von kleinen Unterbrechungen durch den Zugbegleiter hing Ivan über Stunden in seinem Buch fest. Erst kurz vor Kassel kam Bewegung in den Wagen, als die Familie sich für den Aufbruch rüstete. Zwei der drei Kinder hatten die meiste Zeit geschlafen und dabei eine Körperhaltung eingenommen, die schon beim Zuschauen Rücken- und Nackenschmerzen verursachte. Jetzt, nachdem ihre Mutter sie geweckt hatte, bekämpften sie ihren Halbschlaf, um ihre Arme in die Jacke zu bekommen. Die Mutter hielt sie mit strammen Ansagen einigermaßen wach: »Joel, zieh bitte deine Schuhe an … Wenn du die Augen aufmachst, geht es deutlich schneller … Finn, nicht wieder einschlafen. Setz die Mütze auf.« Als der Zug in den Bahnhof einfuhr und die Frau immer noch hektisch an ihrem Nachwuchs herumzupfte, entschloss sich Ivan, ihr zu helfen. »Darf ich Ihnen die Koffer herunter nehmen.« »Sehr gern, vielen Dank«, freute sich die Mutter. Sie stopfte die restlichen Klamotten und Spielsachen in eine Plastiktüte und schob dann die Kleinen vor sich her in Richtung Ausgang, nachdem sie Ivan noch einen dankenden Blick zugeworfen hatte.

Nach dieser Kofferaktion verstaute Ivan den Boyle-Roman in seiner Tasche, zog sein Smartphone aus der Innentasche seines

Mantels und startete den Musikplayer. Er schloss die Augen und dachte kurz an das bevorstehende Vorstellungsgespräch, verdrängte den Gedanken aber schnell wieder. Aus der Aktentasche, die unter seinem Sitz lag, holte er den aktuellen ›Stern‹ heraus. Die Zeitschrift war Pflichtlektüre in seiner Redaktion und gelegentlich las er sie auch in seiner Freizeit. Gute Fotos, manchmal spannende Reportagen, der passende Zeitvertreib nach fast vier Stunden Zugfahrt.

Um 20 Uhr fuhr der ICE pünktlich in den Hamburger Hauptbahnhof ein. Hier war offensichtlich immer noch Rushhour, auf den Bahnsteigen dichtes Gedränge aus ankommenden und wartenden Fahrgästen. Ivan schaute sich nach Paul um, den er seit einem Jahr nicht gesehen hatte.

»Hey, Alter, willkommen in der schönsten deutschen Stadt.«

»Kann nicht sein. Die schönste ist München«, konterte Ivan und umarmte seinen Kumpel. »Wie geht's?«

»Gut«, sagte Paul, »ich hatte heute frei. Das war auszuhalten. Hast du Hunger? Wir könnten zu einem Italiener bei mir um die Ecke.

»Klar, gern. Ich kann was vertragen.«

Sie gingen in Richtung S-Bahn und plauderten über Zugfahrten mit Kleinkindern, über telefonierende Plagegeister und T.C. Boyle. Nach drei Stationen stiegen sie an der Haltestellte Reeperbahn aus und gingen die Treppen zur Talstraße hoch. Da war er wieder, der Geruch, den er vor vielen Jahren schon so aufdringlich empfand wie keinen anderen in dieser Stadt: der Geruch nach Pisse. So penetrant, dass es ihn fast würgte. Dieser ganz spezielle Duft war für Ivan das Erkennungszeichen, dass er wieder in St. Pauli war. Am Ausgang der S-Bahn-Haltestelle standen einige Container für Altglas, die viele Passanten offensichtlich nicht nur als Abgabestelle von Leergut interpretierten. Hier hinterließen sie auch die Flüssigkeit, die ihr Körper aus den Flascheninhalten destilliert hatte. Mitten auf der sündigen Meile stank es so erbärmlich nach Urin, dass Ivan seinen Schritt forcierte, um seine Nase wieder frei zu kriegen. Paul hatte sich an diesen Duft längst gewöhnt, amüsierte sich über den Gast aus dem Süden.

»Tja, das habt ihr im rausgeputzten München nicht zu bieten.«

»Darauf können wir gern verzichten. Das kennen wir nur vom Bahnhofsklo. Ihr schafft das sogar im Freien. Respekt.«

»Dafür sind die Touristen verantwortlich. Die pissen uns die Reeperbahn voll. Wir sind unschuldig.«

»Ja, klar. Schuld sind die Bayern. Deswegen riecht die Pisse so nach Weißbier.«

»Du hast es erfasst«, lächelte Paul. Sie gingen weiter in Richtung Wohlwillstraße. Paul hatte hier immer noch seine Single-Wohnung aus den späten neunziger Jahren. Im Unterschied zu früher standen nicht nur billige Möbel und Flohmarktstücke herum, sondern auch ein Ledersofa für dreitausend Euro und ein großer Flachbild-Fernseher. Doch sein Zuhause sah immer noch nach Germanistikstudent im 14. Semester aus, da die Altbauwohnung wenig renoviert worden war. Vor allem die Küche konnte nicht verbergen, dass seit vielen Jahren kaum Geld investiert wurde. Das Überstreichen der dreckigen Wände half da nicht viel. Paul fühlte sich hier pudelwohl, ihm fiel die abgehalfterte Küche gar nicht mehr auf. Seit zwölf Jahren wohnte er hier und entsprechend niedrig war die Miete. Das wollte er auf keinen Fall für eine doppelt so teure Wohnung aufgeben, auch nicht für ein Ceranfeld oder neues Holzparkett. Er wohnte mitten in St. Pauli, hatte in unmittelbarer Nähe alle Geschäfte und Kneipen, die er für seinen täglichen Konsum benötigte. Lieber ging er abends öfter in Clubs, als mehr Geld in die Miete zu investieren. Zumal in seinem Domizil schön gealterte Dielen lagen, die es mit manch modernem Bodenbelag locker aufnehmen konnten. Sie legten Ivans Gepäck ab, gönnten sich einen kleinen Aperitif und machten sich dann zum Italiener auf.

Das *Rocco*, ein kleines, meist volles Restaurant, war typisch für den Kiez. Relativ junges Publikum zwischen zwanzig und vierzig, entspannte Clubmusik, hübsche Studentinnen als Bedienung. Ivan und Paul wärmten alte Geschichten von früher auf, tratschten über Freunde, die sie aus ihren gemeinsamen Münchener Zeiten kannten. Paul fand es gut, dass sein Kumpel in den Norden ziehen wollte.

»Was sagt Anna zu deinen Plänen?«

»Begeistert ist sie nicht. Falls ich den Job tatsächlich kriege, hab' ich wohl ein Problem.«

»Wenn sie erst mal in Hamburg ist, wird sie begeistert sein«, versuchte sein Freund ihn zu beruhigen. »Sie hat hier beruflich alle Möglichkeiten. Und zum Leben ist es eh perfekt.«

Paul erzählte von seinem Job in der Werbeagentur. Seit sechs Jahren kümmerte er sich um Slogans und Pointen. Dafür war seine journalistische Ausbildung eine gute Basis. Privat hatte er sein Leben mal wieder auf Single-Dasein eingestellt, nachdem eine zweijährige Beziehung kurz zuvor auseinander gegangen war. Er kam gut mit dem Alleinleben zurecht, genoss es, wieder mehr mit Kumpels auszugehen. Zudem musste er sich keine Sorgen machen, wieder eine neue Frau zu finden; für seine vierzig Jahre sah er relativ jung aus, war schlank, fast ein Meter neunzig groß und sehr smart. Seine dunkelblonden Haare kämmte er mit Gel nach hinten, sein Gesicht fast faltenlos. Die beiden alten Freunde hatten einen lustigen Abend, gingen schon um elf nach Hause, da Ivan beim Gespräch am nächsten Vormittag fit sein wollte.

Er konnte zunächst nicht einschlafen. Annas Zurückhaltung in Sachen Umzug beschäftigte ihn. Am nächsten Morgen stand er um halb sieben auf, duschte, blätterte in der *Zeit*, die auf dem Küchentisch lag. Um halb acht war auch Paul auf den Beinen und setzte Kaffee auf.

»Gut geschlafen?«, fragte er seinen Kumpel aus München.

»Geht so, war früh wach.«

»Siehst aber nicht unausgeschlafen aus. Hoffe, das tröstet dich.

»Das schicke Hemd macht dich eh fünf Jahre jünger.«

Für das Vorstellungsgespräch hatte Ivan sein dunkelblaues Nadelstreifen-Jackett mitgenommen. Auf Krawatte verzichtete er, weil er ungern eine trug und sie zudem für overdressed hielt. Journalisten waren eher für legeren Klamottenstil bekannt.

Um neun verließ er Pauls Wohnung. Laut Internet benötigte er mit U- und Regionalbahn eine gute halbe Stunde bis zum *Studio Hamburg*, war somit zeitig dran für das auf zehn terminierte Vorstellungsgespräch. Während der Fahrt wurde er ein wenig aufgeregt, spürte ein unpräzises Gefühl von Unwohlsein. Mit der aktuellen Ausgabe des *Hamburger Abendblatt* lenkte er sich ab, blätterte im Lokalteil, um die News aus der Stadt zu überfliegen. Einbruch in ein Juweliergeschäft, der Streit zweier Lokalpolitiker, ausufernde Kosten einer Schulrenovierung.

Viertel vor zehn betrat er das Gebäude in der Jenfelder Allee, in der die Redaktion des *Hamburg Magazin* untergebracht war. Am Empfang erfuhr er, dass er von Redaktionsleiter Huber im ersten Stock erwartet werde. Die Assistentin brachte ihn in den Konferenzraum, in dem das Gespräch stattfinden sollte. Noch war das Zimmer mit dem großen runden Tisch leer. Ivan ließ sich auf einem Stuhl am Fenster nieder, mit Blick zur Tür. Er wollte sofort mitkriegen, wenn jemand den Raum betrat – den Raum, in dem er eineinhalb Jahre später die Hauptfigur einer verhängnisvollen Inszenierung sein würde.

Inzwischen war es kurz vor zehn. Zwei Männer betraten den Raum und stellten sich als die Redakteure Hubert Meindl und Malte Wienhold vor. Ihr Chef, Armin Huber kam wenig später ins Zimmer und stolzierte zielstrebig auf Ivan zu. Der kleine Mann wollte mit einem Händedruck wie Schraubzwingen offensichtlich seine geringe Körpergröße kompensieren. Oder zumindest den Eindruck von Entschlossenheit auf den Besucher machen. Jedenfalls drückte er Ivans Hand so brachial, dass dieser fast aufschrie.

»Guten Tag, Herr Fischer. Es freut uns, dass Sie unserer Einladung gefolgt sind. Hatten Sie eine gute Anreise?«

Während des anschließenden Smalltalks kamen noch drei weitere Personen in den Raum: die etwa vierzig Jahre alte Beate Ullscheid, eine der drei Frauen in der Redaktion; Peter Nodrum, Mitte fünfzig, ein in sich ruhender Typ und Dienstältester des *Hamburg Magazin*; sowie Arno Krattenhals, der stellvertretende Chef, ein Zweimeter-Riese, der das perfekte Kontrastbild zum kleinen rundlichen Huber bildete. Nach der Begrüßungsrunde übernahm der Redaktionsleiter das Wort und fragte den Bewerber nach seiner jetzigen Tätigkeit in München. Ivan schilderte, dass er in unterschiedlichen Ressorts zum Einsatz komme, Sport, Kultur, Promi-Tratsch. Politikthemen kämen eher selten vor. Dennoch interessiere er sich sehr für die gesellschaftlich relevanten Entwicklungen, über die er sich in der *Süddeutschen* und anderen Tageszeitungen informiere.

»Sie haben angedeutet, dass Sie vor allem bunte Themen behandeln. Glauben Sie, dass Sie auch für die ›großen‹, brisanten Themen das nötige Handwerkszeug mitbringen.«

»Ja, selbstverständlich«, versuchte Ivan selbstbewusst zu antworten. »Ich habe in den letzten Jahren immer wieder schwierige Themen bearbeitet. Bei einem Boulevard-Magazin erfordern die Geschichten oft Fingerspitzengefühl und Einfühlungsvermögen. Eine gute Schule für viele andere Themen.«

»Ich meinte mehr die ›heißen Eisen‹, die man bei uns regelmäßig anpacken muss«, konkretisierte Huber seine vorangegangene Frage.

»Auch wenn ich derzeit im Boulevard arbeite, habe ich immer viel Wert auf gewissenhafte Recherche und seriöse Umsetzung gelegt. Das sehe ich als wichtige Voraussetzung für verantwortungsvollen Journalismus.« Diese Sätze formulierte Ivan sehr zügig. Für bestimmte Fragen hatte er sich die Antworten schon zurechtgelegt. Zudem waren dies Themen, die man im Kollegenkreis oder mit Freunden immer wieder diskutierte, weshalb sie sofort präsent waren.

Außer Huber hatte sich zunächst keiner der Hamburger Kollegen zu Wort gemeldet. Jetzt stieg auch der lange Krattenhals ein, wollte wissen, welche Voraussetzungen Ivan für den CvD-Job mitbringe. Allmählich kamen die lästigeren Fragen auf. Bisher konnte er noch journalistische Allgemeinplätze loswerden. Nun ging es darum, die eigenen Kenntnisse und Erfahrungen herauszustellen, um sich für die Stelle als Idealbesetzung zu präsentieren. Sie unterhielten sich über die Qualität von Fernsehbeiträgen, über gute Protagonisten und spannende Stories.

Ivan schaute sich in der Runde um, um in den Gesichtern die Wirkung seiner Antworten abzulesen. Er glaubte zwar, überzeugende Statements abgegeben zu haben, war sich aber nicht sicher, ob das alle Anwesenden ähnlich sahen. Nahmen sie ihm alles ab, was er erzählte? Hielten sie es für plausibel, dass er ein erfahrener Reporter ist? Kaum hatte er diese Gedanken im Kopf, kam schon die nächste Frage auf ihn zu. Dieses Mal von Malte Wienhold, einem etwas fülligen, etwa dreißig Jahre alten Redakteur mit langweiligem Gesicht. Er war Ivan bisher vor allem dadurch aufgefallen war, dass er ständig auf sein Smartphone gestarrt hatte. Ausgerechnet von ihm, dem scheinbar Unaufmerksamen, kam nun eine Frage, die vor allem durch den arroganten Tonfall Schärfe in das Gespräch brachte.

»Glauben Sie wirklich, dass Ihre Boulevard-Vergangenheit ausreicht, um unserem anspruchsvollen Job gerecht zu werden?«

Hoppla, dachte sich Ivan, was hat der denn für ein Problem? Er ließ sich aber nicht aus der Ruhe bringen. »Wenn ich davon nicht überzeugt wäre, säße ich nicht hier. Der Boulevard-Journalismus hat auch positive Seiten, weil man lernt, berührende Geschichten zu erzählen.«

»Diese Art von berührenden Geschichten kennen wir nur zu gut«, legte Wienhold nach. »Aufgesetzte Tränendrüsen-Stories, die an Peinlichkeit oft nicht zu überbieten sind. Haben Sie vor, diesen Stil hier einzubringen.«

Ivan fragte sich, ob sie diesen Wienhold als Provokateur eingesetzt hatten, um seine Belastbarkeit zu testen. Oder ob er einfach nur ein verzogener Rotzlöffel war, der seine Macht ausspielte, die darin bestand, bei diesem Vorstellungsgespräch auf der sicheren Seite zu sitzen.

»Mir ist bewusst, dass Boulevard-Journalismus für Ihre Redaktion nicht am wichtigsten ist,« antwortete Ivan ruhig, ohne sich von Wienhold provozieren zu lassen. »Viele Arbeitsprozesse lassen sich aber durchaus in andere Sendungen übertragen.«

Huber, dem der Auftritt seines Kollegen Wienhold offensichtlich unangenehm war, übernahm wieder das Wort, um das Gespräch zu versachlichen. Er wollte von Ivan erfahren, ob er sich auch mit den Inhalten des *Hamburg Magazin* auseinandergesetzt hatte, was ihm gefiel und was man verbessern könnte. Nun ging es ans Eingemachte. Einerseits musste Ivan diplomatisch bleiben und einzelne Sendungsinhalte loben, was ihm nicht schwerfiel, da er gute Elemente entdeckt hatte. Andererseits wollte er konstruktive Vorschläge für Weiterentwicklungen vorbringen. Dabei konnte er seine Kritik nicht zu hart formulieren, um die Gastgeber nicht vor den Kopf zu stoßen. Der schmale Grat eines Bewerbungsgesprächs.

»Mir ist positiv aufgefallen, dass die Sendung seriös und dennoch locker daher kommt. Die Moderatoren kommen souverän rüber, bei leichten wie bei investigativen Themen. Die Geschichten sind gut erzählt, die Protagonisten und ihre Konflikte meist klar heraus gearbeitet.«

Nach einer kurzen Pause sprach Ivan weiter: »Sie haben noch gefragt, wo ich Verbesserungspotential sehe: Ich finde feste Rubriken gut, die regelmäßig wiederkehren.«

»Was wäre der Vorteil solcher Rubriken?«, fragte Huber nach.

»Der Zuschauer wird stärker an die Sendung gebunden. Er wüsste zum Beispiel, dass er donnerstags immer die ›Niederlage der Woche‹ präsentiert bekommt. Dies könnte der Sturz eines Politikers oder ein Social Media-Shitstorm eines Unternehmens sein.«

Das Gespräch dauerte letztlich eine gute Stunde. Auch die anderen Redaktionsmitglieder hatten zwischendurch Fragen gestellt. Beate Ullscheid, die einzige Frau im Raum, entpuppte sich dabei als angenehme Zeitgenossin, die ihm den Eindruck vermittelte, durchaus willkommen zu sein. Dennoch war sich Ivan am Ende des Meetings nicht im Klaren, ob er die gesamte Hamburger Fraktion von sich überzeugen konnte. Zwei von ihnen, Wienhold und Krattenhals, verhielten sich nicht so, als wäre er ihr favorisierter Kandidat. Vor allem dieser Malte Wienhold präsentierte sich als dubiose Gestalt mit gewöhnungsbedürftigen Umgangsformen. Nachdem er Ivan seine pampigen Fragen gestellt hatte, kümmerte er sich wieder ausschließlich um sein Smartphone. Kurz vor Ende des Meetings verließ er kommentarlos den Raum. Huber verabschiedete Ivan mit dem Hinweis, dass er spätestens in einer Woche die Entscheidung der Redaktion mitgeteilt bekäme.

Beim Verlassen des Gebäudes überkam Ivan ein angenehmes Gefühl der Erleichterung. Die tagelange Anspannung hatte er im Konferenzraum zurück gelassen. Er war einfach nur froh, dass die Fragerei ein Ende hatte. Als er vor dem Redaktionsgebäude stand, die Augen schloss und sich die Frühlingssonne ins Gesicht scheinen ließ, fühlte sich Ivan so frei, wie schon lange nicht mehr. Einer jener Augenblicke, in denen alle Sorgen und Probleme wie gelöscht schienen. Er blieb stehen, um die Wärme der Sonnenstrahlen aufzusaugen.

»Auch im Norden haben wir gelegentlich regenfreie Tage«. Mit dieser Bemerkung wurde er aus seiner Tagträumerei geweckt. Hinter ihm stand Beate Ullscheid, die kurz nach ihm das Gebäude verlassen hatte. Sie hatte ein ansteckend strahlendes Lächeln. Schwach gezeichnete Lachfalten schmückten ihr hübsches Gesicht.

»Ja, das sind ja fast tropische Verhältnisse hier«, antwortete Ivan mit einem leichten Grinsen. »Das macht den Job ja noch interessanter.«

»Morgen und übermorgen kommen jeweils noch zwei Bewerber. Danach werden Sie informiert. Ich wünsche Ihnen eine gute

Heimreise«, sagte sie freundlich, als sie ihm die Hand zum Abschied reichte. Ivan stieg in den Bus Richtung Bahnhof und teilte Anna per Handy eine Kurzfassung des Meetings mit.

III.

Fünf Tage nach dem Vorstellungsgespräch zeigte sich Ivans Job von seiner wüsten Seite. Auf der A 8 Richtung Salzburg, fünf Kilometer südlich der Münchener Stadtgrenze, hatte sich ein verheerender Unfall ereignet. Im morgendlichen Nebel war es zu einer Massenkarambolage mit zwölf Fahrzeugen gekommen. Am schlimmsten hatte es den Kleinwagen einer jungen Frau erwischt, auf dem Rücksitz ihre drei Monate alte Tochter. Die Fünfundzwanzigjährige war auf dem Weg zu ihrer Mutter in Rosenheim, als sie in eine Wand aus dichtem Nebel raste. Ihr Schock über die plötzlich eintretende miserable Sicht schlug in Entsetzen um, als sie merkte, dass sie nur noch einige Meter von einem langsam fahrenden LKW entfernt war. Sie hatte keine Chance. Ihr Tempo war viel zu hoch, als dass die Vollbremsung noch ein glimpfliches Ende hätte herbeiführen können. Sie raste in das Heck des riesigen Lastwagens und drückte ihr Fahrzeug unter dessen Ladefläche. Die junge Mutter war sofort tot. Ihr Kind hätte diesen Crash vielleicht überlebt, wäre nicht von hinten gleich der nächste Wagen angerauscht gekommen. Ein Minivan mit vier Personen, der den Kleinwagen mit dem Baby noch weiter unter den LKW schob. Nicht nur das Baby, auch Fahrer und Beifahrer des Minivans überlebten diesen Zusammenprall nicht. Insgesamt starben an diesem Morgen sechs Menschen an der Unglücksstelle, neun wurden schwer verletzt.

Ivan hatte an diesem Tag aktuellen Reporterdienst. Als die Meldung vom Massen-Crash in der Redaktion eintraf, kam die übliche Hektik auf, wenn sofort ein Team organisiert werden musste. Die Kameraleute, die häufig für die Redaktion arbeiteten, waren alle schon für andere Sender zum Unfallort unterwegs. Daher musste

Ivan als VJ raus, allein, mit einem der kleinen Redaktions-Camcorder.

An der Unglücksstelle auf der gesperrten Autobahn herrschte ein solcher Medienauftrieb, dass Ivan zunächst kaum etwas vom Unfall sehen konnte. Vorbei an Journalisten und Rettern bahnte er sich den Weg bis zum Absperrband, das die Polizei großräumig um die verunglückten Fahrzeuge gezogen hatte. Er befand sich etwa fünfzig Meter von den Autos entfernt. Um sie herum überall Sanitäter und Ärzte. Mit wenigen Handgriffen stellte er sein Stativ auf, schraubte den Camcorder fest. Im Sucher seiner Kamera musste er feststellen, dass trotz Zoom außer den Helfern wenig zu sehen war. An einigen Stellen lagen offensichtlich Tote oder Verletzte auf dem Boden, die durch hoch gehaltene Tücher verdeckt wurden. Ivan nahm auf, was er auf diese Distanz drehen konnte. Die Bilder von Sanitätern und ineinander geschobenen PKW reichten aber nicht aus, um den Ansprüchen seiner Redaktion an solche Drehorte gerecht zu werden. Wenn er schon keine Unfallopfer drehen konnte, benötigte er wenigstens Statements von Personen, die am Crash beteiligt waren. Oder von Helfern. Mit diesem Wunsch war er nicht allein. Ganz München wollte Bilder von diesem Unglück. Die Journalisten warteten darauf, dass sich endlich jemand von der Unfallstelle in ihre Richtung bewegte. Ivan fragte einen Polizisten, ob er ihm Auskünfte zum Unfallhergang geben konnte. Aber er verwies auf den Pressesprecher der Polizei, der jeden Augenblick kommen müsste.

Eine Viertelstunde später bewegte sich einer der Helfer von der Unglücksstelle auf die Medienvertreter zu. Sofort richteten sich alle Kameras auf ihn und seinen schockierten Gesichtsausdruck. Als er näher kam, war nicht zu übersehen, dass das Entsetzen seine Mimik eingefroren hatte. Bleich und apathisch ging er an den Journalisten vorbei, auf eines der Rotkreuz-Fahrzeuge zu. Für ein Interview wäre er vermutlich nicht in der Lage gewesen. Dennoch sprachen ihn die Reporter von allen Seiten auf die Situation am Unfallort an. Er ignorierte sie völlig, senkte den Kopf noch tiefer und stieg in einen der Rettungswagen.

Weitere zehn Minuten später traf der Pressesprecher der Polizei ein, vertröstete die Journalistenmeute zunächst, um sich erst selbst ein Bild vom Ausmaß des Unglücks zu machen. Als er zurückkam, scharten sich etwa dreißig Medienleute um ihn, bombardierten ihn mit zig Fragen. Er teilte ihnen die wichtigsten Fakten zum Zustand der Verletzten sowie zur Anzahl der Toten mit. Details wollte er bei der Pressekonferenz nennen, die am frühen Nachmittag im Münchener Polizeipräsidium stattfinden sollte. Die meisten Reporter fuhren jetzt zurück in ihre Redaktionen. Ivan versorgte per Handy den CvD mit aktuellen Infos und schickte ihm zwei Fotos von der Unfallstelle. Mit diesen Bildern bereitete der Online-Kollege die Veröffentlichung der News auf der Website des Senders vor. Als Ivan eine halbe Stunde später in der Redaktion eintraf, sprach ihn der CvD auf die Geschichte der verstorbenen Mutter mit Baby an, von der er im Internet gelesen hatte. Diese Story wollte er in den Mittelpunkt des Fernsehbeitrags stellen.

»Ivan, krieg doch mal raus, wie die Mutter heißt und wo sie wohnt. Dann kannst du dort gleich vorbeifahren.«

»Die Polizei hat keine Namen rausgegeben«, antwortete ihm Ivan. »Wo soll ich denn die Adressen der Opfer her bekommen?« Er war froh, dass bisher keine Namen der Verunglückten bekannt waren. So musste er keine Angehörigen mit den Schreckensmeldungen konfrontieren.

»Um 14 Uhr ist ja die Pressekonferenz, da werden wir mehr erfahren und können dann reagieren«, versuchte Ivan den CvD zufrieden zu stellen. Am Schnittplatz sichtete er das gedrehte Material, das er später mit den Statements der Polizei kombinieren wollte.

Kurz vor zwei saß Ivan im Polizeipräsidium, zusammen mit rund fünfzig Journalisten und Kameraleuten. Alle wurden bisher spärlich mit Informationen zu den Opfern versorgt, wusste lediglich, wie viele Tote es gab und welches Alter sie hatten. Auch die anderen Redaktionen waren vor allem an der Mutter/Baby-Story interessiert. Als der Pressesprecher der Polizei den Raum betrat und Infos zum Unfallhergang lieferte, kam bald die erste Frage zu der verunglückten jungen Frau und ihrem Kind.

»Die verstorbene Fahrerin war 25, ihr Kind erst wenige Monate alt«, antwortete der Pressesprecher. »Mehr wollen wir zu den Personalien der Opfer aus Rücksicht auf die Angehörigen nicht sagen. Wir bitten Sie, dies zu respektieren und sich von den betroffenen Familien fernzuhalten.«

Ivan schien der Gang zu den Angehörigen erspart zu bleiben. Andere Journalisten hätten diesen Gang gern auf sich genommen. Denn Tote brachten Quote. Es gab genug Medienleute, die keinerlei Skrupel vor penetrantem Auftreten hatten. Ihre Redaktionen wollten spektakuläre Stories, ob in der Zeitung, im Fernsehen oder im Internet. Und vielen Journalisten waren dafür alle Mittel recht.

Als er um halb vier zurück in der Redaktion war, ging er sofort in den Schneideraum. Er übergab dem Cutter die Speicherkarte mit den Aufnahmen von der Pressekonferenz.

»Haben wir nur die paar Bilder vom Crash und die O-Töne von Pressesprecher und Polizeichef?«, fragte der Cutter.

»Ja, sorry. Wir müssen halt das Beste aus dem Material rausholen.«

»Das ist nicht gerade viel«, betonte der Cutter. »Die Bilder vom Unfall zeigen nur ein paar Blechberge. Da musst du wohl mit deinem Text ein wenig Drama rein bringen«, appellierte er an Ivan.

»Und du darfst dir schon mal Gedanken machen, mit welcher Musik du den Zuschauer beglücken willst«, gab Ivan einen Auftrag an den Cutter zurück.

Neunzig Minuten später war der Film geschnitten, der Text geschrieben und die passende Musik ausgewählt. Der CvD kam den Schneideraum, schaute sich den Beitrag an. sah er nicht aus, da er wusste, dass bei solchen mehr Informationen viel mehr herauszuholen … Nach der Sprachaufnahme seines Textes verabschiedete sich Ivan in den Feierabend.

Sein Beitrag war der Aufmacher der Sendung. Er schaute die Sendung zu Hause zusammen mit Anna an, die von dem Unfall bereits im Radio gehört hatte. Sie war in den letzten Jahren zu einer fachkundigen Fernsehkritikerin geworden, hatte sich oft mit Ivan über die Machart von Beiträgen unterhalten. Meist lieferte sie fundierte Kritik an seiner Arbeit. Jetzt sah sie ihn etwas ratlos an.

»Da war nicht viel Neues dabei«, sagte sie zu ihrem Freund.

»Sorry, mehr war nicht drin. Kein Zugang zum Unfallort, keine Infos über die Opfer, keine Angehörigen. Sag jetzt nicht, du wolltest den heulenden Mann der verstorbenen Frau sehen?«, fragte Ivan seine Freundin.

»Nein, das nicht. Aber ich wusste alles schon aus dem Radio.«

»Fernsehproduktion ist halt zeitraubend. Die Radioleute haben's einfacher: Text schreiben, O-Ton dazu und fertig ist das Werk.«

Ivan hatte keine Lust, sich für seinen Beitrag erklären zu müssen. Er wusste selbst, dass das kein Meisterwerk war. Aber es war nicht seine Schuld. Er spürte seinen Widerwillen gegen diese Art von Journalismus, obwohl er heute keine Angehörigen mit der Kamera belästigen musste. Annas Bemerkungen trugen nicht zur Verbesserung seiner Laune bei.

Der nächste Tag sollte positive Nachrichten bringen. Nachmittags erhielt er einen Anruf aus Hamburg. Redaktionsleiter Huber teilte ihm mit, dass er der Auserwählte sei. Ivan freute sich sehr, konnte sich nach dem Dreh vom Vortag kaum einen besseren Zeitpunkt für diese Nachricht vorstellen. Huber bestätigte ihm, dass er am 1. August anfangen könne. Jetzt, Mitte April, konnte er mit einer sofortigen Kündigung seines Jobs die Dreimonatsfrist einhalten und seinen Abschied aus München einleiten. Am späten Nachmittag machte er etwas früher als sonst Feierabend, gönnte sich im Stamm-Café ein Glas Champagner und überlegte, mit welcher Strategie er Anna die Neuigkeit mitteilen würde. Zwei Stunden später, nach dem gemeinsamen Abendessen, lenkte er das Gespräch auf das Job-Thema. Wie nicht anders zu erwarten war, stieß die Info über die Zusage aus Hamburg bei ihr nicht auf Begeisterung. Sie war sprachlos, starrte lange auf den Tisch, sagte nichts, rührte sich nicht. Wie gelähmt hing sie in ihrem Stuhl, schien ihre Gedanken ordnen zu müssen. Nach zwei Minuten, die sich für Ivan wie eine Ewigkeit anfühlten, schaute sie ihn eindringlich an und antwortete entschlossen.

»Gut, dann können wir diese Beziehung ja wohl beenden.«

»Wieso das denn?«, fragte Ivan erstaunt zurück. »Wir hatten doch darüber gesprochen, dass du später nachkommst.«

»*Du* warst derjenige, der darüber gesprochen hatte. *Du* hast das bestimmt. *Ich* bin bisher noch nicht wirklich gefragt worden«, konterte Anna aufgebracht.

»Willst du unsere Beziehung aufgeben, nur weil ich umziehe?«, fragte Ivan sichtlich irritiert.

»›Nur‹ ist gut. Du willst 800 km wegziehen und glaubst, dass alles beim Alten bleibt. Und wunderst dich noch, dass ich nicht hellauf begeistert bin.«

Der Streit zog sich einige Minuten hin, ohne dass Anna ihre Bedenken und Zweifel ausgeräumt sah. Sie fühlte sich übergangen, wie schon vor Wochen, als das Thema erstmals aufgekommen war. Über ihr Wohl und Glück wurde auf eine Art entschieden, die sie völlig unangemessen fand. Sie verstand zwar seinen Frust über den Job, wollte aber nicht kommentarlos akzeptieren, dass er sie einfach vor vollendete Tatsachen stellte und ihr indirekt mitteilte, dass sie gefälligst nachzukommen hatte. Darauf lief es letztlich hinaus, und das ärgerte sie maßlos. Am Ende des Gesprächs einigten sie sich darauf, dass er die Stelle antritt. Und falls sie ihm gefiele, würde sie auch nach Hamburg ziehen. Ivan nahm sie in den Arm, drückte sie fest an sich. »Ich liebe dich und will unsere Beziehung natürlich nicht aufs Spiel setzen. Aber ich muss den Job wenigstens ausprobieren. Und wenn es ein Flop ist, komm ich halt wieder zurück.« Anna war zwar nicht glücklich über seine Entscheidung, merkte aber, dass er nicht davon abzubringen war.

Vier Tage später schickte er den unterschriebenen Arbeitsvertrag nach Hamburg. Die neue Stelle versprach nicht nur anspruchsvollere Themen, sondern lieferte auch ein sechshundert Euro höheres Monatsgehalt. Eine gute Grundlage, um sich auf dem Wohnungsmarkt umzusehen. Die Recherche im Internet machte schnell klar, dass nicht nur in München die Mietpreise horrend hoch waren. Zum Glück hatte er einen ordentlichen Lohn, sonst hätte er sich gar nicht erst auf die Suche nach einer akzeptablen Wohnung machen müssen. Drei Monate hatte er Zeit, eine neue Unterkunft aufzutreiben. Falls er nicht gleich etwas finden würde, könnte er einige Wochen bei Paul übernachten. Aber das wäre natürlich keine Dauerlösung. Zudem stellte sich die Frage, ob er nur für sich oder gleich eine Wohnung für zwei Personen suchen sollte. Ivan entschied sich für die kleine Variante, konzentrierte sich bei den Inseraten auf eine Zweizimmerwohnung, da nicht abzusehen war, wann Anna nachfolgen würde. Er bat Paul, sich in seinem Bekanntenkreis wegen einer Zweizimmerwohnung umzuhören. Über persönliche Kontakte an Angebote heranzukommen, war erfolgversprechender als sich auf Anzeigen zu bewerben. Im *Hamburger Abendblatt* gab Ivan ein Inserat auf, ohne bestimmte Bezirke wie St. Pauli, Altona oder Eimsbüttel anzugeben, in die er gern ziehen würde. Dadurch erhoffte er sich eine größere Zahl an Rückmeldungen. Mit der Formulierung »Fernsehjournalist sucht ruhige 2-Zi-Whg in den Hamburger Innenbezirken« wollte er seriöse Vermieter auf sich aufmerksam machen.

Ende April teilte Ivan seinem Münchener Chef die Hamburg-Pläne mit. Er legte die schriftliche Kündigung auf den Tisch und erzählte von seiner Unzufriedenheit der letzten Monate.

»Ich finde es schade, dass du uns verlassen willst«, antwortete der überraschte Redaktionsleiter. »Wir hätten ja darüber reden können, dass du bestimmte Themen ungern bearbeitest, und sicher eine Lösung gefunden.«

»Auf Dauer wäre das nicht gut gegangen, wenn ich Sonderrechte bekommen hätte und die anderen die Drecksarbeit machen müssten.«

»Na, na, von Drecksarbeit kann wohl nicht die Rede sein.«

»Du weißt, wie ich das meine. Mir war seit längerem klar, dass der Job hier keine langfristige Lösung ist.«

Der Chef betonte nochmals sein Bedauern über Ivans Weggang, weil er ihn als zuverlässigen und routinierten Mitarbeiter erlebt habe. Sie besprachen, in welchen Wochen er wegen seines Resturlaubs noch zur Verfügung stünde. In der Nachmittagskonferenz informierte Brunner alle Redaktionsmitglieder über Ivans Kündigung. Daraus entwickelte sich eine Diskussion über den Boulevard-Journalismus. Er war für viele kein Traumjob. Viele blieben nur, weil sie keine Alternative hatten. Der Kompromiss schluckt das Leben.

Eine Woche nachdem er sein Inserat aufgegeben hatte, waren drei Wohnungsangebote per mail bei ihm eingetroffen. Alle lagen preislich ziemlich nah an den siebenhundert Euro, die Ivan maximal ausgeben wollte. Viel Geld für eine kleine Zweizimmer-Wohnung mit rund sechzig Quadratmetern. Aber das musste investiert werden, wenn es eine erträgliche Unterkunft sein sollte. Er schaute sich die Exposés genau an und schickte sie dann an Paul weiter. Am Abend rief Ivan ihn an, um die Angebote zu besprechen.

»Die Wohnung in der Holstenstraße kannst du vergessen«, klärte Paul ihn auf. »Das ist eine laute, viel befahrene Straße. Nichts zum Wohnen. Nur zum Durchfahren geeignet. So gute

Ohrstöpsel gibt es gar nicht, dass du dort entspannt schlafen kannst. Dass die sich melden, wenn jemand nach einer ›ruhigen‹ Wohnung sucht, ist frech.«

»Okay, ist gestrichen. Wie sieht's mit den anderen beiden aus?«, fragte Ivan.

»Paul-Roosen-Straße ist gut, mitten in St. Pauli. Ob es dort ruhig ist, müsste man mal vor Ort erkunden. Dort hast du jedenfalls keinen Mangel an Kneipen«, meinte Paul. »Die dritte Wohnung liegt in der Wandsbeker Chaussee. Auch das eine große Straße; die Lage ist nicht berauschend. Ich würd' eher die Finger davon lassen. Auch die Fotos im Exposé sehen nicht überragend aus. Mein Vorschlag: Ich schau mir die Wohnung in der Paul-Roosen mal an. Ich leg mein bestes Hemd an, zieh meinen Seitenscheitel nach und schneid mir die Fingernägel. Dann kann nichts mehr schief gehen. Was hältst du davon?«

»Wär' super«, freute sich Ivan. »Vielen Dank schon mal. Die Telefonnummer steht im Exposé. Sag einen schönen Gruß von mir.«

In München stand zunächst noch der Alltag in der alten Redaktion an. In den verbleibenden Wochen durfte er sich mit dem Üblichen beschäftigen, Familiendramen, Mordfälle, Filmpremieren. Verkehrsunfälle, wie zuletzt auf der A 8, blieben ihm erspart, weil andere Kollegen ausrücken mussten.

Der Crash, bei dem die junge Mutter mit ihrem Baby ums Leben gekommen war, hatte am Tag nach dem Unglück für Ivan noch ein Nachspiel. Die Kollegen der Boulevardpresse hatten tatsächlich den Namen der Frau herausgefunden und deren Nachbarschaft abgeklappert. In der Münchener *Abendzeitung* tauchten Statements von Verwandten auf, die ihre Fassungslosigkeit zum Ausdruck brachten. Einige ›Witwenschüttler‹ hatten wieder mal ganze Arbeit geleistet.

Ivan wurde von seinem Redaktionsleiter mit dem Artikel in der *Abendzeitung* konfrontiert und gefragt, warum er den Namen der

Frau nicht hatte. Er redete sich damit raus, dass er unter extremem Zeitdruck stand, weil sein Beitrag früh fertig sein musste. Sein Chef schickte ihn zu den Nachbarn der verunglückten Frau, um O-Töne einzuholen. Als er mit dem Kamerateam im Stadtteil Sendling ankam, waren schon einige Medienleute vor Ort. Aber die Anwohner wollten nichts mehr sagen. Die *Abendzeitung*-Journalisten hatten die Leute so penetrant belästigt, dass sich viele nicht mehr aus dem Haus trauten. Passanten, die noch unterwegs waren, winkten sofort ab und erklärten, dass sie weder etwas sagen, noch gefilmt werden wollten. An diesem Tag war in Sendling nichts zu holen – nur noch verbrannte Erde. Der Kameramann drehte noch Bilder vom Haus, in dem die junge Mutter gelebt hatte, dann fuhren sie zurück in die Redaktion und machten dem CvD klar, dass das neue Material nicht für einen weiteren Beitrag ausreicht.

Mitte Mai reiste Ivan nach Hamburg, um sich einige Wohnungen anzuschauen. Er hatte Anna überreden können, mit ihm in den Norden zu fahren. Da er im Internet noch einige interessante Inserate entdeckt hatte, standen für Samstag und Sonntag jeweils vier Besichtigungen auf dem Programm. Eine nach der anderen, im Abstand von zwei Stunden, in verschiedenen Bezirken. So würden sie an beiden Tagen viel unterwegs sein und die Stadt kennenlernen. Sightseeing der speziellen Art.

Er war zwar auf Menschenmassen bei den Besichtigungen vorbereitet. Aber als sie morgens um zehn Uhr vor der ersten Wohnung in Altona ankamen, war er geschockt. Schon auf dem Bürgersteig standen etwa dreißig Leute in einer Schlange, die sich bis in den ersten Stock fortsetzte. Ivan schätzte die Zahl der Wartenden auf mehr als siebzig.

»Ist das normal hier bei der Wohnungssuche?«, fragte er einen Mann, der vor ihm stand.

»Das ist noch harmlos«, gab ihm dieser zu verstehen. »Ich hab'

Besichtigungen erlebt, da standen die Leute vom Erdgeschoss bis in den dritten Stock. Und dann entpuppte sich die Wohnung als herunter gekommene Bude, obwohl von gehobener Ausstattung die Rede war. Mit Badfliesen aus den Siebzigern, die an Hässlichkeit nicht zu überbieten waren.«

»Wie wählen die Vermieter aus?«, fragte Ivan nach.

»Gute Frage. Meistens muss man die Kontaktdaten aufschreiben. Wahrscheinlich empfiehlt es sich, einen Hunderter beizulegen, damit das abgegebene Formular überhaupt gelesen wird.«

»Oder Sie erzählen dem Vermieter, dass Sie handwerklich sehr begabt sind und die Wohnung auf eigene Kosten renovieren«, schob eine Frau hinterher, die neben Ivan stand und das Gespräch mitbekommen hatte.

Die Wartenden kreierten noch weitere Mieter-Dienstleistungen: den Hund Gassi führen, Auto waschen, persönlicher Chauffeur, Liebesdienste. Am Ende der Treppe diskutierten sie über das Verhältnis von Einkommen und Miete, über das Leben in einer angesagten Großstadt. Anna hielt sich aus dem Gespräch raus. Sie war ohnehin nur widerwillig mit nach Hamburg gekommen.

Nach vierzig Minuten standen sie endlich in der Wohnung. Eine Maklerin drückte ihnen ein Papier in die Hand und bat sie, es vollständig auszufüllen. Sie kündigte an, dass die Mietinteressenten im Lauf der kommenden Woche von ihr hören würden. Die Zweizimmerwohnung war zwar nicht gerade abschreckend, aber alles andere als überzeugend. Der Blick aus dem hinteren Zimmer fiel in einen kleinen Hinterhof, der mit Fahrrädern und Mülltonnen vollgestellt war. Keine zehn Meter vom Fenster entfernt, ragte die Rückseite der nächsten Häuserreihe bis in die fünfte Etage hoch und raubte der Wohnung das Tageslicht. Von der Sonne bekam man auf dem vier Quadratmeter kleinen Balkon nur am frühen Nachmittag etwas ab.

»Wenn hier ein kleiner Tisch mit Stuhl steht, kann nur eine Person auf den Balkon«, stellte Anna genervt fest.

»Dann frühstücken wir im Schichtdienst«, antwortete Paul. »Einer nach dem anderen, im 20-Minuten-Wechsel. So kommt man sich wenigstens nicht ins Gehege. Schont die Beziehung.«

»Sehr witzig«, meinte Anna.

Die Ausstattung von Bad und Küche war akzeptabel, laut Maklerin etwa zehn Jahre alt. Der Boden aus beigem Linoleum fiel in die Kategorie ›langweilig‹. Die doppelt verglasten Fenster schluckten den Großteil des Lärms, der sich von der viel befahrenen Max-Brauer-Allee an der Häuserfront nach oben brach. Insgesamt war Ivan die Wohnung zu dunkel und die Kaltmiete von sechshundertfünfzig Euro für diese charmelose Bude viel zu hoch. Er füllte das Formular trotzdem aus.

Der Besichtigungsmarathon setzte sich das ganze Wochenende fort. Nach der achten Wohnung waren Ivan und Anna genervt und erschöpft. Nur zwei Wohnungen, in Altona und St. Pauli, fanden sie gut. Aber auch da standen sie in Konkurrenz zu vielen weiteren Interessenten. Ivan hoffte, dass die Angabe seines Jobs überzeugend genug sein würde. Vermutlich hatten aber auch andere Wohnungssuchende vielversprechende Berufe und hohes Gehalt vorzuweisen. Ivan bekundete bei beiden Wohnungen sein Interesse sehr deutlich und wies darauf hin, dass er ab August etwas benötige.

Paul erhielt den Auftrag, den Wohnungsmarkt im Auge zu behalten. Mit ihm waren sie am Samstagabend nach der ersten Besichtigungsetappe essen gegangen. Zum Übernachten hatte Ivan ein Hotelzimmer an der Außenalster gebucht. Anna sollte von den Vorzügen der Stadt überzeugt werden. Und da konnte es nicht schaden, ein paar Postkartenansichten zu präsentieren. Zeit für Stadtbummel blieb ihnen zwar nicht, aber die Lebensqualität der Hansestadt konnte sie nicht übersehen. Zudem war das Wetter für Hamburger Verhältnisse sehr gut, weil trocken. Beim Abendessen schwärmte Paul vom kulturellen Angebot, von den Freizeitmöglichkeiten, vom großen Stadtpark, der oft zum

Grillpark wurde. Von den Strandbars an der Elbe und der vielfältigen Clubszene.

»Hat dich Ivan engagiert, um die Werbetrommel für Hamburg zu rühren? Du klingst wie der Tourismus-Chef der Hansestadt«, warf Anna ein.

»Ivan hat mir ein Jahr lang Freibier beim Sportschau-Gucken versprochen. Im Ernst: Man kann hier sehr gut leben, auch wenn nicht immer die Sonne scheint.«

Auf der Rückreise im überfüllten Sonntagabend-Zug diskutierten Ivan und Anna nochmals über den Umzug. Sie wollte zwar nicht schon wieder die Auswirkungen auf ihre Beziehung thematisieren, aber auch nicht komplett unter den Teppich kehren, dass die große Distanz schwierig werden würde. Zu einem richtigen Gespräch darüber kam es allerdings nicht. Denn Ivan hatte keine Lust, ein solches Thema in Gegenwart von unzähligen Reisenden zu besprechen. Sie vertagten es auf die kommende Woche. Als sie sich am Mittwoch zusammensetzten, war schon die Rückmeldung des ersten Maklers eingetroffen. Er bot Ivan die Zweizimmerwohnung in St. Pauli an, in der Hein-Hoyer-Straße. Sie war gut gelegen, zentral und dennoch relativ ruhig, da die Fenster von Wohn- und Schlafzimmer Richtung Hinterhof gingen. Ivan sagte dem Makler sofort zu. Nun wurde es ernst mit dem Umzug und Anna ziemlich schweigsam an diesem Abend. Wenn sie etwas sagte, klang sie sehr nachdenklich.

»Dir ist schon klar, dass das auch finanziell ein Wagnis ist«, warf sie in die Diskussion ein. »Wir haben jetzt eine Wohnung zusätzlich zu finanzieren. Ich werde in unserer Wohnung bleiben. Wer weiß, wie lange du in Hamburg bist.«

»Ich verdiene ja auch ein paar hundert Euro mehr. Das gleicht sich aus. Das Leben ist ähnlich teuer, daher verändert sich nicht viel«, versuchte Ivan zu beruhigen.

Anna sagte nichts, blieb lange still. Alle Argumente pro und contra hatten sie in den letzten Wochen mehrmals gegeneinander vorgebracht. Die Diskussionen drehten sich im Kreis. Sie wollte nur noch die wichtigsten Veränderungen besprechen – sachlich und ernst.

»Was machst du, wenn es schief läuft in der neuen Redaktion«, fragte sie.

»Was meinst du mit ›schief läuft‹«?

»Na, da gibt's ja viele Möglichkeiten. Die Probezeit wird nicht verlängert. Oder die Kollegen stressen dich so, dass du schnell wieder weg willst. Oder die Redaktion muss sparen, und du als Neuer musst zuerst dran glauben. So was passiert ja bekanntlich immer wieder nach Jobwechsel.«

»Mal doch nicht immer so schwarz«, reagierte Ivan genervt. »Wenn ich mit einer solchen Einstellung ran gehe, brauche ich überhaupt nichts Neues anzupacken. Dann kann ich bleiben und in den nächsten Jahren die Tage bis zur Rente runterzählen. Herrliche Aussichten.«

»Okay. Mach dein Hamburg-Ding. Ich bleibe auf jeden Fall hier. Vielleicht lernst du ja eine neue Frau kennen und bist froh, dass ich nicht jeden Abend zu Hause auf dich warte.«

»Ja, genau. Das ist der eigentliche Grund, warum ich umziehe: Ich will endlich meine Ruhe haben und ausgehen, wann und mit wem ich will«, antwortete Ivan sarkastisch, bevor er das Esszimmer verließ und sich im Wohnzimmer die Kopfhörer aufsetzte. Er zog eine CD von *Bad Religion* aus dem Regal, wollte sich den Kopf volldröhnen. Mit dem Sound der Punk-Opas lag man nie falsch, wenn der Schädel mit schneller, harter Musik durchgespült werden sollte. Genau das brauchte er jetzt. Die Haltung seiner Freundin nervte ihn. Keine Flexibilität, wenn es darum ging, in der Lebensplanung vom eingeschlagenen Weg abzurücken. Aber wenn er nichts unternehmen würde, säßen sie noch mit sechzig in der gleichen Wohnung und würden sich irgendwann fragen, ob sie nicht etwas verpasst hätten. Das wollte er auf jeden Fall vermeiden. Er wollte beim Rückblick auf sein Leben nicht den Chancen nachtrauern, die er aus Bequemlichkeit oder Feigheit nicht genutzt hatte. Lieber etwas wagen und auf die Schnauze fallen. Das Thema ›Umzug‹ diskutierten Ivan und Anna in den folgenden Wochen kaum, weil beide keine Lust mehr auf die endlosen Debatten hatten, die zu nichts führten, außer zu Streit.

Ivan saß in der Münchener Redaktion seine letzten Wochen ab. Sein Chef war nicht nur unglücklich darüber, dass einer der älteren Kollegen die Redaktion verließ. Neue Mitarbeiter waren meist sehr motiviert, akzeptieren klaglos Überstunden. Zudem war der Journalistennachwuchs günstiger. Brunner erwähnte, dass die junge Kollegin Nadja, die demnächst ihr zwölfmonatiges Praktikum beenden würde, eine ideale Nachfolgerin wäre. Sie habe sich als solide Journalistin gezeigt, schnell dazu gelernt und arbeite inzwischen sehr selbstständig. Ivan hörte sich die Worte des Redaktionsleiters an – und staunte. Er hatte die junge Frau, die direkt aus dem Romanistik-Studium zu ihnen gekommen war, als völlig unerfahren in journalistischen Fragen erlebt. Auffallend war vor allem ihre Naivität, wenn sie Themen und Personen einschätzen sollte. Aber Nadja war freundlich, lachte viel und sah zudem nicht schlecht aus. Überzeugende Argumente für eine Beförderung.

Ivans Chef sah seine Mitarbeiter als Visitenkarten seiner Redaktion. In der Münchener Promi-Szene kamen hübsche Journalistinnen besser an als alles hinterfragende, investigative Wadenbeißer. Wenn eine neue Praktikantin erstmals in der Schickeria gedreht hatte, dauerte es meist nicht lange, bis bei Brunner das Handy klingelte und ein Kommentar zur »neuen Schnecke« abgelassen wurde. Der Redaktionsleiter genoss das. Offiziell argumentierte er, dass die Frauen nur wegen ihrer journalistischen Qualitäten bei ihm arbeiteten. In seinem Freundeskreis hörte sich das anders an. Dort prahlte er damit, die schönsten Journalistinnen Münchens zu beschäftigen.

Seinen Abschied in der Redaktion feierte Ivan schon Mitte Juli, da er wegen Urlaub in der zweiten Monatshälfte nicht mehr arbeiten musste. Für Freitagabend hatte er ein kleines Fässchen Weißbier, Wein und Prosecco eingekauft. Fast alle Kollegen waren beim Umtrunk auf der Dachterrasse versammelt. Der Redaktionsleiter genehmigte sich einige Worte zu Ivans Abschied, beschrieb ihn als zuverlässigen Kollegen, vielfältig einsetzbar. Brunner erzählte das, was man bei solchen Anlässen als Chef so erzählt, wenn man weder besonders loben noch tadeln wollte. Keine herausragende Würdigung, aber auch keine kritischen Töne. Brunner war schon beim zweiten Weißbier angelangt, genoss die Abendsonne und die zufriedenen Gesichter seiner Mitarbeiter. Nach der kurzen Rede rang sich auch Ivan zu einem knappen Statement durch. Er hatte keinen großen Rückblick geplant, wollte aber ein paar Gedanken loswerden.

»Ich hab' hier viel gelernt«, stellte Ivan heraus. »Vor allem über mich selbst. Ich hab' gemerkt, wo meine persönlichen Grenzen liegen. Das wird mir künftig sicher helfen. Da man oft unter Zeitdruck arbeiten muss, war der Job eine gute Schule. Euch allen eine gute Zeit.«

Die Kollegen applaudierten verhalten. Die meisten waren froh, dass der formelle Teil des Abends absolviert war und widmeten sich den Häppchen am Buffet. Um neun verabschiedeten sich die Ersten, diejenigen, die ein eher distanziertes Verhältnis zu Ivan hatten. Wobei nicht alle, die bis Mitternacht blieben, dies aus besonderer Freundschaft zu ihm taten. Der vorlaute Pascal nutzte die Gunst der angetrunkenen Stunde, um Nadja anzubaggern. Ivan fand ihn immer unangenehm, schleimig, ohne Ausstrahlung und Charakter. Der jungen Kollegin schien es ähnlich zu gehen. Die Umstehenden litten mit ihr, als sie dem torkelnden Pascal freundlich zu erkennen gab, dass er seine Finger von ihrer Hüfte nehmen sollte, was dieser allerdings ignorierte. Bis sie barsch seine Hand zurückschob und fluchtartig die Terrasse verließ. Der Zimmerkollege von Pascal riet ihm, nach Hause zu gehen, da er genug getrunken hätte. Pascal wies dies von sich, behauptete, er wäre fast noch nüchtern und entschied sich dafür, seinen wackeligen Körper in den nächsten Sessel zu werfen. Dort fielen ihm wenig später die Augen zu.

Ivan war lange ins Gespräch mit Ricarda verwickelt, mit der er sich immer gut verstanden hatte. Sie bedauerte, dass immer weniger seriöse Journalisten in der Redaktion übrig seien.

»Das wichtigste Einstellungskriterium für eine Frau ist bei uns ein Moderationsgesicht oder eine Model-Figur. Wenn es so weiter geht, bringen die Bewerberinnen bald Referenzen von Castingshows mit, bei denen sie sich bis in die Endausscheidung gelächelt haben.«

»Ist doch cool«, meinte Ivan, der inzwischen auch angetrunken war. »Statt Bewerbungsgesprächen präsentieren sich die Damen auf dem Laufsteg. Entscheidend sind Hüftschwung und Beinlänge.«

»Wer gleichzeitig gehen und sprechen kann, bekommt mindestens einen Zweijahresvertrag«, ergänzte Ricarda.

Nachts um eins war die Party vorbei. Ivan stürzte mit den drei übrig gebliebenen Kollegen noch in der *Ruby Bar* ab. Das Kapitel ›Boulevard‹ war für ihn damit beendet. Er hoffte, diese Art von Fernseharbeit mit diesem Besäufnis endgültig runtergespült zu haben. Sechzehn Monate später hätte er viel dafür gegeben, wenn der Ärger über den seichten Journalismus sein größtes Problem gewesen wäre. Stattdessen konfrontierte ihn Hamburg mit Schwierigkeiten, die deutlich existentieller waren.

IV.

Mit den Vormietern seiner neuen Hamburger Wohnung vereinbarte Ivan, dass er schon Ende Juli einziehen konnte. Am Umzugswochenende reiste er samstags mit einem Mietwagen aus München an, hatte nur die wichtigsten Utensilien eingepackt, die er für den Anfang in Hamburg benötigte: Klamotten, Schuhe, Laptop, Fernseher, Nachttischlampe, ein paar Kleinigkeiten fürs Bad. Den Rest wollte er in Hamburg besorgen. Nachmittags kam Paul in die Hein-Hoyer-Straße, um beim Ausräumen des Mietwagens zu helfen. Er brachte eine Matratze, einen kleinen Tisch und zwei Stühle mit.

Die leere Wohnung wirkte viel größer als bei der Besichtigung, als die gesamte Fläche mit Möbeln zugestellt war. Jetzt hatte Ivan den Eindruck, mit den sechzig Quadratmetern endlich ein Zuhause mit ausreichend Platz zu haben. Er empfand es als Luxus, dass nicht der Raum diktierte, wo Tische und Stühle zu stehen hatten.

Am frühen Abend gingen Ivan und Paul beim Portugiesen in der Clemens-Schultz-Straße essen. Das angesagte kleine Restaurant war brechend voll. Sie bekamen nur einen Tisch, weil ein junges Pärchen gerade aufstand, als sie eintraten. Im Lokal saßen viele Studenten und eingefleischte St. Pauli-Bewohner, die das lebendige Kiezviertel schätzten, die unzähligen Kneipen, die Clubs, die kleinen Galerien mit alternativer, günstiger Kunst.

Das Restaurant hatte eine gute Küche, war stilvoll eingerichtet, dezente Beleuchtung, entspannte Musik. Und sehr gut aussehende Bedienungen. In letzter Zeit hatten es die Besitzer allerdings mit den Sitzplätzen übertrieben, hatten Tische und Stühle so eng nebeneinander gestellt, dass kaum Platz zum Gehen war.

»Ganz schön geschäftstüchtig, die Portugiesen«, meinte Ivan, als er Paul darauf ansprach.

»Sobald hier ein Restaurant gut läuft, wird jeder Quadratzentimeter ausgenutzt«, antwortete Paul.

»Das ist in München nicht anders. Auf Dauer aber schädlich. Wenn man kaum mehr Platz zum Sitzen hat, geht man beim nächsten Mal woanders hin. Trotz attraktiver Bedienungen.«

»Die hast du hier überall. Kannst ja keine hässlichen Leute servieren lassen. Außer du machst gleich 'ne Freakshow draus.«

Ivan schaute sich im Lokal um und stellte fest, dass die Klientel sich nicht sehr von dem Münchener Publikum in vergleichbaren Kneipen unterschied. Vielleicht einen Tick schräger gekleidet als in der bayerischen Metropole. Und ein paar Dreadlock-Monster mehr als im Süden. Wann, wenn nicht mit Anfang zwanzig sollte man das ausleben. Ab Mitte dreißig wächst sich bei den meisten das Unkonventionelle ohnehin raus. Die ausgefallenen Frisuren und wilden Klamotten von früher wirken dann nur noch peinlich. Man mag sich kaum mehr vorstellen, dass man sich damit freiwillig auf die Straße getraut hatte. Paul und Ivan hatten diese Lebensphase längst erreicht, waren schon öfter entsetzt auf alte Fotos mit unsäglichen Haarschnitten gestoßen. Manche Frisur war mit nichts zu entschuldigen. Außer man konnte glaubhaft vorbringen, dass der Friseur im Drogenrausch gehandelt hatte.

Die beiden waren froh, in Hamburg überall mit Münchener Brauerei-Kunst versorgt zu werden. Fast in jeder Kneipe bekamen sie ihr geliebtes Weißbier. Auch an diesem warmen Juli-Abend wählten sie das bayerische Nationalgetränk als durstlöschenden Einstieg in den Abend. Zum Essen bestellten sie sich zusammen eine Flasche spanischen Rotwein.

»Wie läuft's denn eigentlich bei dir im Job?«, fragte Ivan seinen Kumpel.

»Kann nicht klagen, die Kollegen sind okay. Aber manchmal ist es mir fast zu langweilig. Bis zur Rente bleibe ich sicher nicht in diesem Laden.«

»Nach ein paar Jahren sind die Wenigsten so begeistert wie am Anfang«, beruhigte ihn Ivan.

»Ja, schon. Aber es sollte halt nicht richtig fad werden.«

»Und was machen die Frauen?«

»Im Augenblick nichts. Du kennst ja meine Haltung. Ich muss nicht ständig in einer Beziehung leben. Zwischendurch halte ich es ganz gut auch allein aus. Lieber eine Zeitlang solo, als unzufrieden zu zweit. Dann kann man sich wieder frisch verlieben, ist doch cool. Ich bin für lange Beziehungen einfach nicht geboren.«

»Wart ab. Wenn die entsprechende Frau auftaucht, sieht das schlagartig anders aus. Und wenn sie dann noch schwanger ist ...«

»Das fehlt noch, dass Eine die kriselnde Beziehung mit einem Kind retten will. Könnte sein, dass ich dann ganz schnell weg bin.«

Ivan schmunzelte über die strikte Haltung seines Freundes, der bisher als lonesome Cowboy ganz gut durchs Leben gekommen war. Paul hatte zwar gelegentlich eine unglückliche Frau zurück gelassen, die sich mehr aus der Partnerschaft mit ihm versprochen hatte. Aber er war jemand, der immer früh thematisierte, dass das Heiraten und Kinderkriegen nicht sein Lebensziel sei. Manche der Frauen hatten geglaubt, ihn in diesem Punkt ändern zu können. Bisher blieben alle erfolglos. Paul war mit seinem Lebenswandel sehr zufrieden. Auch wenn er mal einige Zeit allein war, bekam er keine Krise, sondern genoss es, regelmäßig auszugehen, mit Freunden und Freundinnen. Und nach ein paar Wochen oder Monaten fiel ihm wieder eine Neue in den Schoss.

»Ich will nicht ausschließen«, setzte Paul seinen letzten Gedanken fort, »dass ich mal in eine lange Beziehung hineinschlittern kann. Aber ich komm dann bestimmt auch wieder raus.«

»Sag ich ja: Wenn die Richtige kommt, hat der Paul plötzlich zwei Kinder und blüht als Vater auf. Dann kann ich froh sein, wenn du abends überhaupt noch unterwegs bist, weil du wegen der kurzen Nächte keine Lust mehr aufs Ausgehen hast. Ich seh' dich schon mit dem Babyfon in der Kneipe stehen. So wird das kommen, lieber Paul.«

»Spotte du nur«, erwiderte ihm sein Kumpel. »Das wirst du nicht erleben.«

Sie wechselten das Lokal, nahmen im *Sorgenbrecher* noch einen Absacker. Um Mitternacht wollte der Neu-Hamburger nach Hause. Er hatte einen anstrengenden Tag mit langer Autofahrt hinter sich, freute sich auf die Matratze auf dem Boden seiner neuen Wohnung.

Am nächsten Morgen wachte Ivan kurz vor zehn auf. Er hatte gut geschlafen, von draußen störte kein Lärm. Am Sonntagmorgen war es um diese Zeit in St. Pauli ziemlich ruhig. Einige Leute besorgten sich ihre Frühstücksbrötchen, andere waren auf dem Nachhauseweg, nach einer langen durchzechten Nacht. Ivan wollte sich einen ruhigen, entspannten Sonntag gönnen. Ohne Termine, ohne Gespräche, ohne sonstige Verpflichtungen. Anna hatte er am Samstag gleich nach seiner Ankunft angerufen. Sie bat ihn, sich am Montagabend nach dem ersten Arbeitstag wieder zu melden. Jetzt, an diesem Sonntag, dem ersten Tag in der neuen Heimat, war er froh, seine Ruhe zu haben. Durch das ständige Zusammenleben hatte er schon in München diejenigen Tage genossen, an denen er die Wohnung ganz für sich hatte. An denen er sich nicht arrangieren musste, sei es wegen des Fernsehprogramms, wegen Essenszeiten oder Kneipenbesuchen. Einfach rumhängen, sich faul vor die Glotze legen und den Abend anspruchslos an sich vorbeiziehen lassen. Die Vorstellung, solche Freiheiten in nächster Zeit regelmäßig genießen zu können, stimmte ihn zufrieden.

Zwei Bücher hatte sich Ivan für die erste Zeit in Hamburg eingepackt: Nick Hornbys *High Fidelity*, das er schon mal in den neunziger Jahren gelesen und neulich beim Aufräumen wieder gefunden hatte. Das zweite Buch war ganz aktuell, gerade erst im Sommer

2010 auf den Markt gekommen. Kein Roman, sondern die Autobiografie der jungen Patti Smith, die in *Just Kids* ihre Liebesbeziehung zum Fotografen Robert Mapplethorpe dokumentiert. Die Rezensionen, die er gelesen hatte, machten ihn neugierig auf die turbulente, drogenreiche Zeit der beiden Künstler im New York der späten sechziger und siebziger Jahre. Vor Jahren hatte er eine Fernsehdokumentation über den legendären Musikclub CBGB und die Frühphase des Punks gesehen. Iggy Pop, die Ramones und auch die junge Patti Smith traten dort in den siebziger Jahren auf. Ein beeindruckender Film über eine beeindruckende Zeit.

Ivan war nicht in der Stimmung für eine Künstlerbiografie, wollte sich lieber mit Hornbys Musik- und Frauenranglisten beschäftigen. Als er den Roman nach zwei Stunden aus der Hand legte, musste er feststellen, dass nicht jedes Buch bei der Zweitlektüre den überschwänglichen Erinnerungen standhalten konnte. Vielleicht lag es auch daran, dass ihm die Verfilmung nicht besonders gefallen hatte und er nun beim Lesen immer John Cusack vor seinem inneren Auge sah. Leichte Kost war der Roman aber allemal, weshalb er ihn in den nächsten Tagen zu Ende lesen wollte.

Nach der Hornby-Lektüre war ihm nach Kiez-Spaziergang zumute. Er schlenderte durch St. Pauli, ließ sich durch die Straßen und Gassen treiben, beobachtete die Leute auf den Plätzen vor den Cafés, inspizierte die Schaufenster der Galerien und Buchläden. Die Reeperbahn überquerte er schnurstracks in Richtung Hafen, um den Touristen der Sexmeile schnell aus dem Weg zu gehen. Oberhalb der Hafenstraße setzte er sich auf eine der Bänke, von denen sein Blick auf die Elbe fiel. Eine solche Aussicht hatte München natürlich nicht zu bieten. Der breite Strom und die riesigen Schiffe präsentierten eine Vorahnung von Meer. Jede Menge frische Brise blies ihm angenehm ins Gesicht. An den Landungsbrücken und auf dem Fischmarktgelände schoben sich Tausende Touristen über den Bürgersteig. Das sonnige Wetter hatte sie ans Wasser gelockt. Viele von ihnen bestiegen die

Schiffe, die hier zu Hafenrundfahrten ablegten. Das Menschengewusel am Ufer war charakteristisch für die Anziehungskraft der Hansestadt. Jedes Jahr kamen Millionen Touristen, für Tagesausflüge oder kurze Wochenendtrips. Auch als Wohnort lag die Hansestadt schon seit vielen Jahrzehnten weit vorne in der Rangliste der beliebtesten deutschen Städte. Und das, obwohl die Stadt wirklich nicht zu den Sonnenstuben der Republik zählte. Hier schien man Regen viel eher in Kauf zu nehmen als an anderen Orten. Die Einheimischen behaupteten zwar, das Gerede vom schlechten Wetter sei nur ein Vorurteil. Doch im Vergleich zu manchen süddeutschen Städten war es hier deutlich frischer und feuchter. Hamburg hatte es nie geschafft, das Thema ›Wetter‹ ironisch auszuschlachten, wie etwa Seattle. Diese Stadt galt in den USA als *Rain City*, obwohl die Niederschlagszahlen geringer waren als in anderen nordamerikanischen Regionen. Dennoch wurde in Seattle das Klischee der Regen-Stadt genutzt. Überall gab es T-Shirts mit Slogans zu kaufen, die das bescheidene Wetter thematisierten. »Seattle Rain Festival – vom 1. Januar bis 31. Dezember«. Ein solches Marketing fehlte dem verregneten Hamburg, dachte sich der Neuankömmling aus dem Süden.

Nach einer halben Stunde hatte Ivan genug gesehen vom Treiben an der Elbe. Am nahe gelegenen Hein-Köllisch-Platz bestellte er sich im *Café Geyer* einen Milchkaffee. Obwohl nur wenige Meter von den Landungsbrücken entfernt, war der Tourismus hier auf Normalformat gestutzt. Der große Platz war vor allem mit Leuten gefüllt, die in der Nähe wohnten und an diesem sonnigen Nachmittag das schöne Wetter genossen. Ein relaxter Ort inmitten des umtriebigen St. Pauli, das nicht nur am Wochenende keinen Feierabend kennt. Rund um die Uhr waren Kneipen, Bars und Clubs geöffnet.

Ivan war in diesem Augenblick froh, München den Rücken gekehrt zu haben. Die angenehme Atmosphäre in der Stadt mischte sich bei ihm mit einem Gefühl von Freiheit, da er mit der langen Autofahrt am Vortag auch den Beziehungsstress der letzten Monate hinter sich gelassen hatte. Er liebte seine Freundin, war dennoch glücklich, für einige Zeit allein leben zu können. Es erinnerte ihn an die Lebensphasen, in denen er Single war und nach einer neuen Frau Ausschau hielt. Alle Antennen auf Kontaktaufnahme gestellt, sich treiben lassen, mit wem und wo auch immer. Das könnte seine Fernbeziehung gefährden, wenn er zu weit ginge. Aber genau das verschaffte ihm eine lange nicht erlebte Leichtigkeit. An den neuen Job dachte er in diesem Augenblick nicht. Er wollte in Hamburg alles lockerer und unbeschwerter angehen lassen. Er drehte seinen Stuhl der Sonne zu, legte den Kopf in den Nacken, verharrte so einige Minuten, schwebte fast in einen meditationsähnlichen Zustand, der ihm alle Gedanken aus dem Kopf zog. Bis er plötzlich aus dieser Sonnen-Trance gerissen wurde.

»Darf ich Ihnen noch was bringen?«

Ivan löste sich nur langsam aus seinem Halbschlaf. »Eine kalte Weißwein-Schorle hätte ich gern«, antwortete er der hübschen, freundlich strahlenden jungen Frau. Er war ein wenig in Flirtlaune und startete einen Smalltalk, als sie wenig später das Getränk auf seinen Tisch stellte: »Wenn auf diesem Platz das Wetter immer so gut ist, sollte man wohl öfter hierher kommen.«

»Da würden Sie einiges in Hamburg verpassen. Sind Sie zu Besuch hier?«

»Nein, gestern aus München hergezogen. Fange am Montag einen neuen Job an. Daher kenn ich kaum was in der Stadt.«

»Das dauert auch ein paar Monate. Allein für St. Pauli werden Sie eine Weile brauchen«, lächelte sie Ivan an und ging zum nächsten Tisch, um weitere Bestellungen abzuliefern. Er lehnte sich in seinem Stuhl zurück und nahm wieder seine Sonnenanbeter-Position ein. Die schnell getrunkene Weißwein-Schorle auf nüchternen Magen ließ seine Mundwinkel noch weiter nach oben wachsen. Er genoss die Sonne, bis sie hinter den Häusern abtauchte. Mit einem Lächeln verabschiedete er sich von der Bedienung, vom *Café Geyer* und dem Hein-Köllisch-Platz. Er wollte bald mal wieder kommen.

In seiner neuen Wohnung breitete er die *Frankfurter Allgemeine Sonntagszeitung* auf seinem Boden aus. Seit einiger Zeit las er das Blatt mehr oder weniger regelmäßig. Es kam weniger konservativ daher als die staatstragende FAZ. In Hamburg würde er sich im Job viel mit regionalen Themen auseinandersetzen müssen. Die Zeitungen der Medienstadt und deren Webseiten lieferten viel Stoff für den kommenden Arbeitstag. An Themen für das *Hamburg Magazin* fehlte es in dieser Großstadt nie.

Da seine neue Redaktion keine Wochenend-Sendung produzierte, schaute er sich zur Einstimmung auf seinen ersten Arbeitstag abends das Regionalprogramm des NDR an. Es war mit vielen bunten Themen gefüllt, Familienfeste an der Binnenalster, Sportevents, Konzerte. Das übliche belanglose Programm an ereignisarmen Sonntagen. Ivan ließ die Schönwetterbilder an sich vorbeiziehen. Seine Urlaubstimmung vom Nachmittag war etwas verflogen, weil ihn die Sendung an seinen morgigen Arbeitsbeginn erinnerte. Er schaltete den Fernseher aus und schnappte sich nochmals den Hornby-Roman für zwei Stunden. Zur Talkshow nach dem *Tatort* warf er die Glotze nochmals an. Aber die Diskussion über die unsicheren Renten hielt er nur zwanzig Minuten aus.

Am nächsten Morgen klingelte um halb acht sein Wecker. Er wollte in Ruhe Zeitung lesen, bevor er zur Arbeit ging. Nach dem Duschen verließ er das Haus, um einen Bäcker in seiner Nachbarschaft anzusteuern. In der Filiale einer Großbäckerei kaufte er außer einem Weizenmischbrot auch ein Franzbrötchen, ein mit Zucker und Zimt gefülltes Plunderteigstückchen. Diese Hamburger Spezialität sorgte für klebrige Finger und gesüßte Zähne. Schon bei früheren Besuchen in der Hansestadt gehörte ein Franzbrötchen immer zum Programm. Im Tante-Emma-Laden neben der Bäckerei kaufte er sich noch Käse und Wurst für die Frühstücksbrote.

Die Tüte mit dem Franzbrötchen steckte er in seine Laptoptasche. Er ging zur U-Bahn-Haltestelle St. Pauli, stieg am Hauptbahnhof in die Regionalbahn um, fuhr bis nach Tonndorf, dann noch fünf Minuten zu Fuß. Insgesamt eine gute halbe Stunde von seiner Wohnung bis in die Jenfelder Allee. Ivans Redaktion saß in einem der Gebäude des *Studio Hamburg*, zu dem verschiedene Produktionsfirmen der Film- und Fernsehbranche gehörten. Eine dieser Tochterfirmen produzierte das *Hamburg Magazin*, das im Regionalfenster eines kommerziellen Senders ausgestrahlt wurde.

Viertel vor zehn stand Ivan an dem Platz vor dem Redaktionsgebäude, an dem er sich einige Wochen zuvor von Beate Ullscheid verabschiedet hatte. Vorfreude mischte sich mit einer leichten Nervosität. Malte Wienholds Verhalten beim Vorstellungsgespräch, seine unfreundliche Art, war für ihn ziemlich irritierend gewesen. Ivan hatte die Erinnerung an diese Szene mehr als einmal verdrängt und sich eingeredet, dass der Kollege wohl einen schlechten Tag erwischt hatte. Dennoch war ein komisches Gefühl hängen geblieben. Insgesamt aber überwog die Erleichterung, dass er endlich den Boulevard-Ballast aus München los war.

»Hallo, Herr Fischer, herzlich willkommen in Hamburg«, empfing ihn die Redaktionsassistentin, Silvia Hornig, die hinter der Empfangstheke saß.

»Danke«, antwortete Ivan, »ich freu' mich, hier zu sein. Herr Huber bat mich, um 10 Uhr zu ihm zu kommen.«

»Ja, ich weiß. Allerdings musste er kurzfristig weg und kommt erst am Nachmittag zurück. Ich werde Ihnen bis dahin die Räumlichkeiten und ihren Arbeitsplatz zeigen. Ich bin übrigens die Silvia. Wir duzen uns hier alle. Auch den Chef. Ich stell dir gleich noch die Kolleginnen und Kollegen vor, die im Augenblick da sind.«

Silvia Hornig ging mit Ivan den Flur der Redaktionsetage entlang und bog in die dritte Türe links ein. In einem etwa zwanzig Quadratmeter großen Raum standen sich vor dem Fenster zwei Tische gegenüber. Der rechte Tisch war, bis auf einen zugeklappten Laptop, komplett leer; am linken saß ein Mann, den Ivan schon kannte. Er war damals zusammen mit Wienhold zum Vorstellungsgespräch gekommen, hatte aber während des ganzen Meetings nichts mehr gesagt.

»Das ist Hubert Meindl. Mit ihm teilst du künftig das Zimmer. Da er gebürtiger Österreicher ist, dachten wir, dass das gut zu einem Bayern passt.«

»Die Hanseaten wissen halt nichts über das besondere Verhältnis der Österreicher speziell zu den Bayern«, schaltete sich Meindl ein. »Sonst hätten sie uns bestimmt nicht zusammen in einen Raum gesteckt«, schloss er seinen Gedanken mit einem leichten Grinsen ab. Sein Dialekt war eine Mischung aus norddeutschem und wienerischem Akzent.

Meindl kam auf ihn zu und gab ihm die Hand. »Ich bin der Hubert, freu mich auf die Zusammenarbeit.«

»Danke, gleichfalls.«

»Leg deine Tasche auf den Schreibtisch, dann zeig ich dir noch den Rest der Redaktion«, forderte Silvia ihn auf und setzte ihre Führung fort. Im Zimmer nebenan standen in ähnlicher Position zwei Tische nebeneinander. Beide waren mit Bergen von Kassetten, Zeitungen und Zeitschriften voll gestapelt. »Hier sitzen sonst Malte Wienhold und Peter Nodrum. Du hast beide ja bei deinem Vorstellungsgespräch kennengelernt. Malte ist derzeit im Urlaub, Peter gerade beim Drehen.«

Auch das nächste Zimmer war verwaist. Die meisten Reporter waren gleich nach der Morgenkonferenz zu ihren Drehterminen aufgebrochen. Jeden Tag mussten fünfundzwanzig Minuten Programm produziert werden, ob viel los war oder nicht. Außer den journalistischen Beiträgen gab es immer einen längeren Talk mit einem Studiogast, zudem Wetternachrichten. Kombiniert mit fünf Minuten Werbung ergab das die tägliche 30-min-Sendung, die werktags um 19 Uhr lief.

»Montags ist immer viel los, da sich übers Wochenende meist Themen anstauen. Daher sind fast alle unterwegs«, erklärte Silvia die leer gefegten Räume. »Ich zeig dir noch schnell unsere fünf Schnittplätze, hinten auf dem Flur.« Die Räume waren zwar etwas grösser als die in der Münchener Redaktion. Aber insgesamt sah alles ähnlich aus wie an Ivans altem Arbeitsplatz. Ein Tisch mit Sitzplätzen für Cutter und Redakteur, kleines Mischpult, einige Monitore.

»Wenn keine längere Produktion ansteht, beginnen die Schichten an den Schnittplätzen um 12 Uhr. Die Cutter legen los, sobald die ersten Reporter von den Drehs zurückkommen. Du kennst das ja, nehm ich an. Sollten alle fünf Plätze gleichzeitig belegt sein, gibt es noch einen zusätzlichen Raum, in dem ihr euer Material sichten könnt.« Silvia öffnete die Tür zu einem winzigen Zimmer, mit Tisch und kleinem Monitor.

»Wir haben in ganz dringenden Situationen kurze Beiträge selbst auf dem Laptop geschnitten«, erzählte Ivan aus seiner Münchener Zeit.

»Das ist hier eher die Ausnahme«, betonte Silvia. »Es gibt eigentlich nur zwei Leute, die selbst schneiden, aber das passiert selten. Und wenn, dann machen sie nur einen Rohschnitt und der Cutter schneidet die Endfassung.«

»Damit kann ich gut leben«, warf Ivan ein.

»Auch mit Cutter werden manche Produktionen erst kurz vor der Sendung fertig«, ergänzte Silvia, um nicht den Eindruck zu erwecken, dass hier alles ganz entspannt abläuft.

»Ich kenn das. Kann mich an Produktionen erinnern, bei denen ich meinen Text live eingesprochen habe, weil keine Zeit mehr zur Sprachaufnahme war.«

»Das kommt hier auch vor. Willkommen in der Realität.«

Ivan schätzte Silvias Alter auf etwa vierzig. Sie arbeitete seit vier Jahren in der Redaktion, machte einen sehr unkomplizierten Eindruck, war hilfsbereit. Ihre biedere schulterlange Frisur passte zu dem unscheinbaren, dunkelblauen Sommerkleid. Sie gingen auf dem langen Flur zurück, vorbei an dem leeren Zimmer der

Online-Mitarbeiter. Silvia klopfte an die offen stehende Tür neben dem Konferenzraum. Es war das gemeinsame Zimmer des Redaktionsleiters Huber und seines Stellvertreters Krattenhals. Letzterer saß an seinem Schreibtisch und blätterte in einer Zeitung. Ohne sich zu rühren, murmelte er ein »Ja« vor sich hin, um die Gäste hereinzubitten. Als er aufblickte und Ivan sah, ging der Zweimeterhüne sofort auf ihn zu. »Herzlich willkommen im Norden. Ich hoffe, du hattest einen guten Start in Hamburg.« Krattenhals teilte ihm mit, dass der Chef sich am Nachmittag mit Ivan zusammensetzt und die nächsten Wochen bespricht. »Silvia kann dir über Mittag zeigen, wo wir essen gehen. Bis dahin kannst du in den Zeitungen und im Netz recherchieren, was es Neues in der Stadt gibt.«

Ivan verabschiedete sich von Krattenhals, bedankte sich bei Silvia für die kurze Führung und ging in sein Zimmer. Meindl war nicht an seinem Platz. Ivan durchforstete am Laptop verschiedene Webseiten mit Hamburg-News. Ihm fiel Silvias Bemerkung ein, dass Wienhold noch im Urlaub sei. Somit musste er an seinen ersten Tagen diesen seltsamen Kerl nicht erleben. Vielleicht gab es die große Überraschung und der Kollege entpuppte sich als angenehmer Zeitgenosse – und womöglich wäre er bald Ivans bester Kumpel in der Redaktion. Noch lebte die Hoffnung. Hubert Meindl kam ins Zimmer zurück. Durch die Schreibtische zwischen ihnen saßen sie etwa drei Meter auseinander. Eine angenehme Distanz, um sich gut unterhalten zu können, ohne zu nah aufeinander zu hängen.

»Führung beendet?«, fragte Meindl.

»Ja, die meisten Räume habe ich gesehen, aber es war kaum jemand da.«

»Einige sind beim Drehen, andere kommen erst später rein, weil sie Spätschicht haben.«

»Wie läuft denn die Zusammenarbeit mit den Online-Kollegen ab?«

»Einer von den beiden ist morgens in der Redaktionskonferenz dabei, damit er weiß, was produziert wird und was online publiziert werden soll. Der zweite kommt später und bleibt bis nach der Sendung. Die Onliner bekommen von den Reportern die Infos zu den Beiträgen und stellen sie auf unsere Website. Wenn möglich solltest du beim Dreh ein paar Fotos fürs Internet machen.«

Ivan war froh, dass ihm jemand gegenüber saß, dem man nicht jedes Wort aus dem Mund ziehen musste. Denn auch unter Journalisten gab es wortkarge Figuren, die kaum den Mund aufbekamen und Privates überhaupt nicht preisgaben. Diese Sorte Mensch empfand es schon als aufdringlich, Fragen gestellt zu bekommen. Ivan hatte in seinem Berufsleben immer wieder Journalisten getroffen, die zwar gern über Kollegen, Promis oder Politiker lästerten, sich über die eigene Person aber in Schweigen hüllten. Als gehörte das zum Berufskodex. Dass ausgerechnet Journalisten, die Profis im Fragenstellen, einen großen Bogen um private Themen machten, fand Ivan ein interessantes Phänomen. Er erklärte es sich damit, dass sie aus ihrem Job wussten, wie Informationen missbraucht wurden. Daher redeten sie am liebsten nur über andere. Die Grenze zwischen vorauseilendem Selbstschutz und Berufsparanoia war hier fließend.

Zu Beginn seiner journalistischen Karriere hatte Ivan noch Redaktionen erlebt, in denen Kollegen jeden Tag ab dem Mittagessen Weißweinschorle gegen den Durst tranken. Entsprechend heiter wurde die Stimmung im Laufe des Nachmittags. Manche gingen abends nie nüchtern aus der Redaktion. Vor allem nicht diejenigen, die beruflich in einer Sackgasse steckten und ihren Frust mit Alkohol betäubten. Sie bezeichneten sich selbst als den Edeka-Stammtisch der Kantine. Edeka stand für ›Ende der Karriere‹. In den letzten Jahren waren die Redaktionen aber nüchterner geworden. Die im Dienst saufenden Journalisten kamen außer Mode.

»Wir machen Mittagspause«, unterbrach Silvia Hornig seine gedanklichen Abschweifungen. »Kommt ihr mit zum Essen?

»Sehr gern«, sagte Ivan und auch Hubert Meindl schloss sich den anderen an.

Außer Silvia war noch eine zweite Kollegin dabei, die kurz zuvor von ihrem Dreh zurückgekommen war: Angela Kleinert, eine junge Volontärin, die zwölf ihrer achtzehn Monate Fernsehausbildung hinter sich hatte. Meist ging die Redaktion in die Kantine des *Studio Hamburg* oder in eine nahe gelegene Pizzeria. Silvia empfahl heute die zweite Variante, den Italiener, damit Ivan nicht gleich am ersten Tag in den Genuss einer Großküche kommen musste. Auf dem Weg dahin fragte sie ihn, ob er schon eine passende Wohnung gefunden hat.

»Ja, eine kleine Zwei-Zimmer-Wohnung in der Hein-Hoyer-Straße in St. Pauli. Nichts Besonderes, aber für den Anfang völlig in Ordnung.«

»Das ist nur fünfhundert Meter von meiner Wohnung entfernt«, meinte Angela erfreut. »Ist ein cooler Bezirk. Da wird es dir nicht langweilig.«

»Ich hab' auch ein paar Jahre in St. Pauli gewohnt«, sagte Hubert Meindl. »Als das erste Kind da war, sind wir weiter raus gezogen, nach Poppenbüttel. Da gibt es schöne Ecken, nicht nur für Familien. Wenn du mal einen längeren Spaziergang im Grünen machen willst, kann ich den Alster-Wanderweg empfehlen. Herrliche Landschaft. An manchen Stellen erinnert sie mich an den Film *Down by law* von Jim Jarmusch. Kennst du den?«

»Ja, klar«, sagte Ivan.

»Die drei Typen fliehen doch durch eine Sumpflandschaft, mitten im Wald. Ein bisschen *Down by law* gibt es auch dort an der Alster«, schwärmte Meindl.

»Unser Hubert will uns schon seit Monaten die Vorzüge der Außenbezirke schmackhaft machen«, spottete Silvia. »Wir haben aber Angst, dass wir uns im Poppenbütteler Dschungel verirren könnten. Und nicht mehr nach Hause finden.«

»Man kann niemanden zu seinem Glück zwingen, liebe Silvia.

Ich kann es nur empfehlen. Das ist halt mal was anderes als im Stadtpark flanieren und Frisbee werfen.«

»Schon gut, ich hab's verstanden. Aber im Stadtpark gibt es definitiv die schöneren Biergärten.«

»Beim Biergarten haben aber wir Münchener das Patent«, warf Ivan ein.

»Aber wir haben es gut kopiert«, blieb Silvia hartnäckig.

»Ganz München ist im Sommer ein einziger Biergarten. Außer Weißbier kriegt man kaum was zu trinken. Und viel Grün gibt es auch.«

»Ich war mal im Englischen Garten, der ist riesig«, erzählte Hubert. »Bisschen peinlich sind halt die Nackten, die da rumliegen. Sind die eigentlich von der Stadt als Marketing-Gag engagiert?«

»Das ist nicht mehr so schlimm wie früher. Es gibt nur noch einen kleinen Bereich für die Nackten. In der Nähe des Eisbachs, wo die Surfer auf den Wellen reiten.«

Ivan genoss die Mittagspause sehr. Die Stimmung war entspannt, das Essen gut, Hubert und die Kolleginnen angenehme Zeitgenossen. So konnte es weitergehen. Nun war er gespannt auf das Gespräch mit dem neuen Chef. Gegen zwei traf er sich mit Armin Huber im Konferenzraum. Dort setzten sie sich an den großen Tisch.

»Wie du schon mitbekommen hast, duzen wir uns alle. Das hat mit den flachen Hierarchien zu tun, die wir hier im Alltag leben. Das heißt, wenn es Gesprächsbedarf gibt, kannst du immer direkt zu mir kommen. Wir sind eine kleine Truppe aus rund 20 Leuten und darauf angewiesen, dass wir ein gutes Team haben. Daher bin ich froh über Rückmeldungen, falls irgendwas schiefläuft. Wir profitieren alle von konstruktiven Vorschlägen. Du hast ja im Vorstellungsgespräch auch welche gemacht. Das ist bei uns gut angekommen. Kurz gefasst: Ich bin froh, dass wir dich für uns gewinnen konnten.«

Ivan fühlte sich geschmeichelt, angesichts der wohlwollenden

Worte. Er bedankte sich für das Vertrauen und dafür, dass sie sich für ihn entschieden hatten. Letztlich sei ihm die Entscheidung nicht schwer gefallen, da der Job in Hamburg eine spannende Herausforderung sei.

»Könntest du noch genauer beschreiben, wie der Tagesablauf eines CvD aussieht und welche Aufgaben er hat«, fragte er bei Huber nach.

»Der CvD-Job wird wochenweise übernommen. Das heißt: Du bist eine Woche lang dafür zuständig, die Themen für die Sendung zusammenzustellen. Am Donnerstag der Vorwoche gibt es nachmittags eine Konferenz, in der die Themen festgelegt und auf die Reporter verteilt werden. Als tägliche Sendung müssen wir natürlich auch auf aktuelle Ereignisse reagieren, so dass kurzfristig neue Geschichten dazu kommen können. Der CvD muss also ständig verfolgen, was es an News gibt.«

»Und wer macht die Abnahme der Beiträge?«, fragte Ivan.

»Das macht auch der CvD. Falls abends mehrere Filme gleichzeitig fertig sind und die Zeit drängt, helfen Arno oder ich bei der Abnahme aus. Das kommt gelegentlich vor.«

»Gibt es die Möglichkeit, einem CvD mal einen Tag bei der Arbeit zuzuschauen?«

»Ja, natürlich. Das haben wir auch so geplant: Du wirst dich ab morgen bis zum Ende der Woche an Arno hängen. Er ist diese Woche CvD. Du kannst ihm vier Tage lang über die Schulter schauen. Danach müsstest du fit sein für deine erste CvD-Woche. Die ist aber erst für September eingeplant. Bis dahin wirst du als Reporter arbeiten. Dadurch lernst du nicht nur die Stadt kennen, sondern kriegst auch alle internen Abläufe mit.«

Ivan erfuhr noch, dass er alle fünf Wochen CvD sein würde und in der Zeit dazwischen Beiträge produziert. Huber machte einen routinierten Eindruck, wirkte sehr zielstrebig. Viel mehr ließ sich im Augenblick noch nicht über ihn sagen. Sein Kleidungsstil war nicht gerade Ivans Geschmack. Die spießige Bundfaltenhose kombinierte Huber mit einem Kurzarmhemd, das angesichts seines Bauchumfangs ein wenig zu knapp ausgefallen war. Seinem Outfit zufolge war Huber alles andere als ein linker Sponti-Chef. Er machte auf Ivan den Eindruck, anpassungsfähig zu sein, wenn es seinem Weiterkommen dient. Aber Ivan wollte Huber die Chance geben, seine Vorurteile zu widerlegen. Monate später erinnerte sich Ivan an diesen ersten Eindruck, nachdem der Chef ihn in schwierigen Situationen hängen ließ, weil es nicht opportun war, sich auf seine Seite zu schlagen. Ein Jahr nach seinem Jobwechsel hatte sich aus der lockeren Stimmung des ersten Tages Verachtung gegenüber Huber entwickelt.

Um halb vier fand die tägliche Nachmittagskonferenz statt. Einige Redaktionsmitglieder waren von ihren Dreharbeiten zurückgekehrt. CvD Krattenhals informierte über den aktuellen Stand der geplanten Beiträge. Zwei der fünf Filme waren fast fertig, zwei weitere konnten wohl erst kurz vor der Sendung abgenommen werden. Die Atmosphäre in der Sitzung war sehr konzentriert.

Ivan kam es sehr gelegen, dass überall intensiv gearbeitet wurde. So bekam er einen Eindruck vom Alltag in dieser Redaktion. Er ging von Zimmer zu Zimmer, beobachtete die Zusammenarbeit zwischen Cutter und Reporter. An einigen Schnittplätzen spürte man den Zeitdruck. Solch hektisches Treiben kannte er aus München. Insgesamt war es aber ruhiger als in seiner alten Redaktion – und zielstrebiger. In München wurde mehr gealbert und auch geflucht. Ivan führte das unter anderem auf das jüngere Alter der bayerischen Kollegen zurück. Und vielleicht spielte auch die norddeutsche Mentalität eine Rolle. Die meisten Redaktionsmitglieder kamen aus dem Norden, außer Meindl und ihm.

Die beiden Chefs halfen ab achtzehn Uhr aus, als parallel mehrere Abnahmen in den Schneideräumen anstanden. Ihre Korrekturen beschränkten sich auf kleine Änderungen am Text. Der abnehmende Redakteur war immer auch der erste nicht-beteiligte Zuschauer eines Films, dem Formulierungen auffielen, die nicht selbsterklärend waren. Meist reichten kleine Satzumstellungen oder Streichungen. Nur in seltenen Fällen, wenn ein Beitrag völlig missraten schien, musste ein Film umgeschnitten werden. Die Forderung nach einem Neuschnitt führte oft zu heftigen Diskussionen zwischen Reporter und CvD. Sieger in diesem Gefecht blieb immer der CvD. Er saß am längeren Hebel, hatte die Entscheidungsmacht und setzte diese auch ein. Dann brach manchmal – vor allem bei jüngeren Reportern – eine Welt zusammen. Denn der Auftrag zum Umschneiden war eine radikale Kritik an der geleisteten Arbeit. Heute blieben alle verschont. Die Beiträge wurden pünktlich zum Start des Magazins fertig.

Arno Krattenhals nahm Ivan mit in den Regieraum des kleinen Studios, das im selben Gebäude lag. Der Vize-Chef machte vor der Live-Sendung klare, kantige Ansagen an die Kollegen. Der schroffe Tonfall mancher Krattenhals-Kommentare ließ erahnen, dass er ein unbequemer Sparringspartner werden konnte, wenn ihm was nicht passte. Ivan wollte internen Grabenkämpfen aus dem Weg gehen, wollte mit guter Arbeit überzeugen. In früheren Jobs hatte er mehr als genug von den Kriegsschauplätzen verfeindeter Kollegen mitbekommen. Wenn sie sich ständig neue Intrigen einfallen ließen, wenn sie denunzierten und diffamierten, bis es zum großen Knall kam und mindestens eine der beteiligten Personen gehen musste. Bisher konnte er solchen Gefechten immer ausweichen. Das war auch für Hamburg das Ziel. Leider sollte es anders kommen.

Die Sendung verlief routiniert und ohne größere Pannen. Manche Bauchbinden kamen zu spät, der Moderator hatte kleine Hänger im Text, die Bildmischerin ging zu spät aus einem Beitrag raus. Die üblichen kleinen Patzer, die dem normalen Fernsehzuschauer kaum auffielen.

»Und? Wie war der erste Tag?«, fragte ihn Anna eine Stunde später am Telefon.

»Gut. Das Klima ist sehr entspannt. Jedenfalls bei denen, die mit zum Essen waren. Der Chef hat mir meine künftigen Aufgaben erklärt. Ich freu mich drauf. Und wie war's bei dir?

»Normal. Keine besonderen Vorkommnisse. Hab' mir vorhin viel zu viel Salat gemacht. Werd jetzt wohl öfter mal zu große Portionen zubereiten. Also wunder dich nicht, wenn ich fünf Kilo zugenommen hab, wenn wir uns das nächste Mal sehen.«

»Ich pass' mich an, trink ein bisschen mehr Alkohol, dann kann ich gewichtsmäßig mithalten.«

Ivan hatte den Eindruck, dass Anna schon jetzt unzufrieden mit der neuen Situation war. Nach den drei Monaten Probezeit würde sich entschieden, ob er in Hamburg bleibt. Sie wollte ihn nach seiner zweiten Arbeitswoche besuchen. Ivan telefonierte noch mit Paul und verabredete sich mit ihm auf Mittwochabend zum Essen im Restaurant ›*Abendmahl*‹.

V.

Am nächsten Morgen verließ Ivan kurz nach acht seine Wohnung, um pünktlich zur Morgenkonferenz in der Redaktion zu sein. Statt eines Frühstücks zu Hause entschied er sich für einen Coffee-to-go mit Franzbrötchen. An dieses süße Stück konnte er sich gewöhnen, auch wenn es ihm jedes Mal den Mund verklebte. Die S-Bahn-Fahrt nutzte er für die Lektüre des *Abendblatts*.

Im Konferenzraum saßen etwa fünfzehn Personen. Als Arno Krattenhals Punkt neun die Kollegen begrüßte, verstummte das Gemurmel im Raum. Offensichtlich war er als Respektsperson anerkannt. Nach der Sitzung hängte sich Ivan an ihn dran. Krattenhals empfahl ihm, sich in dieser Woche ins Zimmer der Chefs zu setzen, um die CvD-Abläufe aus der Nähe mitzubekommen. Ivan saß an einem kleinen Tischchen in der Ecke, suchte im Internet nach Themen, die er in den nächsten Wochen als Reporter realisieren konnte. Richtig spannend wurde es erst, als Krattenhals ihn am späten Nachmittag zu den Abnahmen mitnahm. Als Erster war Hubert Meindl dran. Er musste sich zum wiederholten Mal mit dem Skandal um den Bau der Elbphilharmonie im Hamburger Hafen beschäftigen. Für Journalisten ein gefundenes Fressen, da dort so ziemlich alles schief lief, was schief laufen konnte. Bauverzögerung, gegenseitige Schuldzuweisungen, Kostensteigerung um ein Vielfaches der geplanten Summe. Im Mai hatte das Richtfest stattgefunden, nun wollte die Redaktion einen Beitrag senden, der über den aktuellen Stand informierte. Krattenhals war mit Meindls Film allerdings unzufrieden.

»Nicht viel Neues gegenüber dem, was wir vor drei Monaten berichtet haben.«

»Ich weiß«, räumte Meindl ein, »aber da ist seither auch nicht viel passiert. Zwar sind alle am Arbeiten, aber richtig voran kommt da gar nichts. Und inzwischen will niemand mehr vor die Kamera. Die haben alle Schiss.«

»Aber die Herrschaften können sich nicht einfach drücken. Der O-Ton des Bauunternehmens ist zu wenig.«

»Von der Stadt wollte niemand was sagen. Ich kann sie ja schlecht an den Haaren vor die Kamera ziehen«, erklärte sich Meindl.

Krattenhals saß einige Augenblicke schweigend da, mit mürrischem Blick. Dann segnete er den vorliegenden Film widerwillig ab. Die Alternative wäre gewesen, den Beitrag gar nicht zu bringen. Doch das wollte er angesichts der investierten Arbeitszeit vermeiden. Die nächste Abnahme verlief unproblematischer, der Beitrag eines Volontärs über eine neue Shakespeare-Inszenierung am Ernst Deutsch Theater. Viele bunte Bilder und schrille Schauspieler-Statements.

Krattenhals lobte den Volontär für das schöne Kulturstück und zog mit Ivan zum nächsten Schnittplatz weiter. Dort ging es um Politik, die in der Regel Peter Nodrum bearbeitete. Da er aber an diesem Tag frei hatte, kümmerte sich Beate darum. Sie testete gerade, ob ihr Text die passende Länge für die einzelnen Bildsequenzen hatte. »Nun lass mal sehen, Beatchen, was du uns Schönes gebastelt hast«, begrüßte Krattenhals die Reporterin. Sie hatte einen Beitrag über Intrigen in der Hamburger CDU gedreht. Wenige Wochen zuvor war der Erste Bürgermeister der Hansestadt, Ole von Beust, zurückgetreten. Der Film sollte etwas Licht in die dunklen Pfade der CDU-Intriganten bringen. Aber Krattenhals war enttäuscht. »Da ist viel zu wenig Schärfe drin. Von Beust konnte viele aus der CDU am Ende nicht mehr ausstehen. Davon merke ich nichts in dem Beitrag.« Beate schaute ihn irritiert an. Auch Ivan war überrascht über die harsche Kritik. Denn der Film hatte diese vergiftete Stimmung in der Partei durchaus vermittelt.

»Schau mich nicht so konsterniert an. Mir fehlt da halt einiges«, legte Krattenhals nach und verunsicherte seine Kollegin noch mehr.

»Mach's doch mal konkret«, forderte sie ihn sachlich auf.

»Dein Film ist zu brav. Als Zuschauer will ich sehen und hören, dass es in dieser Partei überall geknirscht hat. Dass viele unzufrieden waren.«

»Aber das tut der Beitrag doch«, verteidigte sich Beate.

»Nein«, wurde Krattenhals jetzt laut. »Tut er nicht. Sonst würde ich es nicht sagen.« Spätestens jetzt war Ivan klar, dass es hier nicht nur um diesen Beitrag ging. Dieser Streit musste eine Vorgeschichte haben. Ivan wollte Beate morgen mal in einer ruhigen Minute fragen.

»Und was schlägst du jetzt vor?« fragte sie trotzig.

»Schau, dass du das Thema wenigstens im Text zuspitzen kannst. So ist es jedenfalls zu harmlos. Für spannendere O-Töne der CDU-Leute ist es jetzt ja zu spät«, bellte Krattenhals im Rauslaufen in ihre Richtung. Ivan trabte hinterher, ohne diesen Disput zu thematisieren. Auch Krattenhals schien daran kein Interesse zu haben.

Als Ivan Beate am nächsten Tag darauf ansprach, winkte sie genervt ab. »Hab' keine Lust, darüber zu reden.« Bei den anderen Kollegen wollte er nicht nachfragen, um nicht schon an seinem dritten Tag als besonders neugierig aufzufallen. Krattenhals ließ sich bei der Morgenkonferenz nichts anmerken, blieb routiniert und sachlich wie am Tag zuvor. Bei den Abnahmen am Abend sollte Ivan als Erster die Beiträge kommentieren und so die CvD-Rolle ausprobieren. Offensichtlich wollte ihn Krattenhals testen, wollte wissen, wie fundiert die Beitragskritik des neuen Mitarbeiters und seine Kommunikation mit den Kollegen ist?

Nach zehn Jahren Berufserfahrung stufte Ivan einen CvD dann als gut ein, wenn dieser nicht versuchte, den Autoren seinen Stil aufzuzwängen, sondern deren eigene Handschrift durch konstruktive Kritik förderte. Aber das war leichter gesagt als getan. Was der CvD als konstruktiv einstufte, sah der Reporter manchmal ganz anders. Dabei spielten oft Nuancen eine Rolle. Ein falsches

Wort oder eine nonverbale Kommentierung. Ein CvD sollte nicht alle mit Samthandschuhen anpacken. Im Gegenteil. Durch ehrliche, deutlich formulierte Kritik an seinen Filmen hatte Ivan selbst am meisten gelernt.

Um halb fünf ging er zusammen mit Krattenhals zu seiner ersten Abnahme. Kein politisch brisantes Thema wie die Elbphilharmonie, sondern ein Beitrag über ein Familienfest in Altona, mit vielen Kindern, Clowns und Karussells. Beim Sichten des Films von Angela Kleinert merkte Ivan, dass er gedanklich abschweifte, dass seine Konzentration verloren ging. Kein gutes Zeichen.

»Angela, ich finde, du hast gute Bilder gedreht«, begann er sein Feedback. »Man sieht, dass du als VJ ein Gespür für starke Motive hast. Aus eigener Erfahrung weiß ich, dass vermeintlich leichte Themen wie dieses Familienfest nicht unbedingt die dankbarsten sind. Man sammelt viele Bilder, hängt sie dann im Schnitt irgendwie zusammen und verliert dabei die Story aus den Augen. Das wäre meine Kritik an deinem Beitrag. Er ist eine Abfolge schön gedrehter Einstellungen, die man eine Minute lang gern anschaut. Aber für drei Minuten ist es zu wenig. Es fehlt meiner Meinung nach eine Dramaturgie. Es hätte geholfen, vor Drehbeginn die Protagonisten klar festzulegen und um sie herum eine kleine Geschichte zu entwickeln.«

Was für eine beschissene Situation! Nun war er gerade mal drei Tage in seinem neuen Job und musste schon die nette Kollegin verbal zerlegen. Er hatte versucht, es so vorsichtig und diplomatisch wie möglich zu formulieren, was nicht ganz leicht war. Denn der Film war sehr langatmig. Ohne Story halfen auch die bemalten Kindergesichter nicht weiter. Ivan war gespannt, wie Angela und Krattenhals reagieren würden. Die junge Kollegin wusste offensichtlich um die Schwäche ihres Tagwerks.

»Ich hab' beim Schnitt gemerkt, dass irgendwas fehlt und der Film dahin plätschert. Mit dem Text wollte ich es noch retten. Aber das hat wohl nicht geklappt.«

»Der Text hat zwar strukturiert, aber zu wenig.«

»Ich gebe Ivan recht«, mischte sich jetzt Krattenhals ein. »Die Schnittfolge ist etwas beliebig, die Bilder austauschbar. Eine Story vermisst man in der Tat. Mit ein paar Änderungen am Text kann man den Film senden.« Krattenhals nannte Angela seine Korrekturvorschläge. Auf dem Flur kommentierte er trocken. »Gut, Kollege. Den Nagel auf den Kopf getroffen.« Auch bei der nächsten Abnahme durfte Ivan wieder als Erster ran, musste allerdings wenig kritisieren. Nach Feierabend war er froh, dass er den Krattenhals-Test gut überstanden hatte und Angela nicht schlecht auf ihn zu sprechen war. Die nächsten Tage bis zum Wochenende verliefen unspektakulär. Ivan blieb CvD-Assistent, lernte bei den Abnahmen alle Kollegen kennen. Bis auf den Zusammenprall von Krattenhals und Ullscheid bekam er keine Unstimmigkeiten in der Redaktion mit. Die meisten schienen gut miteinander klar zu kommen. Ivan war zufrieden mit der ersten Woche.

Am Freitagabend ging er mit einigen Arbeitskollegen in Altona ein Bier trinken. Auf dem Platz vor dem *Familieneck* ließen sie sich entspannt in die freien Tage treiben. Mit dabei waren Beate Ullscheid, Angela Kleinert und Peter Nodrum. Das waren die Leute, mit denen er mittags immer zum Essen war. Nach ihrer zweiten Weinschorle wurde Beate gesprächig und fing an, den Disput mit Krattenhals zu erklären.

»Bis vor einem Jahr hatten wir ein richtig gutes Verhältnis. Er schätzte meine Arbeit. Ich fand ihn als CvD immer ok. Aber irgendwann war er wie verwandelt. Er wurde mir gegenüber pampig, bauschte Kleinigkeiten auf und suchte überall das Haar in der Suppe.«

»Wenn ihr keinen Streit hattet, hat wohl jemand nachgeholfen«, kommentierte Peter Nodrum ihr Unverständnis bezüglich Krattenhals.

»Wie meinst du das«, fragte Beate nach.

»Wahrscheinlich hat dich jemand denunziert. Du hast irgendwann einen derben Spruch über Arno rausgehauen und das hat jemand weitergetragen. Anders kann ich mir sein Verhalten nicht erklären.«

»Das habe ich mir natürlich auch schon gedacht«, erklärte Beate. »Mir fällt allerdings nichts dazu ein.«

»Das muss nichts Weltbewegendes gewesen sein. Vielleicht eine Aussage, die bei Arno einen wunden Punkt getroffen hat.« Peter blieb bei seiner These, dass jemand aus der Redaktion Beate denunziert hat. Ivan hörte dem Gespräch interessiert zu, war wenig überrascht, dass auch beim *Hamburg Magazin* nicht alles eitel Sonnenschein war.

Gegen elf brach die Gruppe auf. Ivan und Angela fuhren vom Altonaer Bahnhof Richtung St. Pauli. Auf der kurzen Fahrt beschlossen sie, noch einen Drink zu nehmen, stiegen an der Reeperbahn aus und steuerten direkt auf das *Roschinsky's* zu. Die Bar lag im Hamburger Berg, einer kleinen Straße mitten in St. Pauli. Eine Kneipe reihte sich an die nächste. Ein cooler Ort, dachte Ivan, und nah an seiner Wohnung. Bei den sommerlichen Temperaturen hielt sich niemand drinnen auf. Hunderte Nachtschwärmer standen vor den Lokalen, saßen auf dem Bürgersteig oder lehnten sich an die geparkten Autos. Angela erzählte, dass sie mit ihrer Volontärausbildung in der Redaktion zufrieden war. Neben der täglichen Arbeit konnte sie Weiterbildungsseminare besuchen, was ihr sehr wichtig war. Die Beiden tratschten noch bis nach Mitternacht über die Redaktion, bevor sie sich verabschiedeten.

Den Samstag ließ Ivan entspannt angehen. Ausschlafen bis halb elf, im Bett lesen, einkaufen im Supermarkt. Solche Tagesabläufe an Wochenenden kannte er aus München. Aber jetzt war es angenehm, auf niemanden Rücksicht nehmen zu müssen. Bei den Telefonaten mit Anna ließ sie sich deutlich anmerken, dass sie die Wochenendbeziehung doof fand. Ivan hoffte, dass sie nach Stellen in Hamburg suchte, ohne ihm bisher davon erzählt zu haben. Er hatte ihr schon mehrfach Inserate im Internet genannt.

Am Abend traf er sich mit Paul im *Knust.* Der Hamburger Songwriter Nils Koppruch präsentierte seine neue CD. Paul schwärmte von ihm. Er kannte ihn von einem früheren Konzert der Indie-Folk-Band *Fink*, deren Sänger und Texter er war. Auch Ivan war nach dem Konzert begeistert von den schrägen Texten Koppruchs.

»Cooles Konzert«, meinte Ivan. »Ich werde in der Redaktion ein Koppruch-Porträt vorschlagen. Bin gespannt, ob solche Themen durchsetzbar sind.«

»Wie läuft's denn so im Job?«, fragte Paul.

»Eigentlich ganz gut. Die Kollegen sind okay. Die beiden Chefs kann ich noch nicht richtig einschätzen. Pat und Patachon. Der Redaktionsleiter ist kaum eins siebzig, der Vize zwei Meter groß. Ein lustiges Paar. Vom Chef habe ich bisher wenig mitbekommen. Er war viel auf Dienstreise, hieß es. Keine Ahnung, wo der immer hinreist. Wahrscheinlich in die Innenstadt, zu seiner Geliebten. Wobei ich nicht glaube, dass diesen Bundfaltenzwerg irgendeine Frau anfassen will.«

»Du bist schon ganz schön am Lästern.«

»Über die Chefs lästern alle. Beim Mittagessen staune ich manchmal, was die Kollegen so von sich geben. Ich halt mich da noch raus, muss erst mal abchecken, wem man was anvertrauen kann.«

Zwei Tage später bekam Ivan gleich Gelegenheit, sich über das Thema ›Wem-kann-ich trauen‹ Gedanken zu machen. Malte Wienhold war zurück aus seinem Urlaub und lief bei der Morgenkonferenz an Ivan vorbei, ohne ihn zu grüßen. Ivan war perplex. Was hatte dieser Typ bloß gegen ihn? Beim Mittagessen mit Angela, Beate und Peter sprach er das Thema an. Zunächst wollte niemand mit der Sprache raus, aber da Ivan nicht locker ließ, nannte Peter schließlich eine mögliche Erklärung.

»Als klar war, dass wir einen neuen CvD brauchen«, begann er, »ist Malte zum Chef gegangen. Er wollte diesen Job haben. Armin bat um Bedenkzeit und teilte Malte dann mit, dass er ihn noch nicht so weit sehe. Er solle noch mehr Erfahrung als Reporter sammeln. Kurz: Malte wäre auf jede Person schlecht zu sprechen, die diesen Job bekommen hätte. Neid und Frust.«

Großartig, dachte sich Ivan. »Und wie kommt ihr mit ihm klar?«

»Ich hab' keine Probleme mit ihm«, meinte Peter. »Mit mir geht er ganz normal um. Als er vor drei Jahren hier anfing, kam er öfter zu mir, wenn er Fragen hatte. Vielleicht ist er mir dafür noch dankbar.«

»Wenn möglich gehe ich ihm aus dem Weg«, schaltete sich jetzt auch Beate ein. »Ehrlich gesagt, ich trau ihm nicht über den Weg. Ich hab' auch schon mitgekriegt, wie er Kollegen in den Rücken gefallen ist.« Beate wirkte sehr ernst und angespannt, als sie diesen Gedanken aussprach. Das schien sie zu beschäftigen. »Ich vermute, dass er mich bei Arno denunziert hat. Ich kann zwar nichts beweisen, aber das ist für mich die plausibelste Erklärung. Ein paar Tage bevor mein Ärger mit Arno losging, saß ich mit Malte in der Kantine. Wir haben uns über Gott und die Welt unterhalten, auch über die Chefs gesprochen. Natürlich sind auch ein paar kritische Sätze gefallen. Ist ja normal, wenn man sich untereinander austauscht. Wenig später zeigte Arno mir gegenüber seine schlechte Laune. Zufall?«

Ivan nahm sich vor, noch mehr aufzupassen, wem er was erzählte. Für ihn als neuen Mitarbeiter war das sehr dünnes Eis. Ivans Zimmerkollege Meindl war einer derjenigen, der mit Wienhold regelmäßig essen ging. Ein Grund mehr, vorsichtig zu sein, so bedauerlich Ivan das auch fand. Denn eigentlich war er ein Freund des flapsigen Smalltalks, bei dem man nicht jedes Wort auf die Goldwaage legen musste.

Nachmittags recherchierte Ivan sein erstes eigenes Thema, das er am nächsten Tag als VJ drehen sollte. Die Chefs gönnten ihm einen leichten Einstieg. Er sollte einen Beitrag über die neuen Spieler des HSV produzieren, als Vorbericht auf die wenige Tage später beginnende Fußball-Bundesligasaison. Er war zwar kein Fußball-Experte, verfolgte aber das sportliche Geschehen und kannte die wichtigsten Themen.

Am nächsten Morgen fuhr er direkt zu den Trainingsplätzen auf dem HSV-Gelände. Kamera und Stativ hatte er am Vorabend aus der Redaktion mitgenommen. Für elf Uhr war das Interview mit dem neuen Trainer Armin Veh vereinbart. Dieser kam dreißig Minuten zu spät, war relativ maulfaul, lobte die neuen Spieler und schwärmte von der guten Vorbereitung. Alles in allem das übliche Trainer-Deutsch vor einer Saison, wenn niemand wusste, wo man stand und alle extrem optimistisch waren. Ivan drehte noch Trainingsbilder, autogrammeschreibende Spieler und begeisterte Kinder, die in voller HSV-Montur am Spielfeldrand standen. Neben ihren Vätern, die sich genauso mit HSV-Klamotten verkleidet hatten. Das Kind im Manne trägt gern Fußball-Trikot. Den Kids standen Mützen und Schals allerdings deutlich besser als ihren Vätern.

Die Arbeit mit dem Cutter lief gut. Ivan hatte ein klares Schnitt-Konzept, das sie zügig umsetzten. Außer dem Statement von Veh hatte Ivan noch einige launige Aussagen von Fans aufgenommen, die gut zu den Erfolgsphantasien des Trainers passten. Insgesamt kam am Ende ein unterhaltsames dreiminütiges Filmchen heraus, das von Ivans ironischer Distanz zum sportlichen Geschehen lebte. Für eine Nicht-Sportsendung wie das *Hamburg Magazin* erschien ihm das die angemessene Haltung. Er wollte auf jeden Fall vermeiden, einen dieser banalen, unkritischen Sportbeiträge zu produzieren. Der Abnehmer, Armin Huber, lobte Ivan für das kurzweilige Stück.

Auf die Konferenz am nächsten Morgen, in der die Beiträge des Vortages besprochen wurden, war Ivan gespannt. Was war gut, was weniger, was konnte man daraus lernen? Nach der entspannt verlaufenen Abnahme hatte er ein gutes Gefühl. CvD Huber kommentierte die einzelnen Beiträge mit wenigen Sätzen. Dann bat er die Kollegen um ihre Einschätzung. Ivans Film wurde insgesamt positiv aufgenommen. Allzu viel gab es dazu auch nicht zu sagen. Aber Malte Wienhold wollte sich damit offensichtlich nicht zufrieden geben.

»Ich finde, wir sollten die Sportfans unter unseren Zuschauern ernst nehmen«, monierte Wienhold. »Wenn wir sie zu ironisch behandeln, fühlen sie sich vielleicht verarscht. Der HSV-Beitrag geht mir in diesem Punkt ein wenig zu weit.«

Ivan war nicht überrascht über diesen Einwand. Er passte zu der Art, wie dieser Kollege sich ihm gegenüber bisher aufführte. Interessant war jetzt vor allem, wie der Rest der Truppe reagieren würde. Huber, der seinen Kommentar zuvor schon abgegeben hatte, blieb ruhig. Krattenhals ebenso. Auch die anderen Kollegen hielten sich zurück. Nur Beate Ullscheid konnte sich einen Kommentar nicht verkneifen.

»Mit diesem Beitrag werden doch keine Fußballfans vergrault«, stellte sie energisch fest. »Das stecken die schon weg. Es ist der schmunzelnde Blick eines Journalisten auf eine manchmal zu ernst genommene Sportart. Ich glaube, dass sich einige Zuschauer amüsiert haben, die diesem Sport nicht besonders nah stehen. Und an die sollten wir vielleicht auch denken.«

Plötzlich war es ganz ruhig im Raum. Beate hatte ihren Frust der letzten Wochen raus gelassen. Die Fronten waren gezogen und niemand wollte sich dazwischen stellen. Ivan war die Situation unangenehm. Ihm schien es, als müsste er ein wenig Dampf aus der Hütte lassen.

»Ich denke auch, dass mein Beitrag nicht zu frech oder zu kritisch ist. Die Idee war, ein Sportthema mal nicht aus der Sicht des Fachjournalisten zu erzählen. Und Außenstehenden fallen halt manchmal Dinge auf, die der regelmäßige Besucher von Trainings überhaupt nicht mehr bemerkt.«

»Ja, das ist auch deutlich geworden«, griff Huber jetzt ein, der wieder Ruhe in seine Abteilung bringen wollte. »Ich denke, wir haben das jetzt ausgiebig diskutiert. Kommen wir zu den Themen des heutigen Tages.« Die meisten schienen über Hubers Bemerkung und das Ende dieser Debatte froh zu sein.

In den folgenden Wochen konzentrierte sich Ivan darauf, gute Beiträge zu realisieren und keine Kollegen zu provozieren. Relativ schnell lernte er die wichtigsten Orte und Personen der Stadt kennen. Die Chefs merkten, dass sie ihn als Allrounder auf alle Themengebiete loslassen konnten und immer solide Arbeit geliefert bekamen. Ivan beschäftigte sich in seinen Beiträgen am liebsten mit wichtigen gesellschaftspolitischen Fragen oder mit Kultur. Sein Vorschlag, ein Koppruch-Porträt zu machen, wurde zwar nicht abgelehnt, aber vertagt. Er solle es wieder auf den Tisch bringen, wenn der Songwriter seinen nächsten Auftritt in der Stadt hätte. Da Hamburg ständig Film- oder Musikthemen lieferte, konnte er mit dieser Lösung gut leben. Er war froh, dass auch Inhalte jenseits des Mainstreams für das *Hamburg Magazin* in Frage kamen.

Den Kollegen Wienhold mied Ivan, so gut es ging. Man sah sich bei den Konferenzen, lief sich gelegentlich auf dem Flur über den Weg, ansonsten Funkstille. Manchmal kam er in Ivans Büro, wenn er Hubert Meindl zum Mittagessen abholen wollte. Seinen österreichischen Zimmerkollegen konnte Ivan nicht richtig einschätzen. Einerseits war er freundlich, offen, erzählte auch aus seinem Leben und von früheren Jobs. Andererseits war er distanziert, sobald Wienhold in der Nähe war. Offensichtlich wollte er ihm gegenüber nicht zeigen, dass er den neuen Kollegen eigentlich in Ordnung fand. Als Ivan ihn nach einigen Wochen auf Wienhold ansprach, wurde er sehr wortkarg, wich der Frage aus und lenkte das Gespräch schnell auf ein anderes Thema. Damit war klar, dass er sich künftige Fragen zu dem seltsamen Kollegen ersparen konnte. Für Ivan war wichtig, dass er mit Meindl gut auskam und eine akzeptable Atmosphäre in seinem Büro herrschte.

In seiner fünften Woche war Ivan erstmals als CvD eingeteilt. Auf dem Programm standen Beiträge zur Hochschulpolitik, zur

Verkehrsplanung und über einen Lebensmittelskandal. Beate produzierte einen Film über die große Ernst Ludwig Kirchner-Ausstellung in der Hamburger Kunsthalle. Neben den wichtigen Themen aus Politik, Wirtschaft und Kultur gab es in jeder Woche Beiträge aus der Kategorie ›kann man machen, muss man aber nicht‹.

Einige Redaktionsmitglieder hatten bevorzugte Sujets, über die sie gern berichteten. Peter Nodrum, der seit drei Jahrzehnten in verschiedenen Redaktionen der Hansestadt arbeitete, war beim *Hamburg Magazin* der Mann für die großen politischen Themen. Er kannte die wichtigsten Köpfe und bekam wegen seines guten Rufs auch meistens die Interviews, die er haben wollte. Zudem hatte er gute Informanten in politischen Kreisen, die ihm News zukommen ließen, die eigentlich vertraulich waren. So konnte er exklusive Geschichten liefern. Beate Ullscheid, die Film- und Theaterwissenschaften studiert hatte, befasste sich vor allem mit kulturellen Themen. Auch sie war gut vernetzt in der Hamburger Szene, traf sich mit manchen Filmemachern und Musikern auch privat. Ivan schätzte ihre Filme. Sie war eine Frau der klaren Worte, die das auch in ihren Beiträgen auslebte.

Hubert Meindl und einige andere Kollegen hatten kein Spezialgebiet und im Gegensatz zu Nodrum und Ullscheid auch keine eigene Handschrift. Einen eigenen, auffallend schwachen Stil hatte dagegen Wienhold. Er beschäftigte sich fast ausschließlich mit Sportthemen, auf meist sehr unreflektierte Art – ob bei Fußball, Leichtathletik oder Eishockey. Er war einer aus der Spezies Berichterstatter, denen die große Nähe zu den Sportlern nicht gut tat. Er traute sich nicht, seine Protagonisten hart anzupacken, auch wenn es dringend erforderlich wäre. Wienholds unkritische Haltung war auch der Grund für seine Kritik an Ivans HSV-Beitrag. Er befürchtete wohl, dass seine Kontaktpersonen aus dem Verein schlecht auf ihn zu sprechen sind, wegen der ungewohnt ironischen Berichterstattung.

Jetzt, in Ivans CvD-Woche, waren zwei Wienhold-Beiträge geplant. Ein Film über die Handball-Abteilung des HSV und das Porträt eines Hamburger Radprofis, der unter Dopingverdacht stand. Ivan ging mit dem Vorsatz in diese Woche, Wienhold nicht unnötig zu provozieren. Er würde seine Beiträge kritisch anschauen, aber möglichst diplomatisch argumentieren. Am Tag vor dem Handball-Dreh besprach er mit Wienhold, wie die Geschichte aussehen könnte. Die Handball-Abteilung hatte in der ganzen Stadt riesige Plakate mit dem Slogan »Ausgleich, Führung, Siegtreffer« kleben lassen. Die Aktion sollte die Hamburger noch stärker für diesen Sport begeistern. Ivan ›bestellte‹ bei Wienhold einen Beitrag, in dem die Handballer sich über die zu geringe Wertschätzung ihres Sports in den Medien äußern sollten. Wienhold war einverstanden und versprach eine spannende Geschichte zum Stellenwert des Handballs. Am nächsten Tag kam Ivan nachmittags zur Abnahme an den Schnittplatz und ließ das 3-Minuten-Stück irritiert an sich vorbei ziehen. Wienhold hatte einen Film produziert, in dem zwar das Thema Medien im Mittelpunkt stand, allerdings ohne jegliche Brisanz. Der Job des Reporters wäre gewesen, die Handballer zu kritischen Aussagen über die Geringschätzung ihres Sports zu bringen. Dazu hätte Wienhold lästig nachhaken müssen, aber das konnte oder wollte er nicht. Ivan ließ sich seine Enttäuschung möglichst wenig anmerken.

»Wie war denn der Dreh?«, wollte Ivan von ihm wissen. »Hast du alle Interviewpartner bekommen, die du haben wolltest?«

»Eigentlich ja. Die wichtigsten Spieler standen für Interviews zur Verfügung, wie du gesehen hast«, gab Wienhold zufrieden zurück.

Trotz eines reibungslosen Ablaufs beim Dreh war Wienhold nicht in der Lage, einen interessanten Beitrag zu produzieren. Dabei waren die Bedingungen dafür ideal. Denn viele Handballer hatten zuletzt kritisiert, dass ihr Sport kaum in den Medien vorkomme und ohne stärkere TV-Präsenz eine Randsportart bleibe. All das war in den letzten Monaten zu lesen und zu hören gewesen.

Wienholds Beitrag dagegen hatte nur zurückhaltend thematisiert, dass der Fußball immer schon viel mehr Fans hatte.

Ivan wollte sich nicht mit ihm anlegen. Er beließ es dabei, ihn an einigen Stellen schärfer formulieren zu lassen. Wienhold schien zufrieden mit diesem Ausgang der Abnahme. Ivan nicht. Er hatte ein ungutes Gefühl. Eigentlich hätte er den Reporter nochmals rausschicken müssen, um bessere Statements einzuholen. Doch er scheute die Konfrontation mit dem komischen Kollegen. Weil er Wienholds Film abgenommen und für akzeptabel erklärt hatte, war auch Ivan angreifbar. In der Konferenz am nächsten Tag wurde die Harmlosigkeit des Films angesprochen. Wienhold verteidigte sich damit, dass den Handballern nicht mehr zu dem Thema zu entlocken war. Ivan hielt sich aus der Debatte raus.

Am Tag darauf sollte der zweite Wienhold-Beitrag dieser Woche ausgestrahlt werden. Der Hamburger Jungprofi Klagenau, der in diesem Jahr erstmals die Tour de France absolviert hatte, war wegen Dopinggerüchten in die Schlagzeilen geraten. Es gab Hinweise, dass er bei einem berüchtigten Arzt der Szene in Behandlung war. Ivan hatte Wienhold geraten, zum Dreh mit dem Radprofi einen Kameramann mitzunehmen. Neben Bildern vom Training des Radfahrers sollte er ein Gespräch mit einem Dopingexperten drehen.

Zwei Tage nach der Abnahme des Handballfilms saß Ivan wieder mit Wienhold im Schneideraum. Der Radfahrer-Film präsentierte zum Einstieg ein paar imposante Bilder von Trainingsfahrten, nördlich von Hamburg. Es folgte ein Statement des Sportlers zu den Dopingvorwürfen, die er von sich wies. Er habe noch nie verbotene Substanzen genommen und könne sich nicht erklären, weshalb er verdächtigt werde. Der Dopingexperte relativierte diese Aussagen und verwies auf die beschlagnahmten Unterlagen des inzwischen verhafteten Arztes.

Das Problem an dem Film waren weder die Sportaufnahmen noch die Interviews, die alle wie erwartet ausgefallen waren. Das

Problem war Wienholds Text, der es schaffte, sich sogar von den Aussagen des Dopingexperten zu distanzieren. Er ließ sich von den Statements des Sportlers blenden, obwohl die vorliegenden Unterlagen eindeutig gegen ihn sprachen. Ivan hatte nicht erwartet, dass der Reporter den Radprofi als überführt abstempelte, da die Untersuchungen noch nicht so weit fortgeschritten waren. Aber Wienhold konnte sich auf keinen Fall nur auf die Seite des Sportlers schlagen und einseitig aus dessen Perspektive argumentieren. Das war nicht nur naiv, sondern aus journalistischer Sicht fahrlässig.

Als der Film zu Ende war, sagte Ivan zunächst mal gar nichts. Er überlegte, wie er seine Einwände vorbringen wollte. Eine direkte, unverblümte Kritik hätte dem Kollegen jegliche journalistische Kompetenz absprechen müssen. Das konnte sich Ivan in seiner Situation als neuer Mitarbeiter nicht leisten. Aber er wollte jetzt auch nicht so tun, als wäre der Beitrag okay. Der CvD-Job verlangte, in Situationen wie dieser auch mal Tacheles zu reden.

»Warum zweifelst du die Aussagen des Dopingexperten an?«, fragte er Wienhold. »Er spricht doch von eindeutigen Indizien gegen Klagenau. Trotzdem tust du am Ende des Films so, als hätte man nichts gegen den Radfahrer in der Hand.«

»Klagenau ist ja nicht überführt. Und so lange das nicht geschehen ist, will ich ihn auch nicht vorverurteilen.«

»Das verlangt auch niemand. Aber du kannst nicht so tun, als wären die von dir gezeigten Unterlagen nicht aussagekräftig. Das sind sie nämlich sehr wohl. Und wir können als Journalisten nicht so tun, als würde uns das nicht interessieren.«

»Und was heißt das jetzt?«, fragte Wienhold.

»Wir müssen den Text grundlegend überarbeiten. Du musst eine andere Perspektive auf das Thema einnehmen. Wir können keinen unkritischen Beitrag senden, der den Sportler zum Unschuldslamm erklärt. Die Aktenlage sagt etwas anderes aus. Mach dich nochmals in Ruhe an deinen Text. Ich schau in vierzig

Minuten wieder rein«, sagte Ivan, bevor er den Schnittplatz verließ.

Wienhold schien verunsichert. Die deutlichen Worte gingen nicht spurlos an ihm vorbei. Ivan hatte am journalistischen Image des Kollegen einige Kratzer hinterlassen. Beim Verlassen des Schneideraums überlegte er kurz, ob er Huber oder Krattenhals informieren sollte, damit er bei dem heiklen Thema auf der sicheren Seite wäre. Aber er verwarf den Gedanken, weil Wienhold dies als weiteren Affront gegen sich werten würde. Wenn er mit einem der Chefs in den Schneideraum käme, hätte sich Wienhold bloßgestellt gefühlt. Ivan verzichtete noch aus einem anderen Grund auf die Unterstützung der Chefs: Er, als CvD, musste eine solche Situation selbstständig durchstehen, ohne sich Hilfe von oben zu holen. Die fachliche Kompetenz dazu hatte er allemal. Daher galt es jetzt, entschieden aufzutreten, um keine Zweifel an seiner Position aufkommen zu lassen.

Nach einer dreiviertel Stunde ging er zurück in den Schneideraum. Wienhold feilte noch an seinem Schlusssatz. Ivan setzte sich auf den Stuhl hinter dem Reporter und wartete, bis der Kollege fertig war. Dann ließ der Cutter den Film nochmals laufen und Wienhold las dazu den überarbeiteten Text. Am Ende des Films dachte Ivan »geht doch« und attestierte dem zuvor kritisierten Kollegen, dass die neue Version viel besser sei. Er habe nur noch zwei kleine Korrekturen. Nach einer Viertelstunde verließ er den Schnittplatz wieder und ging in den Raum nebenan, um die letzte Abnahme dieses Nachmittags hinter sich zu bringen.

Abends traf er sich mit Paul im *Abendmahl.* Es war schon das zweite Mal, dass er mit seinem Kumpel zum Essen hierher kam. Die kleine, vielversprechende Speisekarte hatte ihn beim ersten Besuch überzeugt. Der Heilbutt war exquisit. Heute probierte er die gebratene Perlhuhnbrust mit Steinpilzrisotto. Kaum saßen sie am Tisch, fing er an, von seinem Erlebnis mit dem Kollegen Wienhold zu erzählen.

»Der Typ macht immer auf super-cool. Hat journalistisch aber nichts auf der Pfanne. Du kannst dir nicht vorstellen, was der für einen Scheiß abgeliefert hat. Schlägt sich voll auf die Seite des Dopingverdächtigen, trotz drückender Beweise. Der spinnt doch«, erzählte Ivan ziemlich aufgebracht.

»Beruhig dich. Er hat dir ja nichts getan. Seltsame Gestalten findest du an jedem Arbeitsplatz. Was hat dieser Wienhold denn für eine Ausbildung?«

»Keine Ahnung. Wahrscheinlich hat er sich hoch geschlafen. Die Frage ist, ob bei Huber oder bei Krattenhals. Oder er hat einen reichen Papi, der wichtige Leute kennt. Das würde gut zu ihm passen.«

»Wieso?«, fragte Paul nach.

»Wienhold kann sich alles erlauben. Er hat keine Manieren, grüßt nicht, beteiligt sich nicht an den Sitzungen. Als könne ihm keiner was anhaben. Vielleicht hält jemand seine schützende Hand über ihn. Ständig starrt er auf sein Smartphone.«

»Vermutlich checkt er seine Aktienkurse«, versuchte Paul, die Stimmung etwas aufzuheitern. »Wenn er reiche Eltern hat, besitzt er bestimmt Aktien. Wahrscheinlich ist sein Vater Mäzen von Hamburger Radprofis.«

»Das ist die Erklärung«, pflichtete ihm Ivan bei. »Wienhold ist von den Sportverbänden in die Redaktion eingeschleust worden, um eine kritische Berichterstattung zu verhindern.« Ivan tat es gut, sich über den bizarren Kollegen lustig zu machen. Sein Freund hatte es mit wenigen Bemerkungen geschafft, dass er den Frust aus der Redaktion nicht mehr ganz so ernst nahm. So wurde es im *Abendmahl* noch ein kurzweiliger Abend mit ordentlich Alkohol und viel Lästereien.

Vier Tage nach der Abnahme von Wienholds Doping-Film vermisste Ivan sein Notizbuch. Er war sich sicher, dass er es auf seinem Schreibtisch neben dem Laptop abgelegt hatte. In dem kleinen Büchlein hielt er wichtige Details aus Sitzungen und von

Recherchegesprächen fest. Meistens trug er es bei sich, um unterwegs Telefonnummern von Gesprächspartnern notieren zu können. Oder um Namen von Informanten aufzuschreiben, die ihm für bestimmte Themen Hintergrundwissen liefern konnten. Vor allem wegen seiner Notizen zu wichtigen Gesprächen war ihm viel daran gelegen, das kleine Büchlein wieder zu finden. Zunächst vermutete er, es in seiner Wohnung zu haben. Aber er fand es nicht, als er abends alles durchsuchte.

Am nächsten Tag schaute er in den Redaktionsräumen nochmals nach. Erfolglos. Niemand der Kollegen konnte ihm weiterhelfen. Allerdings gab es eine auffällige Szene im Büro von Wienhold, der bei Ivans Frage versuchte, eine Schublade seines Schreibtischs beiläufig mit dem Knie zuzuschieben. Die Aktion fiel Ivan auf, weil sie so unbeholfen wirkte. Hatte Wienhold mit dem Verschwinden des Notizbuchs zu tun?

Nach der Ausstrahlung der Sendung erzählte er den Kollegen, er müsse noch seinen nächsten Dreh vorbereiten. Sekretärin und CvD verabschiedeten sich und rieten ihm, bald Feierabend zu machen. Ivan wartete noch zwanzig Minuten, dann ging er in das Büro von Wienhold. Eigentlich versprach er sich nicht allzu viel von dieser Aktion. Wenn Malte das Notizbuch geklaut hatte, würde er es kaum unverschlossen in seinem Zimmer deponieren. Er ging zu dessen Schreibtisch und begann damit, eine Schublade nach der anderen aufzuziehen. Und tatsächlich – in der mittleren der drei Schubladen lag es obenauf, sofort sichtbar. Wienhold hatte sich überhaupt keine Mühe gemacht, es zu verstecken.

Ivan war irritiert darüber, dass der Kollege ihm das Notizbuch klaut und es leicht auffindbar in seinen Schreibtisch legt. Was für ein blödes Schwein, dachte er sich. Er ging mit dem Notizbuch in sein Büro zurück, setzte sich in seinen Stuhl und war völlig perplex. Offensichtlich spielte dieser Wienhold ein seltsames Spiel mit ihm. Als hätte er es darauf angelegt, dass Ivan das Buch findet. Aber warum? Als einzige Erklärung fiel ihm ein, dass Wienhold mitteilen wollte: »Du kannst mir gar nichts anhaben. Egal wie schlecht du meine Beiträge findest, es juckt mich nicht«.

Ivan rief Paul an. »Waaaas, das ist nicht wahr. In seinem Schreibtisch …?« staunte sein Kumpel.

»Was würdest du tun? Wienhold darauf ansprechen, bringt meiner Meinung nach nichts«, gab Ivan seine Einschätzung ab. »Der ist darauf vorbereitet und würde mir unterstellen, ich hätte die Geschichte erfunden, um ihm zu schaden. So übel wie der drauf ist, trau ich ihm das zu.«

Von Paul kam einige Sekunden lang gar nichts. Sein Kumpel überlegte, wie er sich in der Situation verhalten würde. »Ich glaube, du musst zu deinem Chef gehen. Diesen Wienhold mit dem Vorfall konfrontieren, bringt wahrscheinlich wirklich nichts. Gar nichts zu unternehmen, geht aber auch nicht. Sonst macht er so weiter. Ich würde den Chef einweihen. Der muss ja in irgendeiner Form reagieren.«

»Du meinst nicht, dass es strategisch sinnvoller wäre, gar nichts zu machen? Der ganzen Aktion die Luft rausnehmen, indem man sie totschweigt? Wenn ich zum Chef gehe, mache ich doch ein Riesenfass auf. Dann weiß am nächsten Tag jeder in der Redaktion darüber Bescheid. Auch wenn ich Huber um Vertraulichkeit bitte, wird der zumindest den Krattenhals einweihen. Und dann geht das eh rum. Das lässt sich nicht vermeiden.«

»Ist ja vielleicht gar nicht so schlecht, wenn das alle mitkriegen, oder?« fragte Paul seinen Freund.

»Keine Ahnung, kann ich nicht einschätzen«, reagierte Ivan unschlüssig und verabschiedete sich von Paul.

Während der Heimfahrt grübelte Ivan über sein weiteres Vorgehen nach. Zu Hause entschied er sich dafür, gar nichts zu machen. Denn wenn er zum Chef ginge, würde dieser den Kollegen sicherlich mit dem Vorwurf konfrontieren. Und Wienhold würde alles abstreiten. Letztlich konnte Ivan nur verlieren. Er war noch keine zwei Monate in der Redaktion und schon in einen solch unangenehmen Fall verwickelt. Und das noch in der Probezeit. Das war ihm einfach zu heiß. Er war jetzt froh, diese Entscheidung getroffen zu haben, so dass er das Thema an diesem Abend abhaken konnte. Irgendwie erleichtert ging er zum Kühlschrank, um sich ein eiskaltes bayerisches Weißbier rauszuholen. Dann schnappte er sich das Telefon und rief in München bei seiner Freundin an. Von dem Notizbuch-Diebstahl erzählte er nichts. Er wollte sie nicht verunsichern, weil er hoffte, dass sie bald nach Hamburg kommen würde. Anna war zuletzt ständig genervt von ihren endlos langen Arbeitstagen. Am Nachmittag hatte sie im Internet eine interessante Stelle entdeckt, auf die sie sich bewerben wollte. Ivan war froh, dass sie sich endlich dazu durchgerungen hatte, in den Norden zu ziehen. Bei ihren drei Hamburg-Besuchen seit Ivans Umzug hat ihr die Hansestadt immer besser gefallen. Und nach dem letzten Mal hatte sie ihm mitgeteilt, dass sie nach Hamburg kommt, sobald sie einen guten Job gefunden hat.

Am nächsten Morgen verlief die Konferenz normal. Wienhold verhielt sich wie immer, mufflig, volle Konzentration auf sein Smartphone. Ivan hatte ohnehin nicht damit gerechnet, dass der Kollege das Fehlen des Notizbuchs schon so früh bemerken würde. Denn die meisten kamen erst unmittelbar vor der Sitzung ins Haus, warfen die Taschen auf ihren Schreibtisch und gingen direkt in den Konferenzraum. Wie verhält sich Wienhold, wenn er es bemerkt? Irgendeine Reaktion würde er sicherlich zeigen, vielleicht Überraschung, vielleicht Unsicherheit, vielleicht aber auch Zufriedenheit darüber, dass Ivan sich sein Notizbuch zurückgeholt hatte, weil genau das – aus welchen Gründen auch immer – sein Ziel gewesen war.

Nach der Sitzung stand für Ivan Redaktionsalltag auf dem Programm. Kameraausrüstung zusammenpacken für den anstehenden Dreh. Im Hafen legte am Nachmittag ein riesiges Kreuzfahrtschiff an und spülte Tausende Touristen in die Stadt. Ivan wurde dafür eingeteilt, einen kurzen Beitrag darüber zu produzieren. Bei den Recherchen hatte er von den Verantwortlichen des Luxusliners überraschend die Genehmigung erhalten, einen Tag lang an Bord drehen zu dürfen. Ein exklusives Angebot, weshalb CvD Nodrum einwilligte, den Beitrag von zwei auf vier Minuten zu verlängern.

Nach der Mittagspause ging er mit seiner VJ-Kamera an Bord. Auf ein Kamerateam hatte er bewusst verzichtet, um sich unauffälliger auf dem Schiff bewegen zu können. Ein Medienbeauftragter des Schiffs wich Ivan den ganzen Tag nicht von der Seite. Er sollte sicherstellen, dass der Reporter nur dort dreht, wo es ihm laut Absprachen erlaubt war. Ivan hatte von ihm eine Liste mit möglichen Protagonisten erhalten. Er entschied sich für einen fünfzigjährigen US-Bürger, der das Geld für diese Reise über Jahre zusammen gespart hatte.

»Der Amerikaner ist ein typischer Passagier«, erklärte ihm der Medienbeauftragte. »Nicht stinkreich, auch nicht arm. Aber die Kosten für diesen Urlaub schüttelt einer wie er nicht locker aus dem Ärmel. Er hat als Schreiner eine kleine Firma, die zuletzt nicht schlecht lief. Daher wollte er sich mal was gönnen.«

»Macht er die Reise allein?«, fragte Ivan.

»Nein, seine Frau ist mit an Bord. Sie will aber partout nicht gefilmt werden.«

»Kein Problem. Ich werde mich auf den Mann fokussieren.«

Ivan begleitete den Amerikaner zunächst aufs oberste Deck, wo er das erste Interview mit ihm führte. Den Reisegast positionierte er dabei so, dass im Hintergrund die Hansestadt deutlich zu erkennen war. Im Film sollte immer wieder der Bezug zu Hamburg hergestellt werden, damit sich die Ausstrahlung im Regionalmagazin rechtfertigen ließ. Deshalb drehte Ivan den US-Bürger auch bei einem kurzen Spaziergang am Hafen. Im Mittelpunkt des Films standen die Angebote des Kreuzfahrtschiffs. Der Amerikaner erwies sich als idealer Protagonist, machte fast alles mit, was Ivan ihm vorschlug. Er durfte ihn bei einer Massage drehen und begleitete ihn zum Essen in eines der sechs Restaurants an Bord. An Deck staunte Ivan am meisten über die Tatsache, dass für Jogger eine achthundert Meter lange Laufstrecke eingerichtet war. Die wollte der Gast aus den USA allerdings nicht ausprobieren, genauso wenig wie die Kletterwand. Stattdessen bekam Ivan ein paar Bilder vom Amerikaner in einem der Hallenbäder an Bord. Und zum Abschluss drehte er ihn in einer der Bars des Schiffes, in der ein Blues-Gitarrist live spielte.

Am nächsten Morgen ging Ivan gleich in den Schneideraum, da er seinen Film bis zur Nachmittagskonferenz fertig haben wollte. Mit dem Material vom Luxusliner war er zufrieden. Der Amerikaner hatte sich nicht nur zu allen möglichen Aktivitäten an Bord überreden lassen, sondern lieferte auch gute Statements ab. Nicht zuletzt zu den finanziellen Schwierigkeiten, in denen viele seiner Landsleute seit ein paar Jahren steckten. Zu seinem Bekanntenkreis in Ohio gehörten einige Personen, die sich mit dem Kauf eines Hauses völlig übernommen hatten und nun in einer tiefen Existenzkrise steckten. Ivans Film war letztlich ein unterhaltsamer Beitrag über einen Kreuzfahrtschiff-Reisenden, anhand dessen er das luxuriöse und bisweilen bizarre Geschehen an Bord erzählte. Die Abnahme verlief problemlos. CvD Nodrum war sehr zufrieden, vor allem mit der Auswahl des amerikanischen Protagonisten.

Nach der Konferenz saßen Ivan und sein Zimmerkollege in ihrem Büro und recherchierten neue Themen. Auch Meindl hatte gerade seinen Beitrag für die Sendung am Abend fertig gestellt. Die Kommunikation zwischen den beiden reduzierte sich fast ausschließlich auf berufliche Themen. Nach Wienholds Doping-Beitrag war Meindl reservierter geworden. Dass sich nicht jeder Kollege bei Auseinandersetzungen sofort auf seine Seite schlagen würde, war Ivan klar. Meindl und Wienhold kannten sich schon länger und hingen auch ständig beim Mittagessen zusammen. Daher machte Ivan auch keinerlei Anstalten, sich bei Meindl kritisch über Wienhold zu äußern.

Ivan heftete gerade die Unterlagen zu dem Luxusliner-Dreh in einem Ordner ab, als Wienhold das Zimmer betrat. »Hallo Malte«, begrüßte er ihn nüchtern. Dieser erwiderte den Gruß nicht, wie meistens. Neu war in diesem Augenblick, dass er Ivan mit einem hämisch-arroganten Grinsen konfrontierte. Wienhold fragte Meindl, wie lange er noch zu tun hätte. Er wolle das Haus bald verlassen und könne ihn im Auto mit in die Stadt nehmen. Meindl nahm das Angebot an und begann, seine Sachen zusammen zu packen. Wienhold machte währenddessen ein paar Schritte auf Ivan zu, stellte sich neben ihn und fragte übertrieben freundlich, fast schon anbiedernd: »Alles klar bei dir, Ivan«. Er legte seine Hand auf Ivans Schulter, der sich zusammenreißen musste, um sie nicht wegzuschlagen. Stattdessen blickte er aus seinem Stuhl ruhig und entschlossen zu Wienhold hoch und antwortete »Alles klar, Malte.« Dann bewegte er sich langsam mit dem Oberkörper nach vorne, um dem aufdringlichen Kollegen zu erkennen zu geben, dass er seine Hand wieder zu sich nehmen solle.

Seit Ivan den Job in Hamburg angetreten hatte, war Wienhold noch nie auf ihn zugekommen, um ein Gespräch zu beginnen. Noch nie hatte er sich bemüht, einen Smalltalk mit ihm zu führen. Und jetzt das. Die pure Provokation. Offensichtlich hatte Wienhold das Fehlen des Notizbuches bemerkt. Und da ihn weder Ivan noch sein Chef darauf angesprochen hatten, schien er sich sicher zu fühlen. Daher dieser überhebliche, an Arroganz kaum zu überbietende Auftritt an Ivans Schreibtisch. Nachdem Wienhold und Meindl das Büro verlassen hatten, fragte Ivan Beate, ob sie Lust auf ein Feierabend-Bier hätte. Eine halbe Stunde später saßen sie in einer kleinen Kneipe in Uhlenhorst, mit Blick auf die Außenalster. Als die Bedienung die erste Bestellung der beiden auf den Tisch stellte, hatte Ivan seiner Kollegin die Story rund um das Notizbuch bereits in allen Details erzählt.

»Ich wusste es. Dieser Typ ist nicht ganz koscher«, kommentierte Beate Ivans Schilderungen. »Das hat sich schon einige Male abgezeichnet. Peter hat wahrscheinlich Recht: Malte hat mir den Ärger mit Arno eingebrockt.« Sie war ziemlich erbost über die Geschichte ihres Kollegen. »Das muss doch Konsequenzen haben für diesen Kotzbrocken«, fügte sie hinzu und schaute Ivan fragend an.

»Ich bleibe bei meiner Strategie: die Chefs werden nicht informiert. Jedenfalls nicht jetzt. In fünf Wochen, Ende Oktober ist meine dreimonatige Probezeit abgelaufen. Danach werde ich Huber die Geschichte bei passender Gelegenheit erzählen. Bis dahin sollte niemand sonst davon erfahren. Daher auch meine Bitte an dich: behalt es für dich, bis ich mit Huber darüber gesprochen habe.«

»Ja, klar. Ich kann deine Haltung angesichts der Probezeit verstehen. Aber danach muss man mit dem Kollegen mal ein ernstes Wörtchen reden. Sonst erlaubt er sich immer mehr.«

»Weißt du eigentlich, ob Wienhold wichtige Leute kennt, die ihn so überheblich werden lassen«, fragte Ivan seine Kollegin.

»Keine Ahnung. Peter hat mal ähnliche Vermutungen geäußert. Ihm war nicht klar, wie Malte den Job überhaupt bekommen konnte, weil er journalistisch halt nur ein kleines Licht ist. Aber er wusste auch nicht, ob Malte protegiert wird.«

Die beiden unterhielten sich noch über die Chefs und das Klima in der Redaktion. Beate war einigermaßen desillusioniert angesichts der personellen Konstellation. Sie fand das Niveau des Fernsehmagazins in Ordnung, wenn auch nicht überragend. Für ein Regionalmagazin eines kommerziellen Unternehmens käme es vergleichsweise seriös daher. Das war der Grund, warum sie es so lange in der Redaktion aushielt. Vorfälle wie die Wienhold-Geschichte machten ihr aber sehr zu schaffen. Ivan versuchte, sie mit der Idee aufzumuntern, dass der Kollege vielleicht bald weg wäre, wenn er weiterhin so schwache Beiträge ablieferte. Allerdings beruhigte das weder sie noch ihn.

VI.

Die restlichen Wochen bis zum Ende seiner Probezeit verliefen ohne Komplikationen. Ivan lieferte solide Arbeit ab, die Chefs waren zufrieden. Wienhold behielt sein dämliches Grinsen bei. Je länger der Vorfall zurück lag, umso sicherer fühlte er sich. Bei jeder sich bietenden Gelegenheit, demonstrierte er Ivan seine rotzfreche Arroganz. Sei es durch übertriebene Freundlichkeit oder durch das ständige Ignorieren von Begrüßungen. Ivan blieb bis zum Ende der Probezeit bei seiner Strategie, dem jungen Kollegen den Wind aus den Segeln zu nehmen, indem er so tat, als würde ihn sein flegelhaftes Benehmen nicht tangieren. In einigen Wochen würde er sich mit Huber zusammensetzen und ihm seine Erlebnisse mit Wienhold schildern.

Mit den anderen Kollegen hatte er ein gutes Verhältnis, auch wenn es sich bei den meisten auf den beruflichen Kontakt beschränkte. In seiner Freizeit ging er nach Feierabend gelegentlich mit Beate, Angela oder Peter ein Bier trinken, aber höchstens einmal die Woche. Da er Paul nicht ständig auf die Pelle rücken wollte und abends öfter allein zu Hause saß, war er froh, dass Anna sich inzwischen intensiv um einen Job in Hamburg bemühte und eine vielversprechende Stelle in einer Grafik-Agentur entdeckt hatte.

»Bewirb dich«, sagte Paul spontan, als sie ihm bei einem Hamburg-Besuch davon erzählte. »Das ist eine Top-Adresse. Die kriegen von uns manchmal Aufträge, wenn unsere Kunden anspruchsvolle Grafik-Jobs verlangen. Und bisher haben sie immer exzellente Arbeit geliefert.«

Anna ging die Bewerbung nicht leicht von der Hand, da sie seit Jahren keine mehr geschrieben hatte. Dennoch hatte sie damit

Erfolg und bald eine Einladung zum Vorstellungsgespräch in ihrem Briefkasten. Mitte Oktober holte Ivan sie an einem Mittwochabend vom Hauptbahnhof ab. Die Begrüßung war, wie schon bei den letzten Besuchen, sehr emotional. Den ungewöhnlich intensiven Umarmungen folgte ein sanfter, inniger Kuss. Die Fernbeziehung hatte ihre Partnerschaft wieder sinnlicher gemacht. Die Vorfreude auf den Partner kam schon Tage vor den Besuchen auf. Die Begrüßungen am Bahnhof waren ein Sinnbild für die neu gewonnene Intimität in ihrer Beziehung. Die Lust auf den anderen hatte wieder zugenommen, seit sie sich so selten sahen. Der Sex war leidenschaftlicher, frecher, enthemmter als in den letzten Monaten ihrer Münchener Zeit. Erstmals verbrachten sie wieder ähnlich viel Zeit gemeinsam im Bett wie zu Beginn ihrer Beziehung vor gut sechs Jahren.

An diesem Abend vor dem Vorstellungsgespräch gingen sie in ein feines Restaurant an der Binnenalster. Ivan wollte Anna damit verdeutlichen, wie sehr er sich über einen baldigen Umzug freuen würde. Sie sollte spüren, wie wichtig es ihm war, bald wieder mit ihr ein gemeinsames Leben führen zu können. Seit er sie nicht mehr so regelmäßig sah, fielen ihm viele Details an ihr auf, die ihn bei ihrem Kennenlernen so begeistert hatten. Ihr trockener Humor, der nicht bösartig war, aber durchaus gallig sein konnte, wenn ihr etwas nicht passte. Ihr souveräner Gang, der ihre große Gestalt stolz, aber nicht überheblich zur Geltung brachte. Ihr pechschwarzes Haar, das ihr Gesicht in einer noblen Blässe erscheinen ließ. Ihr herzhaftes Lachen. All das ging Ivan durch den Kopf, als seine Freundin ihm gegenüber saß und in der Speisekarte blätterte. Das ist wohl Liebe, dachte er sich in diesem Augenblick, den er noch ein paar Sekunden auskostete, bis der Kellner an den Tisch kam, um die Bestellung aufzunehmen.

Am nächsten Vormittag hatte Anna ihr Vorstellungsgespräch in einer prächtigen Villa in der Rothenbaumchaussee. Sie meldete sich gleich nach ihrem Termin telefonisch bei Ivan. »Sie waren sehr angetan von meinen Arbeiten, sagten sie. Ich hab' ein gutes Gefühl. Zwei Männer und eine Frau saßen mir gegenüber. Die haben mich ganz schön ausgequetscht, wollten auch viel technischen Kram wissen. Mit welchen Programmen ich arbeite, wo ich am meisten Routine hab. Aber ich konnte eigentlich auf alle Fragen souverän antworten.«

»Super«, freute sich Ivan. »Wann kriegst du Bescheid?«

»Sie haben Anfang nächster Woche noch zwei Gespräche. Danach wollen sie sich melden. Das wird etwa in einer Woche sein. Ich bin wirklich froh, dass ich mich da beworben hab.«

»Sollen wir über Mittag noch Essen gehen?«, fragte Ivan.

»Hast du denn Zeit?«

»Ja, ich bin heute nur am Recherchieren. Da kann ich mir die Zeit selbst einteilen. Lass uns um halb eins am Hauptbahnhof treffen, am Infoschalter. Dann gehen wir von dort aus was essen.«

Anna war im Restaurant fast euphorisch. Die Vorstellung, künftig nicht mehr diese ungeliebte Fernbeziehung führen zu müssen, stimmte sie glücklich. Zuletzt war sie zwei Mal im Monat nach Hamburg gekommen, dazwischen fuhr Ivan mindestens einmal monatlich nach München. So hatten sie sich zwar regelmäßig gesehen. Aber auch Ivan, der das Pendeln anfangs noch reizvoll fand, merkte in den letzten Wochen, dass das keine wünschenswerte Dauerlösung ist. Um halb zwei verabschiedete sich Ivan mit einer langen Umarmung von seiner Freundin.

Am Nachmittag bereitete er sich in der Redaktion auf den Dreh vor, den er für den kommenden Tag geplant hatte: das Porträt der kleinen Andrea, die an der seltenen Glasknochenkrankheit litt. In der Zeitung hatte er einen Artikel über das Mädchen gelesen, in dem ihr äußerst mühsamer und ständig bedrohlicher Alltag beschrieben war. Aufgrund dieser Erbkrankheit brachen ihre Knochen schon in völlig harmlosen Situationen, etwa wenn sie sich auf dem Schoss ihrer Mutter sitzend zu weit nach vorne lehnte. Ivan hatte sich mit der Redaktion auf einen vierminütigen

Beitrag geeinigt, der die wenig bekannte Krankheit vorstellen sollte.

Der Drehtag begann am nächsten Vormittag in der Schule, in der Andrea in die zweite Klasse ging. Bei den Vorgesprächen hatte er von ihren Eltern schon einiges über die Krankheit erfahren. Dennoch war er sehr überrascht, als er das Mädchen in der Schule sitzen sah. Andrea war mit ihren acht Jahren höchstens so groß wie eine Vierjährige. Kleinwüchsigkeit ist typisch für diese Krankheit. Das Mädchen saß in einem Spezialstuhl, der mit seiner Halterung rund um ihren Oberkörper einem Babystuhl ähnelte. Die zweite Auffälligkeit war die extreme Überdehnbarkeit ihrer Gelenke. Sie konnte im Sitzen ihr Kniegelenk ohne Probleme so weit nach oben drehen, dass ihr ganzer Fuß das Gesicht berührte. Sie tat dies ständig, ohne darüber nachzudenken, mit einer Selbstverständlichkeit wie andere ihren Ellenbogen beugen. Ivan staunte über diese Kombination aus Gummigelenken und äußerst brüchigen Knochen. Er hatte sich in die hinterste Reihe gesetzt und machte während des Unterrichts Aufnahmen von Andrea. In der Pause interviewte er den Lehrer zum Alltag mit einem so schwer behinderten Mädchen.

»Andrea war im letzten Schuljahr noch in einer Behinderteneinrichtung, war aber völlig unterfordert. Wir sind dann gefragt worden, ob sie an unsere Schule wechseln könnte. Obwohl ich anfangs sehr skeptisch war, haben wir uns dazu bereit erklärt. Wir haben ihre Mitschüler darauf vorbereitet, dass ein Mädchen mit einer speziellen Krankheit in die Klasse kommen wird. Die Integration von Andrea ging dann sehr schnell und problemlos. Schon nach einem Tag hatten die Mitschüler sie als normales Klassenmitglied akzeptiert.«

Nach der Schule wurde Andrea von einem Zivildienstleistenden im Kleinbus nach Hause gebracht. Ivan drehte beim Mittagessen das Mädchen im Kreis der Familie, zu der noch zwei gesunde Kinder gehörten. Andrea war im Alter von vier Monaten als Pflegekind aufgenommen worden, weil ihre leiblichen Eltern sie nicht haben wollten. Auch beim Mittagessen saß sie in einer Art Babystuhl, der sie vor dem Umkippen schützte. Die Mutter erzählte Ivan im Interview von den unzähligen Brüchen, die vor allem in den ersten Lebensjahren zu Andreas Alltag gehörten. »Sie hatte ständig Schmerzen, musste wie ein rohes Ei behandelt werden. Manchmal hat sie sich schon bei plötzlichem Erschrecken Knochen gebrochen, weil sich die Muskulatur stark angespannt hatte.«

Am Nachmittag spielte Andrea mit ihren Geschwistern im Kinderzimmer. Auf dem Boden sitzend, an ihre Mutter gelehnt, baute sie mit den anderen einen Turm aus Legosteinen. Ivan drehte die Szene aus der hintersten Ecke des Zimmers, damit die Kinder ungestört blieben. Später setzte ihre Mutter sie in ein fahrbares Plastikgestell mit vier Rollen. Die Höhe der Sitzfläche war so eingestellt, dass Andrea mit ihren Füssen auf den Boden kam, wodurch sie sich abstoßen und fortbewegen konnte.

»Was machst du denn am liebsten, wenn du zu Hause bist?«, fragte Ivan das Mädchen.

»Mit meinen Geschwistern spielen. Und Gitarre üben.«

Ivan fragte die Mutter, ob er Andrea beim Gitarrenspiel drehen könnte. Sie hatte nichts dagegen, wies den Reporter allerdings darauf hin, dass Andrea erst vor kurzem damit angefangen hatte und noch nicht richtig spielen konnte. Dann bereitete sie alles für die Übungsstunde vor. Sie legte das Kind auf einem Bett auf den Rücken, baute neben ihr eine Halterung auf, in die sie das obere Ende des Gitarrenhalses klemmte. Die untere Kante des schräg hängenden Instruments drückte sich ins Bett. Andrea selbst lag unter der Gitarre, ohne diese zu berühren, konnte so mit beiden Händen die Saiten erreichen. Ivan kniete mit seiner Kamera vor dem Bett und nahm auf, wie sie ganz langsam ihr aktuelles Übungslied spielte: die berühmte Tonfolge von *Deep Purples* ›Smoke on the water‹. Die berührende und beeindruckende Szene war nicht nur die letzte dieses Drehtags, sondern wurde auch die letzte in dem Film, den Ivan am nächsten Tag fertig stellte. Der Beitrag kam in der Redaktion sehr gut an. Die meisten wussten kaum etwas von dieser Krankheit und staunten über den Lebenswillen des kleinen Mädchens.

Am Donnerstagnachmittag erhielt Ivan einen Anruf von Anna. Die Tageszeit war ungewöhnlich, in der Regel telefonierten sie abends, wenn beide genug Zeit zum Reden hatten. Sie war unruhig, weil sie immer noch keine Rückmeldung aus der Hamburger Agentur hatte, bei der sie zum Bewerbungsgespräch war.

»Ich habe ein ungutes Gefühl«, meinte sie zu ihrem Freund. »Sie wollten sich doch eigentlich schon Mitte der Woche melden.«

»Wart mal ab«, versuchte Ivan sie zu beruhigen. »Vielleicht haben sie die Gespräche mit den anderen Kandidaten verschoben, weil jemand krank wurde.«

»Meinst du nicht, ich soll mal nachfragen?«

»Nein, noch nicht. Vielleicht kriegst du ja heute oder morgen Bescheid.« Ivan war überrascht über die große Ungeduld, die seine Freundin an den Tag legte. Es konnte ihr nicht schnell genug mit dem Umzug gehen.

»Okay. Diese Woche warte ich noch ab. Aber spätestens Montag werde ich dort anrufen. Wenn sie einem eine Rückmeldung zu einem bestimmten Zeitpunkt zusagen, müssen sie auch damit leben, dass man nachfragt.«

Auch beim abendlichen Telefonat thematisierte Anna ihre Enttäuschung. Sie rechnete offensichtlich mit einer Absage, trotz des guten Gefühls, das sie beim Gespräch hatte. Ivans Aufmunterungsversuche halfen nicht weiter. Als am Freitag immer noch kein Anruf kam, wurde auch Ivan skeptisch, ob die Sache noch mit einer Zusage enden würde. Am Wochenende fuhr er nach München, wo er eine schlecht gelaunte Freundin antraf. Sie hatte wenig Lust zu reden, wollte nichts unternehmen, war völlig phlegmatisch. Sie hing auf dem Sofa, die Kopfhörer auf den Ohren und zog ihre Stimmung mit melancholischer Musik noch weiter runter.

Als Ivan am Samstagabend vorschlug, ins Kino zu gehen, lehnte sie ab. »Keine Lust!« Er war froh, dass im Fernsehen an diesem Abend ein guter Film lief. ›Jackie Brown‹ von Quentin Tarantino, den er schon mal gesehen und dessen Leichtigkeit ihn begeistert hatte. Robert de Niro und Samuel L. Jackson in Traumrollen. Und eine überragende Pam Grier als Drogenkurierin. Bobby Womacks Titelmelodie ›Across the 110th Street‹ gefiel eigentlich auch Anna, aber heute konnte sie der Song nicht aufheitern. Erst gegen Ende des Films besserte sich ihre Laune ein wenig.

Auf der Rückfahrt nach Hamburg dachte Ivan viel darüber nach, wie für Anna möglichst schnell eine Stelle zu bekommen wäre. Vielleicht sollte Paul aktiver werden, da er viele Leute aus dieser Branche kannte. Ivan rief ihn vom ICE aus an und schilderte die Situation. »Falls dir eine Agentur einfällt, wo sie hinpassen könnte, melde dich.« Paul versprach, sich umzuhören.

Das Thema hatte sich allerdings am nächsten Tag erledigt. Eine überschwängliche Anna rief Ivan am Montagvormittag an und schrie ihre Freude ins Telefon. »Ich hab' den Job, ich hab' den Job.« Hubert Meindl, der Ivan gegenüber saß und die laute Stimme am Telefon hörte, schaute irritiert zu ihm rüber. Ivan gab ihm mit einem Schmunzeln und einer beschwichtigenden Handbewegung zu erkennen, dass alles in Ordnung sei. Zwei Tage später erhielt Anna den Vertrag aus Hamburg. Sie hatte darum gebeten, ihn möglichst schnell zu bekommen, damit sie noch im Oktober kündigen konnte. Das tat sie dann auch. Somit war klar, dass sie im Februar 2011 im neuen Job anfangen würde.

Anfang November hielt Ivan die Situation für geeignet, seinen Chef auf den Vorfall mit Wienhold anzusprechen. Die Probezeit lag hinter ihm, sein Vertrag war unbefristet verlängert worden. Zudem hatte Huber gerade einen Film von ihm abgenommen, den er sehr gut fand. Ivan schilderte kurz die Ereignisse, die sich vor einigen Wochen abgespielt hatten.

»Und damit kommst du jetzt raus, Ivan. Wieso das denn?«, fragte sein irritierter Chef.

»Ich wollte in meiner Probezeit nicht mit einem so heiklen Thema ankommen«, versuchte sich Ivan zu erklären.

»Das ist jetzt nicht weniger heikel. Wir werden morgen, wenn Malte wieder da ist, ein Gespräch zu dritt führen. Ich muss mir natürlich anhören, was er dazu zu sagen hat.«

Als er das Büro des Chefs verließ, war er ziemlich verunsichert. Huber hatte ihn behandelt, als hätte ihn Ivan schwer beleidigt. Dabei war doch Wienhold der Querulant. Am nächsten Morgen bat Huber die beiden Kollegen zu sich. Der Chef konfrontierte Wienhold mit den Vorwürfen, die Ivan ihm gegenüber geäußert hatte.

»Das ist ja ungeheuerlich«, spielte Wienhold das empörte Unschuldslamm. »Wie kommst du dazu, mir solche Sachen zu unterstellen? Was soll ich denn mit deinem Notizbuch? Ist mir doch egal, was du da aufschreibst.«

Obwohl Ivan darauf vorbereitet war, dass Wienhold sich rausreden würde, verunsicherte ihn dessen vorgespielte Wut. »Fakt ist«, versuchte Ivan sachlich zu bleiben, »dass mein Notizbuch in deiner Schreibtischschublade lag.«

»Das ist überhaupt kein Fakt«, steigerte Wienhold seine gespielte Empörung noch. »Fakt ist vielmehr, dass es im Augenblick in deiner Hand ist und keineswegs in meinem Schreibtisch. Du erfindest hier diffamierende Geschichten.« Wienhold, der sonst so wortkarg war, legte eine Emotionalität an den Tag, die Ivan nicht von ihm kannte.

»Jetzt reicht es aber«, fauchte Ivan zurück. »Das sind üble Unterstellungen, die ich mir nicht gefallen lassen muss.«

Huber merkte, dass es Zeit war, einzugreifen. »Ruhe jetzt, so kommen wir nicht weiter. Hier steht Aussage gegen Aussage. Ich weiß nicht, wer hier Recht hat und wer den Kollegen anschwärzen will. Es wird auch nichts helfen, wenn wir noch zwei Stunden weiter diskutieren. Falls so etwas wieder vorkommt, was ich nicht hoffe, melden sich die Betroffenen bitte sofort bei mir. Da in dieser Angelegenheit niemand zu Schaden gekommen ist, beenden wir hiermit diesen Disput. Ich verlange von euch, dass ihr auch zu zweit nicht weiter darüber streitet. Ist das angekommen?« Wienhold und Ivan nickten mit dem Kopf und verließen Hubers Büro.

Jetzt war genau das eingetroffen, was Ivan hatte vermeiden wollen. Dass er Wienholds Diebstahl thematisierte, ohne den Chef auf seine Seite ziehen zu können. Im Gegenteil. Huber war ziemlich genervt über die Art, wie und was Ivan vorbrachte. Aber was hätte er tun sollen? Gar nichts sagen? Die ganze Angelegenheit verschweigen? Im Nachhinein, nach den Erkenntnissen dieses Gesprächs, wäre es wohl die bessere Lösung gewesen. In der Mittagspause erzählte er Beate von dem Gespräch. »Scheiße«, kommentierte sie spontan. Sie konnte Huber zwar verstehen, für den es schwierig war, herauszubekommen, wer hier welches Spielchen spielt. Dennoch fand sie es bedauerlich, dass Ivan in eine unangenehme Rolle hineingerutscht war.

»Lass die Sache auf sich beruhen, thematisier sie nicht mehr. Dann wird sie bald niemanden mehr interessieren«, riet ihm die Kollegin.

Nach den Erfahrungen mit Huber war das auch die Strategie gewesen, die er sich in dieser Angelegenheit vorgenommen hatte. Auch wenn er es eigentlich zum Kotzen fand, dass Wienhold mit dieser Schauspiel-Einlage gänzlich ungeschoren davonkam. Ivan versuchte, den Kollegen in den nächsten Wochen komplett zu ignorieren. Keiner von beiden grüßte den anderen. Wienhold legte es aber weiterhin darauf an, Ivan mit seinem arroganten Grinsen zu provozieren.

Nach diesem Disput reduzierte Meindl die Kommunikation mit Ivan auf das Nötigste, antwortete, im Gegensatz zu früher, nur noch mit knappen Sätzen. Als Ivan den Streit mit dem Kollegen schon fast abgehakt hatte, weil er sich nicht weiter darüber ärgern wollte, kam eines Morgens Beate Ullscheid aufgebracht in sein

Zimmer. »Der Wienhold hat Peter erzählt, du hättest dir die Geschichte einfallen lassen, um ihm zu schaden.«

»Was?« fragte Ivan ungläubig.

»Ja, er hat Peter gestern die Geschichte vom Notizbuch erzählt und gesagt, du seist eine falsche Schlange, der man nicht trauen könne.«

Ivan bat Beate, Peter in sein Büro zu holen, weil er es von ihm direkt hören wollte. Meindl war auf Dreh, insofern konnten sie offen reden. Peter bestätigte Beates Aussage, worauf Ivan mit ihm zu Huber gehen wollte.

»Wieso denn zu Huber? Was hab' ich damit zu schaffen?« fragte Peter.

»Weil der Chef Malte und mir aufgetragen hatte, diesen Streit zu beenden und das Thema nicht mehr anzusprechen. Und das hat der reizende Kollege ja offensichtlich nicht eingehalten.«

»Ja, aber was soll das bringen, wenn wir jetzt zu Huber laufen. Das verschlimmert die Sache noch mehr«, versuchte Peter sich aus dieser Situation zu retten, die er als sehr heikel empfand.

»Peter, bitte. Huber muss Malte das Maul stopfen, damit er nicht weiter solche Lügengeschichten verbreitet.«

Widerwillig ging Peter mit Ivan zum Chef. Huber hörte sich an, was Peter von Wienhold über diese Notizblock-Geschichte gehört hatte, schwieg eine Weile, zog dabei ein genervtes Gesicht und wandte sich schließlich an Ivan.

»Ich dachte, wir hätten das Thema neulich beendet. Jetzt stehen wir schon wieder hier. Ivan, lass die Sache jetzt einfach ruhen. Ich werde mit Malte reden, dass auch er sich daran halten soll.«

Ivan war geschockt. Das war alles, was sein Chef zu diesem Vorfall zu sagen hatte? Wienhold verleumdete ihn bei einem Kollegen, obwohl ihm Stillschweigen aufgetragen worden war. Und daraufhin hat der Chef nichts Besseres zu tun, als ihn blöd anzumachen, weil er das Thema wieder auf den Tisch bringt.

Ivan verließ das Zimmer wortlos. Mittags ging er mit Beate zum

Italiener. Beim Essen waren sie beide ziemlich ruhig. Ivan, weil er den Schock über das Verhalten des Chefs immer noch nicht verdaut hatte; Beate, weil sie nicht so recht wusste, wie sie ihn aufheitern konnte. Das Frustrierende war für Ivan die Tatsache, dass Huber sich offensichtlich nie auf seine Seite schlägt, was auch immer sich Wienhold herausnahm. In diesem Streit mit dem Kollegen hatte er die schlechteren Karten.

»Warum darf sich Malte so viel erlauben«, fragte er Beate eher rhetorisch als dass er von ihr eine Antwort erwartete. Sie hatten ja neulich schon gemeinsam gerätselt, welche wichtigen Kontakte Wienhold haben könnte. Inzwischen war Ivan das Thema zuwider und die Pizza schmeckte ihm auch nicht. Er merkte, dass er Beate kein guter Gesprächspartner war. »Sorry, hab' grad 'ne kleine Krise. Vielleicht sollte ich ein Bier trinken, um mich aufzuheitern.« Beate riet ihm davon ab. Eine Alkoholfahne mittags um eins würde bei den Chefs wohl keinen guten Eindruck hinterlassen.

Am Nachmittag wickelte er seine Recherchen für den nächsten Dreh ziemlich lustlos ab. Nachdem er alle Telefonate hinter sich gebracht hatte, verabschiedete er sich ungewöhnlich früh aus der Redaktion. Auf der Fahrt in die Innenstadt rief er seinen Kumpel Paul an und verabredete sich mit ihm für halb sechs auf ein Feierabend-Bier im *Kaffee Stark* in der Wohlwillstraße. Als Paul das Lokal betrat, hatte Ivan sein erstes Hefeweizen schon fast leer getrunken. Das Verständnis des Freundes für seine Enttäuschung heiterte Ivan nicht sonderlich auf, auch wenn es natürlich gut tat, dass er jemanden zum Reden hatte. Erst nach dem zweiten Bier ließ sein Frust etwas nach. »Ich werde Wienhold ein Notizbuch zu Weihnachten schenken. Da wird er sich doch sicher freuen«, fing Ivan an, das leidige Thema weniger ernst zu nehmen.

»Schenk ihm doch gleich ein Freundschaftsbuch, wie es sich Kinder gegenseitig zum Reinschreiben ausleihen«, schlug Paul vor. »Da kann er notieren, was er für Hobbies hat und was er mal werden will, wenn er groß ist. Und nächstes Jahr schließt ihr Blutsbrüderschaft und baut zusammen ein Baumhaus.«

Nach dem dritten Bier wollte Ivan nach Hause. Die Frotzelei über Wienhold hatte seine Stimmung nicht allzu lange hoch gehalten. Jetzt, schlecht gelaunt, war ihm danach, faul auf dem Sofa zu liegen und laute Musik zu hören.

In der Redaktion hielt sich Ivan in den nächsten Tagen zurück, in vielerlei Hinsicht. Er sagte kaum etwas bei den Konferenzen, war auch bei den Mittagessen mit Beate und Angela wortkarger als noch vor Wochen. Peter Nodrum ging seit der Geschichte bei Huber selten mit. Das Gespräch beim Chef sei ein Fehler, hatte er Ivan zwei Tage danach gesagt. Letztlich habe es auch nichts gebracht. Im Gegenteil. Ivan war dazu nichts mehr eingefallen. Von einem gestandenen Journalisten wie Peter Nodrum, der für seine kritische Berichterstattung bekannt war, hatte er eine andere Haltung zu solchen Vorfällen erwartet. Eine weitere Enttäuschung in dieser Redaktion. Insofern bedauerte Ivan dessen Fehlen beim Mittagessen nicht.

Anfang Dezember kam Anna für einige Tage nach Hamburg. Sie hatte sich eine ganze Woche freigenommen, um ihren künftigen Wohnort besser kennenzulernen. Ivan hatte ihr immer noch nichts von dem Disput mit dem Kollegen Wienhold erzählt. Vor ihrem Umzug nach Hamburg wollte er sie nicht mit solchen Problemen belasten. Danach würde er sie informieren. An diesem Wochenende diskutierten sie viel darüber, ob sie sich bald nach einer neuen Wohnung umschauen sollten. Auf Dauer wäre Ivans jetzige Zwei-Zimmer-Bude auf jeden Fall zu klein.

»Ich schlage vor, wir suchen was in der Rothenbaumchaussee. Dann hätte ich nur ein paar Schritte zu Fuß zur Arbeit«, meinte Anna.

»Sehr gute Idee, ist genau unsere Preisklasse. Wir sollten uns gleich eine der Prachtvillen anmieten. Jeder von uns bekommt eine eigene Etage und die oberste ist für die Gäste. Ist das nach Ihrem Wunsch, Madame?«

»Klingt gut. Aber im Ernst: Mehr als ein halbes Jahr möchte ich hier nicht zu zweit wohnen. Wir haben beide ein ordentliches Gehalt, da können wir uns eine größere Wohnung leisten.«

Sie einigten sich darauf, in den nächsten Tagen einige Bezirke der Hansestadt anzuschauen, um Alternativen zur jetzigen Wohnlage auszuloten. Anna fand St. Pauli nicht schlecht, meinte aber, sich durchaus etwas weniger Umtriebiges vorstellen zu können. Sie wolle nicht unbedingt in einem Stadtviertel wohnen, wo sie morgens beim Verlassen des Hauses immer erst über zwei Alkoholleichen steigen muss. Das Ergebnis ihrer Stadtrundfahrt war, dass als Wohnort für sie auch Bezirke wie Altona, Winterhude oder Uhlenhorst in Frage kam.

In Annas Hamburg-Woche stand das Konzert der *Kings of Leon* auf dem Programm, auf das sich beide schon lange freuten. Auch Paul hatte sich eine Karte besorgt, obwohl er kein großer Fan dieser Rockband aus Tennessee war. Aber Ivan und Anna hatten ihn überreden können. »Du musst sie unbedingt mal live sehen.« Die O2-Arena war ausverkauft, weit über 10.000 Leute wollten die Amerikaner hören. Mit Hymnen wie ›Use Somebody‹ und ›Sex on Fire‹ wurden sie zwei Jahre zuvor einem größeren Publikum bekannt. In Hamburg spielten die *Kings of Leon* gut anderthalb Stunden und bestätigten ihren Ruf, auch in großen Hallen und Stadien ihre Fans begeistern zu können.

»War doch ein cooles Konzert«, schwärmte Ivan und schaute seinen Freund Paul fragend an.

»Ja, nicht schlecht. Die Stimmung war gut. Aber mir ist die Musik ein bisschen zu sehr Mainstream«, lautete Pauls ehrliche Antwort.

»Wenn es für dich Mainstream ist, sobald eine Band viele Fans hat, dann trifft das zu. Jedenfalls war das eine super Live-Performance.«, entgegnete Ivan.

»Ja, ist ok«, lenkte Paul ein. »Muss ja nicht jeder den gleichen Musikgeschmack haben.«

Anna verfolgte amüsiert das Gespräch der beiden, ohne sich einzumischen. Die drei fuhren nach St. Pauli zurück, tranken im *Roosen* noch ein Bier. Paul freute sich für Ivan, dass Anna bald bei ihm wohnen und ihm eine Stütze bei seinem beruflichen Stress sein würde.

Mitte Dezember stand wieder eine CvD-Woche Ivans auf dem Plan. Er wusste nicht so recht, ob er sich darauf freuen sollte. Den Ärger wegen Wienhold hatte er inzwischen einigermaßen verdrängen können. Der Alltag als Reporter spannte ihn meist so stark ein, dass er nicht noch Kraft für redaktionsinterne Kämpfe verschwenden wollte. Der CvD-Job bedeutete nun mal, die Filmbeiträge der Kollegen kritisch zu beurteilen. Und Leute wie Wienhold, die offensichtlich wenig Kritik vertrugen, fühlten sich auch bei sachlich vorgebrachten Argumenten attackiert. Ivan wollte diesen Job weiterhin gewissenhaft ausüben, sonst wäre er ihn sicherlich bald los. Das wollte er auf keinen Fall.

Zu Wienholds Themenvorschlägen gehörten wieder mal nur Sportthemen. Offensichtlich reduzierten sich seine Interessen auf diesen Bereich. Immerhin war er so flexibel, dass er neben Fußball auch noch andere Sportarten behandelte. Aber die Beiträge boten immer das gleiche einfallslose Bild: oberflächliche, wenig reflektierte Filmchen mit netten Aufnahmen. Mühsam recherchierte Hintergrundstorys, für die er mehr Aufwand investieren müsste, bot er nie an.

Vor den Dreharbeiten unterhielt sich Ivan mit Wienhold über die geplanten Filme. Es bestätigte sich aufs Neue, dass dem Kollegen das Gespür für gute Geschichten völlig fehlte. Wienhold machte bei den Vorgesprächen meist einen gelangweilten Eindruck, zeigte wenig Ehrgeiz, als würde er in der Redaktion ein lästiges Pflichtprogramm absolvieren.

Die Woche verlief aus Ivans Sicht akzeptabel. Keine besonderen Vorkommnisse, problemlose Abnahmen. Die meisten Kollegen akzeptierten ihn als souveränen CvD, der Schwachpunkte von Filmen gut erkannte und sie auch präzise benennen konnte. Das war wichtig für ein konstruktives Feedback.

Ivan freute sich auf die Weihnachtsferien. Zusammen mit Anna hatte er eine zweiwöchige Reise nach Kapstadt gebucht. Viele ihrer Bekannten hatten von einem Urlaub in Cape Town geschwärmt. Schöne Strände, viele Kneipen, herrliche Landschaft. Das Hauptargument war natürlich das Wetter. Sommer im Winter. Denn in Kapstadt herrschten Ende Dezember Temperaturen um dreißig Grad. Zudem war Ivan kein großer Freund von deutschen Weihnachten. Seine Mutter war nach einem Verkehrsunfall früh verstorben, als er vierzehn war. Ein Schock für die ganze Familie, vor allem für Ivan und seine damals elfjährige Schwester. Seit dieser Zeit war Weihnachten immer mit Trauer verbunden. Die Erinnerung an die tote Mutter prägte das vermeintliche Familienfest, zerstörte es letztlich. Zwei Jahre nach dem Unglück zog die neue Freundin des Vaters in die Wohnung ein. Weihnachten war aber nicht mehr zu retten. Ivans Verhältnis zur neuen Partnerin des Vaters war nicht besonders gut. Nach dem Abitur ging er weg von zu Hause und nahm sich ein günstiges WG-Zimmer. Zunächst hielt er sich mit Gelegenheitsjobs über Wasser. Dann startete er sein Publizistikstudium in München, erhielt Bafög, fing an, nebenher für Zeitungen zu schreiben. Und schon im vierten Semester bekam er nach einem Praktikum beim Bayerischen Rundfunk gelegentlich kleine Aufträge, Recherchejobs für Feature-Autoren. Das Verhältnis zum Vater war in diesen Jahren immer distanzierter geworden, was auch mit seiner neuen Frau zusammenhing, die Ivan immer als Fremdkörper in seiner Familie empfand. Seiner Schwester ging es nicht anders. Auch sie war gleich nach der Schule ausgezogen. Und als wollte sie die Distanz zur Familie so groß wie möglich machen, wanderte sie im Alter von einundzwanzig Jahren nach Australien aus. Inzwischen war sie dort verheiratet und hatte zwei Kinder.

An Heiligabend lag Ivan zusammen mit Anna am Sandstrand von Camps Bay. Dieser Teil von Kapstadt, mit Palmen an der Uferpromenade, erinnerte ihn an kalifornische Küstenabschnitte. Ein Restaurant reihte sich an das nächste, alle mit traumhaftem Blick aufs Meer. Die Stadt war voller Touristen, die eine Alternative zum kalten Winter gefunden hatten.

Am Abend saßen Ivan und Anna auf einer der Restaurantterrassen mit Meeresblick – in der Nähe ihres Appartements, am Hang unterhalb des Tafelbergs. Das Essen war vorzüglich, wie in vielen Lokalen Kapstadts, dazu Stellenbosch-Wein, den sie sich in der Abendsonne gönnten.

»Frohe Weihnachten«, prostete Ivan seiner Freundin zu.

»Auf uns«, prostete sie zurück und gab ihrem Freund einen Kuss.

»Ein traumhafter Ort, dieses Kapstadt. Vielleicht sollten wir auswandern«, schlug Ivan nicht ganz ernst gemeint vor.

»Ich wandere doch in vier Wochen aus, von Bayern nach Norddeutschland. Vom sonnigen München in das verregnete Hamburg. Oder sollte ich mir das vielleicht noch überlegen. Kapstadt wäre wettermäßig noch eine Steigerung zu München, muss ich zugeben.«

»Freust du dich auf Hamburg?«, fragte Ivan sie.

»Klar, sonst würde ich wohl kaum meine alte Heimat aufgeben. Ich bin froh, wieder zusammen mit dir zu leben.«

»Ich auch. Sehr sogar.«

»Für mich ist es mehr als nur ein Umzug in eine andere Stadt«, wurde Anna jetzt etwas ernster. »Es ist auch eine wichtige Entscheidung, was meine Lebensplanung betrifft. Ich bin jetzt vierunddreißig und irgendwann möchte ich Kinder haben. Und zwar mit dir. Das weißt du.«

Um das Thema Kinder hatte sich Ivan in den letzten Jahren immer wieder gedrückt. Er fand immer, es sei gerade der falsche Zeitpunkt. Grundsätzlich könne er sich das zwar schon vorstellen, aber nicht gerade jetzt. Anna kannte diese Ausflüchte, wusste, dass das Thema für ihn nicht den gleichen Stellenwert hatte wie für sie. Er konnte auch gut damit leben, ohne eigene Kinder alt zu werden.

»Was meinst du dazu? Kannst du dir ein gemeinsames Kind mit mir vorstellen«, fragte Anna nach, als Ivan nicht reagiert hatte.

»Ja, natürlich«, antwortete er jetzt schnell, um sie nicht zu verunsichern. »Das Zusammenwohnen in Hamburg kann dafür eine gute Basis sein.«

Anna strahlte. Noch nie hatte er sich so explizit dafür ausgesprochen. Sie gab ihm einen langen Kuss und streckte ihm ihr Glas entgegen. »Auf Hamburg.« Sie genossen den Urlaub im Süden Afrikas, blieben meistens in Kapstadt und Umgebung. Ein paar Mal machten sie mit ihrem Mietwagen Ausflüge, ans Kap der guten Hoffnung, zur Weinprobe nach Stellenbosch, nach Knysna, in die Küstenstadt an der legendären Garden Route. Am Silvesterabend saßen sie um Mitternacht mit einer Flasche Champagner an einem ruhigen Sandstrand. Aus der Ferne hörten sie das Feuerwerk in Kapstadt. Am zweiten Januar landeten sie im kalten Deutschland.

Am dritten Januar, Ivans erstem Arbeitstag im Jahr 2011, erhielt er gleich nach der Morgenkonferenz eine unerfreuliche Nachricht. Beate Ullscheid teilte ihm mit, dass sie vor Jahresende gekündigt hatte und nur noch bis Ende März beim *Hamburg Magazin* arbeiten würde. Sie hatte sich auf eine Redakteursstelle beim NDR beworben und kurz vor Weihnachten die Zusage erhalten.

»Du kannst mich doch nicht allein lassen, mit diesen Gestalten hier«, maulte Ivan.

»Das macht für mich hier keinen Sinn mehr«, versuchte Beate sich zu erklären. »Der Vize-Chef ist schlecht auf mich zu sprechen, weil mich ein Kollege denunziert hat. Ich erlebe groteske Abnahmen, bei denen an völlig belanglosen Sachen herumgenörgelt wird. Der Chef selbst hält sich aus allem raus. Und jetzt noch deine Geschichte mit Malte, die viel über diese Redaktion aussagt. Als ich im Dezember die Stellenanzeige des NDR gesehen habe, musste ich keine Sekunde überlegen. Für dich wäre es wahrscheinlich auch das Beste, dir bald was Neues zu suchen.«

»Du bist gut, ich bin hier noch nicht mal ein halbes Jahr«, entgegnete ihr Ivan. »Ich weiß nicht, ob das so gut ankommt, wenn ich mich jetzt schon irgendwo anders bewerbe. Außerdem geb' ich nicht so schnell auf. So wichtig ist der Wienhold nicht, als dass er mir richtig Ärger machen könnte.«

»Die Frage ist eher, wie es dir dabei geht. Ob es dir noch Spaß macht.« In diesem Punkt hatte Beate Recht. Auf Dauer konnte es keine Lösung sein, unmotiviert zur Arbeit zu gehen.

»Ende des Monats zieht Anna zu mir nach Hamburg. Dann wird der Job nicht mehr so im Vordergrund stehen.«

»Hoffentlich«, kommentierte Beate seine Zukunftsperspektiven. »Ich, an deiner Stelle, würde auf jeden Fall die Jobanzeigen im Auge behalten.«

»Mach ich«, schloss Ivan das Thema ab.

Der Januar war ein ziemlich ereignisarmer Monat, nicht nur, was die Themenlage für das *Hamburg Magazin* betraf. Auch innerhalb der Redaktion gingen sich alle möglichst aus dem Weg, als wollten sie gute Vorsätze fürs neue Jahr umsetzen. Am letzten Januarwochenende kam der 7,5-Tonner aus München. Ein kleineres Fahrzeug reicht nicht aus, behauptete der Mitarbeiter der Umzugsfirma, der die Wohnung zuvor besichtigt hatte. Er sollte Recht behalten. Der große LKW war am Ende prall voll mit dem Hausrat von Ivan und Anna. Zwei Sofas, zwei Kommoden und sehr viele Kisten füllten das Fahrzeug. Anna war zeitgleich mit dem Lastwagen losgefahren, allerdings im ICE, und daher viel früher in Hamburg. Da die Möbel nicht alle in Ivans Wohnung passten, hatte er eine kleine Garage angemietet, in der sie einen Teil der LKW-Ladung für ein paar Monate zwischenlagerten.

Beim Ausladen des Lastwagens halfen auch Paul und ein Freund von ihm. Nach gut drei Stunden standen die Möbel und Kisten in der kleinen Wohnung. Ivan verteilte kühles Bier. »Wir wollen euch nicht beim Einräumen im Weg stehen«, sagte Paul, bevor er sich mit seinem Kumpel verabschiedete. Als die beiden aus der Wohnung waren, umarmte Anna ihren Freund und schob ihn, während sie ihn küsste, langsam Richtung Schlafzimmer. Dort ließ sich Ivan ohne Gegenwehr auf das Bett stoßen.

VII.

Mitte Februar beherrschte der Wahlkampf zur Hamburger Bürgerschaft die Schlagzeilen in den Medien. Auch Ivans Redaktion berichtete fast täglich darüber. Außer Peter war auch Ivan für Filmbeiträge über die letzte Phase des Wahlkamps eingeteilt. Am Donnerstagnachmittag kam er pünktlich um halb vier in den Konferenzraum. Alle, die im Raum saßen, setzten plötzlich ein breites, unverhohlen demonstriertes Grinsen auf. Ivan war etwas irritiert, weil alle den gleich dämlichen Gesichtsausdruck präsentierten. »Ist was passiert?«, fragte er in die Runde. Als niemand antwortete, begann der CvD damit, die aktuelle Themenlage vorzustellen. Einige in der Runde wollten ihr Grinsen immer noch nicht ablegen und suchten zudem den Blickkontakt mit ihm. Ivan ignorierte sie und konzentrierte sich auf die Ausführungen des CvD.

Nach der Sitzung machte er einen kurzen Abstecher in Beates Büro und fragte sie, ob er etwas verpasst hätte. »Was meinst du?« Ich kam gerade in die Sitzung und die ganze Mannschaft begrüßte mich mit einem blöden Grinsen, als hätte ich sonst was angestellt.« Beate verneinte, irgendetwas zu wissen, versprach, sich umzuhören. Am nächsten Morgen kam Beate nach der Konferenz in Ivans Zimmer und machte die Tür hinter sich zu. »Malte Wienhold erzählt, dass er am Wochenende in einem Club gesehen hat, wie du besoffen eine junge Frau angebaggert hast und sie dir dann eine geschmiert hat. Das hat mir Angela gerade erzählt. Sie bat mich inständig darum, ihren Namen aus dem Spiel zu lassen.«

Ivan fiel die Kinnlade runter. Er brauchte einige Augenblicke, um seine Sinne zu ordnen. »Bitte, was hab' ich gemacht?«, sagte er kaum hörbar.

»Du sollst eine junge Blondine belästigt haben, die dir dann eine Ohrfeige verpasste.«

eden. Unzählige Gedanken schossen
den Kopf. Warum lässt dieser Typ ihn
er erreichen? Wie soll er sich verhalten?
d er keine Antworten.

nenende in keinem Club«, sagte er ruhig, fast
’ daher auch keine Frau angebaggert, schon gar
kein Ich war das ganze Wochenende mit Anna zusammen.«

Beate wusste nicht so recht, wie sie ihm helfen konnte. »Ich glaub dir. Ich weiß, dass du nicht der Typ bist, Frauen so massiv zu belästigen, dass sie dir eine runterhauen.«

»Was soll ich jetzt tun? Schweigen, damit ich die Story nicht größer mache als sie jetzt ist? Soll ich das wirklich einfach unter den Teppich kehren?« Beate hatte keine Antwort parat. Nicht nach Ivans letzten Erfahrungen mit Huber, der ihn komplett auflaufen ließ.

»Sorry, ich kann das nicht einfach so hinnehmen«, schob Ivan hinterher. »Das ist Verleumdung. Das dürfte auch Huber nicht egal sein.« Ivan sagte ihr, er werde das Thema in der Nachmittagskonferenz offen ansprechen. Beate wollte ihm weder zu- noch abraten. Sie wusste auch nicht, wie die Situation am besten zu lösen wäre.

Ivan taumelte innerlich, wie ein angezählter Boxer. Allmählich stieg Wut in ihm hoch, die ihn noch verwirrter werden ließ. Er war völlig durcheinander, nahm Unterlagen in die Hand, legte sie sofort wieder weg, schaltete die Schreibtischlampe ein, machte sie wieder aus. Er wusste nicht, was er tat. Aus der Wut wurde Hass. Nach einigen Minuten wurde er etwas ruhiger. Er verließ sein Zimmer, verließ die Redaktion, verließ das Gebäude und ging die Jenfelder Allee entlang, bis er sich einigermaßen beruhigt hatte.

Als er zurück in der Redaktion war, ging er in Hubers Zimmer. Krattenhals saß auch im Raum. Ivan machte die Tür hinter sich zu und konfrontierte seine Chefs mit den Aussagen Beates. Beide taten so, als wüssten sie von nichts, stritten ab, je etwas darüber gehört zu haben. »Die Geschichte ist mir völlig neu!« Ivan wusste, dass das nicht stimmte. Laut Angela hatten sich die Chefs fast bepisst vor Lachen, als sie die Story hörten. Jetzt saßen sie wortkarg da, versuchten die Rolle der Unwissenden zu spielen, was ihnen nicht gut gelang. Ihre Arroganz mischte sich mit schlechtem Gewissen.

»Hat Malte Wienhold eigentlich einen besonderen Status in dieser Redaktion«, wollte Ivan von seinen Chefs wissen.

»Wie kommst du denn darauf?«, fragte Huber zurück.

»Er kann sich hier ziemlich viel herausnehmen, ohne dass es Konsequenzen hat.«

»Das ist Quatsch. Er wird behandelt, wie jeder andere auch. Wenn er richtig Scheiße baut, muss er sich dafür auch verantworten. Aber bei allem, was du bisher gegen ihn vorgebracht hast, stand Aussage gegen Aussage. Wie sollen wir da – deiner Meinung nach – reagieren?«, fragte ihn Huber.

Als Ivan nichts sagte und sich aus seinem Stuhl erhob, um das Zimmer zu verlassen, meinte Huber, ihm noch einen Rat mit auf den Weg geben zu müssen. »Hör auf, dich mit Malte zu streiten. Das bringt nichts. Du regst dich nur auf und schadest dir selbst.«

Ivan verließ das Zimmer. Enttäuscht, genervt, verärgert und wieder wütend. Aber die Wut war jetzt ruhiger. Er überlegte sich, wie er Wienhold schaden könnte. Die nächsten Abnahmen sollten für den Kollegen nicht mehr im Schonwaschgang ablaufen. Mittags ging Ivan mit Beate in die Kantine. Angela wollte nicht mit. Ihr, als jüngstem Redaktionsmitglied, wurde die Sache etwas zu heiß. Sie hatte schon bereut, Beate überhaupt etwas gesagt zu haben. Wenn raus käme, dass sie die Informantin war, würde sie bestimmt Ärger bekommen, so ihre Befürchtung. Beate selbst tangierten solche Sorgen nicht mehr. Sie würde in fünf Wochen weg sein. Ihr konnte nichts mehr passieren, weshalb Ivan eine Bitte an sie hatte. »Versprich mir, mich auf dem Laufenden zu halten, was diese Geschichte betrifft. Egal, was erzählt wird: Mir ist es immer lieber zu wissen, was kolportiert wird, als nur zu ahnen, dass irgendwas nicht stimmt. Ich weiß, dass du bald weg bist. Aber du wirst ja noch Kontakt halten zu einigen Leuten und so weiterhin was mitkriegen. Jedenfalls eher als ich.«

»Versprochen. Falls ich was höre, erfährst du es.«, sagte sie. »Ich kann gut verstehen, dass du informiert sein willst.« Sie unterhielten sich noch kurz über ihre rückgratlosen Chefs, waren aber bald genervt von diesem Thema.

Der Kantinenbesuch war keine gute Idee. Viele Leute, die Ivan nur flüchtig vom Sehen kannte, grinsten ihn mit dem gleich blöden Gesicht an wie seine Kollegen am Tag zuvor. Offensichtlich hatte sich die Ohrfeigen-Story schon herum gesprochen. Bad news sind nicht nur good news, sondern es sind vor allem die fastest news. Ivan war schwer getroffen von dem Spott, der ihm nonverbal entgegen schlug. Er empfand es als Spießrutenlauf zwischen all diesen Fratzen, die eine unerträgliche Überheblichkeit zur Schau trugen. Wienholds Verleumdung machte ihn zum Objekt des Gelächters der *Studio Hamburg*-Mitarbeiter. Diese Kränkung tat weh. Ihm fehlte die dicke Haut, um das an sich abprallen zu lassen. Er war froh, als er wieder in seinem Büro war und sich mit Arbeit ablenken konnte.

Bis zur Nachmittagskonferenz pegelte sich sein Adrenalinspiegel fast wieder auf normale Höhe ein. Die zwei Stunden Recherchearbeit nach dem Mittagessen waren hilfreich. Als er um halb vier in die Konferenz ging, war er ruhig und entschlossen, die Wienhold-Verleumdung in der Redaktion publik zu machen. CvD Krattenhals begrüßte gerade zur Sitzung, als Ivan ihn unterbrach.

»Ich habe gehört, dass Malte behauptet, ich hätte am vergangenen Wochenende in einem Club eine Frau belästigt. Und von ihr dann eine Ohrfeige bekommen. Dazu möchte ich Folgendes sagen: Ich war am Wochenende in keinem Club, habe keine Frau angebaggert und daher auch keine geschmiert bekommen. Die Aussagen von Malte sind üble Verleumdung.«

Schweigen erdrückte den Raum. Fast alle Kollegen senkten den Blick. Wienhold starrte auf sein Smartphone und tat, als ginge ihn die ganze Sache nichts an. Dieses Mal spielte er nicht den Empörten, der einer Lüge bezichtigt wurde. Offensichtlich wollte er sich nicht vor der ganzen Redaktion mit Ivan anlegen. Niemand aus dem Kollegenkreis äußerte sich zu Ivans Aussagen, auch die Chefs nicht. Alle waren froh, als Arno wieder das Wort ergriff und mit der Aufzählung der aktuellen Themen die Konferenz fortsetzte.

Nach der Sitzung saß Ivan nochmals mit Beate zusammen. Sie sprachen über seinen Auftritt bei der Konferenz und die Reaktionen der Kollegen. Beate meinte, es hätte sie nicht überrascht, dass keiner etwas sagen wollte. Ivan pflichtete ihr bei, dass dieser Arbeitsplatz für ihn auf Dauer keine Lösung sei.

An diesem Tag verließ er die Redaktion eine Stunde früher als sonst. Der Frust steckte ihm tief in den Knochen. Dass Wienhold intrigant war, hatte er schon öfter erleben müssen. Aber die Bösartigkeit, die der Kollege jetzt an den Tag legte, übertraf seine bisherigen Aktionen bei weitem. Ivan war klar, dass er Anna am Abend keine heile Welt vorspielen konnte. Er hatte nicht die Kraft, gute Laune vorzugaukeln. In der Nähe seiner Wohnung kaufte er in einem Blumenladen fünf rote Rosen, wollte ihr sagen, wie froh er über ihre Nähe ist.

Anna kam erst eine Stunde nach ihm nach Hause. Sie freute sich über die Rosen und war überrascht, weil er ihr selten Blumen mitbrachte. Ebenso überrascht war sie darüber, dass er schon sein erstes Bier trank, ungewöhnlich für diese Tageszeit. Als sie seine schlechte Laune bemerkte, war klar, dass es ein Frustbier war. In wenigen Sätzen schilderte er die Vorgänge des Tages und sein Verhältnis zu Malte Wienhold. Anna war geschockt, da das alles für sie wie aus dem Nichts kam.

»Und warum erzählst du mir das erst jetzt, zwei Wochen nach meinem Umzug?«, fragte sie ihn aufgebracht. »Das stressige Verhältnis zu deinem Kollegen hättest du ja schon früher mal ansprechen können.«

»Zuletzt war es einigermaßen ruhig mit Wienhold. Ich dachte, das renkt sich ein«, verteidigte sich Ivan.

»Aber unter diesen Voraussetzungen kannst du da nicht lange bleiben. Das macht dich sonst kaputt.« Anna war völlig konsterniert. Ihre neue Lebenssituation, mit neuem Job und gemeinsamer Wohnung, hatte einen heftigen Schlag erhalten. Es fühlte sich deutlich unerfreulicher an als eine Stunde zuvor. Vor allem ärgerte es sie maßlos, dass sie überhaupt nichts über seinen Stress im Job erfahren hatte.

»In einem Punkt haben deine Chefs recht: Ignorier diesen Wienhold, so gut es geht. Damit fährst du sicher am besten«, schlug Anna vor.

»Und was soll ich an Tagen wie heute machen, wenn er sich üble Geschichten aus den Fingern saugt, um mir zu schaden?«, fragte Ivan genervt. Auf diese Frage hatte Anna auch keine Antwort parat. Der Abend war jedenfalls gelaufen. Im Fernsehen schauten sie einen Auftritt des Kabarettisten Dieter Nuhr an, den sie eigentlich beide sehr gut fanden. Aber die Idee, mit einem lustigen Fernsehprogramm die Stimmung aufzuheitern, ging nicht auf. Nuhr war nur ein erfolgloser Versuch. Die Laune der beiden blieb schlecht. Er nahm sich vor, zu Hause künftig wenig über seinen Job zu reden.

Am Wochenende musste Ivan arbeiten. Der Sonntag war Wahltag zur Hamburger Bürgerschaft. Seine Redaktion produzierte samstags und sonntags zwar keine Sendung, aber am Montag sollte in mehreren Beiträgen auf die Wahl zurück geblickt werden. Daher waren am Wochenende mehrere Reporter unterwegs, auch Angela Kleinert. Sie hatte Ivan versichert, dass sie ihm in der Ohrfeigen-Story glaube und Wienholds Verleumdungen unterirdisch finde. Am Montag bearbeitete Ivan im Schneideraum seinen Beitrag über den haushohen Wahlsieger, die SPD, und ihren Spitzenkandidaten Olaf Scholz. In der Nacht zuvor war er mit einem Kamerateam bei der Wahlparty der Sozialdemokraten gewesen, um die euphorische Stimmung zu dokumentieren.

Mitte März hatte Ivan wieder CvD-Dienst, erstmals seit Wienholds Lügenattacke. Der HSV hatte seinen Trainer Veh entlassen, nach einer 0:6-Niederlage gegen Bayern München. Der Rauswurf des Trainers war ein Muss für das *Hamburg Magazin* und somit für Wienhold. Ivan war gespannt, wie Maltes Beitrag ausfallen würde. Die Zeitungen hatten von einer Führungskrise des HSV gesprochen, von Dilettantismus der Aufsichtsräte. Auch Spieler hatten sich sehr kritisch geäußert. Aber Wienhold beschränkte sich in seinem Beitrag auf die wichtigsten Fakten: Trainer nach hoher Niederlage entlassen, Co-Trainer übernimmt das Amt, Vertrag des Vorstandsvorsitzenden läuft zum Jahresende aus. Ivan verstand nicht, warum der Kollege dieses journalistisch interessante Thema nicht ausschlachtete.

»Malte, wir können das Problem in der Vereinsführung nicht einfach ignorieren. Die Zeitungen sind voll damit, in den Fernsehsendungen wurde gestern schon ausführlich darüber berichtet. Diese Krise im Aufsichtsrat ist das Hauptthema rund um die Trainerentlassung.«

Wienhold willigte ein, den Text stärker auf diese Problematik hin auszurichten. Ivan ging mit ihm Satz für Satz durch, wie bei einem Anfänger. Anders war das mit diesem Kollegen nicht hinzukriegen. Nach der Abnahme bat Ivan den Cutter, sie kurz mal allein zu lassen, da er etwas mit Malte zu besprechen hätte.

»Willst du dich nicht für deine Verleumdungen entschuldigen, die du hier verbreitet hast«, fragte Ivan den Kollegen Wienhold.

»Was meinst du?«, stellte sich Wienhold unwissend.

»Deine Aussage, dass ich im Club von einer Frau eine Ohrfeige bekommen hätte.«

»Das hab' ich nie behauptet. Ich hab' nur erzählt, dass ich dich in einem Club gesehen hab.«

»Das ist alles, was du dazu zu sagen hast?«, fragte Ivan nochmals nach.

»Ja«, antwortete Wienhold und verließ den Schneideraum.

Ivan las regelmäßig die Stellenanzeigen in den Zeitungen und im Internet. Der Stress mit Kollegen und Chefs verlangte nach einem Jobwechsel. Wienhold konnte sich erlauben, was er wollte, ohne Konsequenzen. Ihn zu kritisieren, bedeutete, sich mit den Chefs anzulegen. In diesem Spiel würde Ivan in jedem Fall verlieren. Seine tiefe Enttäuschung konnte er auch nach Feierabend oft nicht abstreifen. Anna bestärkte ihn darin, eine neue Stelle zu suchen, anders würde er seine schlechte Laune kaum loswerden. Er hatte Beate gebeten, ihn zu informieren, falls beim NDR passende Jobs frei würden. Über persönliche Kontakte war deutlich leichter an gute Stellen heranzukommen. In den ersten Wochen seiner Jobsuche entdeckte er nichts Interessantes. Auch in einer Medienstadt wie Hamburg gab es nicht ständig freie Stellen, auf die Ivans Profil passte.

In der Redaktion verlief im März oberflächlich alles problemlos für Ivan. Aber die letzten Wochen hatten tiefe Spuren hinterlassen. Frust, Wut, Hass. Die Vorstellung, dass Beate bald den Job wechseln würde, machte ihn noch unzufriedener. Sie war die Einzige in der Redaktion, zu der er ein richtig gutes Verhältnis hatte. Die Einzige, der er wirklich vertraute, wenn es um die Besprechung wichtiger Dinge ging. Und die Einzige, die ihn darüber informierte, wenn über ihn gelästert wurde. Künftig würde er davon wenig mitbekommen. Schon gar nicht, wenn das stimmte, was Beate ihm erzählt hatte: Huber und Krattenhals hätten die Redaktionsmitglieder gebeten, Ivan künftig nicht mehr mit dem Tratsch zu konfrontieren, weil er zu empfindlich reagiere. Die Vorfälle mit Wienhold hätten gezeigt, so die Chefs, dass sich Ivan manche Sachen zu sehr zu Herzen nehme, anstatt sie an sich abprallen zu lassen. Beate hatte diese Info von Angela bekommen, die ziemlich aufgebracht über diese ›Bitte‹ der Chefs gewesen sei. Trotz ihrer Empörung bedauerte sie, Ivan in Zukunft nicht mehr helfen zu können, weil es sie sonst den Job kosten würde.

Angelas Angst war nicht unbegründet, da sie einige Monate zuvor einen unangenehmen Disput hatte. Wienhold ließ sie ins offene Messer laufen, als sie zusammen über den Chef lästerten. Der Intrigant hatte es nur darauf abgesehen, sie aufs Glatteis zu führen und sie zu einer frechen Bemerkung zu verleiten, die er dann brühwarm an Huber weitergab. Das war Wienholds Rache dafür, dass sich Angela für ihn als Mann absolut nicht interessierte. Huber goutierte Wienholds Denunziation, war dankbar, auf ihn setzen zu können. Der Sportreporter hatte den Chef über Angelas Vorschlag informiert, dem klein gewachsenen Huber ein dickes Sitzkissen zum Geburtstag zu schenken, um ihn größer wirken zu lassen. Daraufhin musste Angela am nächsten Tag bei ihm antanzen.

»Angela, du bist nun seit gut einem Jahr bei uns, hast dich aber journalistisch kaum weiter entwickelt. Woran liegt das deiner Meinung nach?«, fing Huber das Gespräch an.

»Ich finde, dass ich durchaus Fortschritte gemacht habe. Wenn ich mir meine ersten Beiträge anschaue und sie mit aktuellen vergleiche, sehe ich sehr wohl eine Entwicklung«. Die junge Kollegin versuchte, sich selbstsicher zu geben, war aber wegen des scharfen Tons ihres Vorgesetzten ziemlich verunsichert.

»Mit dieser Meinung bist du aber allein auf weiter Flur«, legte Huber nach. »Die Kollegen teilen meine Einschätzung. Ich empfehle dir, intensiv an dir zu arbeiten. Ansonsten könnte es hier eng für dich werden. Das ist ein gut gemeinter Rat von mir, den du dir zu Herzen nehmen solltest. Einen schönen Tag.« Sein triumphierender Ton war nicht zu überhören. Angela schlich geschockt aus dem Zimmer. Ihr war klar, dass Wienhold hinter dieser überraschenden Attacke des Chefs stecken musste. Sie sprach den Denunzianten aber nie darauf an.

Aufgrund dieser Vorgeschichte konnte Ivan Angelas Ängste verstehen. Sie steckte noch im Volontariat und war froh, einen festen Job zu haben. Erzwingen konnte Ivan ihre Unterstützung nicht. Entweder wäre sie bereit, ihn zu unterstützen, oder eben nicht. Bei Ivan machte sich allmählich mehr als nur Enttäuschung breit. Eine lähmende Traurigkeit steckte ihm in den Knochen, die ihn immer antriebsloser und unmotivierter werden ließ. Seinen Job spulte er pflichtgemäß runter, Dienst nach Vorschrift, nicht mehr. All das, was ihn sonst im Job ausgezeichnet hatte – hohe Motivation, großes Engagement, Kreativität –, fehlte plötzlich.

Anfang April traf er nach Feierabend zu Hause auf eine vergnügte Anna. Sie hatte bereits den Tisch gedeckt, mit Servietten und Kerzen. »Es gibt Schweinelendchen mit Kroketten und Gemüse«, sagte sie zur Begrüßung.

»Was gibt's zu feiern? Gehaltserhöhung?«

»Ich bin schwanger«, strahlte sie ihn an.

Ivan blieb die Spucke weg. Mit vielem hatte er gerechnet, aber nicht damit. Spontan dachte er wieder einmal, dass es der falsche Zeitpunkt sei. Zu sehr war er mit seinen eigenen Problemen beschäftigt. Ein Kind war das Letzte, was er sich in seiner schlechten Stimmung wünschte.

»Freust dich denn gar nicht?«, fragte Anna irritiert zurück.

»Schon, ich bin halt überrascht«, versuchte Ivan die Situation zu retten. »Und im Augenblick schlecht drauf, wie du weißt.«

»Aber das ist doch eine gute Nachricht.«

»Ja, klar«, sagte Ivan und nahm seine Freundin in den Arm.

Ein Kind, jetzt, in dieser Situation, bei meiner Laune, dachte sich Ivan. Noch konnte er sich nicht ausmalen, was das alles für sie bedeuten würde.

»In welchem Monat bist du denn?«

»Im zweiten. Das errechnete Geburtsdatum ist der 16. Dezember.«

Ivan fand auch beim Essen nicht die passenden Worte. Er

wusste, dass irgendwelche Bedenken jetzt völlig fehl am Platz waren. Das war es aber, was ihm am ehesten in den Sinn kam. Von purer Freude war er weit entfernt.

»Entschuldige, dass ich ein wenig sprachlos bin. Ich muss das gerade mal sacken lassen.«

Aus Annas Gesicht war alle Fröhlichkeit gewichen, stattdessen Unsicherheit und Unverständnis. Sie war maßlos enttäuscht, dass ihm das so wenig bedeutete.

»So«, begann Ivan das Gespräch nach einer längeren Pause. »Dann müssen wir uns bald nach einer neuen Wohnung umschauen. Zu dritt wird es hier etwas eng.« Er stand auf, ging auf Anna zu und nahm sie in den Arm, drückte sie fest an sich. »Schön, ich freu mich. Hab' dich lieb«, flüsterte er ihr ins Ohr. Annas Gesicht hellte sich etwas auf. Nach dem ersten Schock konnte er tatsächlich ein wenig Freude über Annas Schwangerschaft zeigen. Er wusste, dass ein Kind enorm viel verändern würde, ohne genau zu ahnen, was. Aber Hoffnung keimte auf, Annas wachsender Bauch könnte ihm täglich klar machen, dass es noch andere Dinge im Leben gab als diese unsägliche Redaktion. Am späten Abend war er überzeugt, die Schwangerschaft würde manches in seinem Leben anders gewichten und der Stress im Job ihm weniger nah gehen.

Als er zehn Tage später eine Stellenanzeige im *Hamburger Abendblatt* entdeckte, glaubte er, sein Leben könnte eine positive Wendung nehmen. Es war eine Redakteursstelle für das NDR-Magazin DAS!, die zum 1. August neu besetzt werden sollte. Ivan kannte diese Sendung, bei dem die Gäste auf dem berühmten roten Sofa interviewt wurden. Er rief sofort Beate an, um zu erfahren, ob die Stelle intern schon vergeben war oder ob es eine ernstzunehmende Ausschreibung war.

»Super, bewirb dich«, freute sie sich. »Hab' ich gar nicht mitbekommen, dass bei DAS! eine Stelle frei wird. Ich hör mich mal um, ob es intern Kandidaten gibt.«

»Meinst du, ich hab' da Chancen?«, frage Ivan.

»Auf jeden Fall. Hier kochen sie auch nur mit Wasser, das hab' ich schnell gemerkt. Wo öffentlich-rechtlich draufsteht, ist nicht immer bessere Qualität drin. Manche Redaktionen produzieren wirklich gute Sachen. Aber im Aktuellen ist nicht alles umwerfend. Mit deiner Berufserfahrung kannst du da auf jeden Fall mithalten.«

»Okay, ich bewerbe mich. Drück mir die Daumen.«

Anna war begeistert, als er ihr abends davon erzählte. Sie zog ihn zu sich heran, umarmte und küsste ihn. »Jetzt wird alles gut.« Ihr Optimismus kehrte zurück. Ivan war etwas skeptischer, relativierte ihre Aussage mit dem Hinweis, dass es auf solche Stellen meist viele Interessenten gebe. Am Wochenende machte er seine Bewerbungsunterlagen fertig, inklusive der Zeugnisse früherer Arbeitsstellen. Vom *Hamburg Magazin* hatte er kein Zwischenzeugnis, da er erst neun Monate dort war. Und er wollte sich jetzt auch keines ausstellen lassen, weil er den Chefs signalisiert hätte, dass er weg will. Sie sollten von seinen Wechselplänen erst erfahren, wenn er einen neuen Job sicher in der Tasche hatte. Vor einigen Wochen hatte er die Eingangsbestätigung seiner Bewerbung erhalten, seither nichts mehr gehört. Jetzt, Mitte Mai, wurde er etwas unruhig und rief Beate an.

»Was meinst du, kann ich da mal nachfragen?«, fragte er sie.

»Ja, glaub schon. Allmählich müssen sie die Leute ja einladen, wenn die Stelle im August neu besetzt sein soll«, bestärkte ihn Beate.

Das Telefonat mit dem NDR dauerte nicht lange. Ivan erfuhr, dass fünf ausgewählte Bewerber in der nächsten Woche ihre Vorstellungsgespräche hatten. Aus ihm verschwand schlagartig alle Energie, die er zuletzt wieder getankt hatte. Die Vorstellung eines Jobwechsels hatte ihm viel Zuversicht gegeben, nicht nur im Hinblick auf die Arbeit, sondern auch was die Zukunft seiner künftigen Familie betraf. Auch eine neue Wohnung wollten sie beziehen, sobald er eine neue Stelle hatte. Jetzt stürzte das scheinbar stabile Gebilde wie ein lausiges Kartenhaus in sich zusammen.

Die Zukunftspläne weggeblasen, die Familienplanung wieder eine riesige Belastung. Passende Stellen tauchten im Internet ziemlich selten auf. Das hieß für ihn, weitere Monate in der jetzigen Redaktion arbeiten. Auch die Wohnungssuche müssten sie verschieben, da er vielleicht in einer anderen Stadt einen Job finden würde. Alles war wieder unsicher, alles wieder offen. Als die erste Welle an Enttäuschungen verebbt war, rief er Beate an.

»Hat leider nicht geklappt. Sie haben fünf Leute für die Vorstellungsgespräche ausgewählt. Ich bin nicht dabei«, erzählte ihr Ivan.

»Ehrlich? Das überrascht mich. Mit deiner Berufserfahrung hättest du mindestens eingeladen werden müssen. Tut mir sehr leid für dich.« Beate schlug ihm vor, am nächsten Tag abends zusammen essen zu gehen. Da sie wusste, wie wichtig ihm diese Bewerbung war, wollte sie ihren Ex-Kollegen ein wenig trösten und ihm Mut zusprechen. Zudem versprach sie, sich beim NDR umzuhören, um die Gründe zu erfahren.

Als Anna am Abend von der Absage erfuhr, ließ sie sich frustriert aufs Sofa fallen. Weder sie noch er hatten Lust, die Konsequenzen dieser Nachricht zu diskutieren. Beide wussten, dass nun alles wieder von vorne losginge. Seine Laune würde wieder deutlich schlechter werden – und damit auch die Laune Annas, die in dieser Hinsicht ziemlich abhängig von ihm war. Sie ermunterte ihn, sich auch außerhalb Hamburgs nach Jobs umzusehen.

Am Tag danach frönte er bei der Arbeit wieder seiner Tristesse, die ihn schon vor Wochen begleitet hatte. Bis gestern hatte er gedacht, ihr endgültig entwischt zu sein. Jetzt stand sie wieder an seiner Seite. Er war froh, nicht lange in der Redaktion rumhängen zu müssen, da er nachmittags einen Drehtermin in der Stadt hatte. Nach Feierabend traf er sich mit Beate in Altona.

»Na, wie geht's dir«, fragte sie ihn.

»Beschissen«, murmelte Ivan. »Das hat mich ziemlich weggespült. Es gab zwar keine Garantie, dass ich den Job kriege. Aber dass ich nicht mal unter den fünf Eingeladenen bin, hat mich schon enttäuscht.«

»Ivan, ich sage dir jetzt etwas, was ich dir normalerweise nicht sagen würde. Aber ich hatte dir versprochen, dich in dieser Sache über alles zu informieren«, schlug Beate einen sehr ernsten Ton an. »Nach dem gestrigen Telefonat mit dir habe ich einen NDR-Kollegen gefragt, ob er sich mal im Sender wegen deiner Bewerbung schlau machen könnte. Das tat er dann und teilte mir am Abend mit, was er gehört hatte. Du wärst aufgrund der Unterlagen und deiner Biografie einer der Favoriten auf den Job gewesen. Aber es gab im Auswahlgremium jemanden, der Kontakte zum *Hamburg Magazin* hat. Und dieser Typ berichtete, dass es mit diesem Ivan Fischer Probleme wegen sexueller Belästigung von Frauen gab. Das war natürlich vernichtend für dich. Damit hattest du keine Chance mehr. Sorry, Ivan, ich weiß, dass das keine guten Neuigkeiten sind.«

»Ich schlag dem Wienhold bald den Schädel ein«, antwortete Ivan hasserfüllt. Nach einer längeren Stille, in der Beate seine Hand festhielt, um ihn zu beruhigen, sprach sie weiter.

»Ich habe mir wirklich lang überlegt, ob ich dir das sagen soll. Letztlich war ich der Meinung, dass du Recht hast: Es ist wichtig zu wissen, wie man diffamiert wird. Dann kann man darauf reagieren. Ich meine jetzt nicht: Schädel einschlagen.«

»Aber das wäre die passende Antwort für dieses Arschloch.« Ivan war noch zu geschockt, um viel mehr sagen zu können. Wienhold hatte ihm diese NDR-Stelle versaut und dafür würde er sich an ihm rächen.

»Ivan, mach jetzt keinen Blödsinn«, versuchte Beate, ihn zu beruhigen.

»Warum nicht? Warum soll ich dieses elendige Würmchen nicht zerdrücken? Warum nicht?«, wurde Ivan immer lauter.

»Weil du dir dabei selbst schaden würdest, das weißt du. Wenn du handgreiflich wirst, hast du künftig noch weniger Chancen auf einen neuen Job.«

»Man muss ja nicht handgreiflich werden. Aber der Kerl kriegt schon noch sein Fett ab, das verspreche ich dir.« Ivan war völlig leer im Kopf, sein Hass lähmte ihn. »Ich hab' keinen Hunger mehr, sorry. Können wir gehen, wenn wir unser Bier leer haben?«

»Klar«, sagte Beate.

Ivan hatte Angst davor, nach Hause zu gehen. Angst davor, Anna die Wahrheit sagen zu müssen. Er würde sich nicht verstellen können, nicht den ganzen Abend. Und er würde irgendwann ohnehin das Bedürfnis haben, seiner Freundin alles zu erzählen. Er wollte ihre Einschätzung, ihre Kommentare, ihre Tipps hören. Sie war so oft schon eine kluge Ratgeberin für ihn gewesen, hatte ihn von vielen überstürzten Aktionen abgehalten. Aber wie würde sie auf diese Nachricht reagieren?

Sie sah ihm schon in der Tür an, dass er völlig durch den Wind war. »Was ist los«, fragte sie, als er noch nicht mal die Schuhe ausgezogen hatte.

»Setz dich«, sagte er zu ihr, »damit du nicht umkippst.« Dann begann er, ganz sachlich, Beates Schilderungen wiederzugeben. Annas Gesichtsausdruck wurde immer entsetzter, bis sie mit einem hilflosen »Nein, das ist nicht wahr« seine Geschichte abschloss. Einige Minuten lang saßen sie schweigend nebeneinander auf dem Sofa. Ivan spürte, wie aufgewühlt sie war. Unruhig knetete sie ihre Hände, klemmte sich ständig ihre langen Haare hinter die Ohren. »Den Typen muss man doch rechtlich irgendwie dran kriegen. Das ist übelste Verleumdung – und strafbar«, sagte sie, emotional ziemlich angeschlagen.

»Juristisch wird wenig zu machen sein«, meinte Ivan. »Wie soll man nachweisen, dass er die Infos an den NDR weitergegeben hat. Es würde eh niemand offiziell bestätigen, dass das der Ablehnungsgrund war.« Ivan war völlig desillusioniert.

Anna ging es an dem Abend schlecht. Ihre bisherige Schwangerschaft war zwar einigermaßen gut verlaufen. Übelkeit und Erbrechen hielten sich in Grenzen. Aber in den letzten drei

Wochen hatte sie wiederholt leichte Blutungen gehabt. Ihre Ärztin beruhigte sie mit der Aussage, dass dies relativ oft in Schwangerschaften vorkomme und kein Grund zur Besorgnis sei. Sie solle sich schonen und viel schlafen. Daran erinnerte sie sich an diesem Abend, als sie ein seltsames Ziehen im Unterleib spürte. Sie ging früh ins Bett. Ivan saß noch bis Mitternacht vor dem Fernseher und schaute sich teilnahmslos auf einem Privatsender eine seichte Komödie an.

Er hatte sich gerade ins Bett gelegt, als sich neben ihm Anna plötzlich mit verzerrtem Gesicht aufrichtete. Sie klagte über Unterleibsschmerzen, ging wackelig zur Toilette. Völlig aufgelöst und laut schluchzend kam sie einige Minuten später zurück ins Schlafzimmer. »Es ist ganz viel Blut gekommen«, erklärte sie Ivan. »Ich hab' Angst, dass was passiert ist.«

Ivan nahm sie in den Arm, versuchte sie zu beruhigen. »Die Ärztin hat doch gesagt, dass Blutungen öfter vorkommen. Das muss nichts bedeuten.«

Aber Anna war nicht zu beruhigen. »Wir müssen ins Krankenhaus.«

Sie zogen sich an, bestellten ein Taxi und ließen sich ins Krankenhaus nach Altona fahren. Auf dem Weg in die Klinik sprach Anna kein Wort, Angst und Traurigkeit machten sie stumm. Die Beschwichtigungen ihres Freundes, dass das alles nichts Schlechtes bedeuten müsse, halfen nicht weiter. Die Schmerzen im Unterleib waren für sie so eindeutig, dass sie nicht mehr an ein gutes Ende glaubte. Eine Ärztin des Nachtdienstes kümmerte sich um sie. Ihre Untersuchung bestätigten Annas schlimmste Befürchtungen. »Ich muss Ihnen leider mitteilen, dass Sie ihr Kind verloren haben.« Anna brach in sich zusammen, kippte fast vom Stuhl. Ivan konnte sie gerade noch halten. Ihre Trauer mündete jetzt in ein herzergreifendes Schluchzen. Ivan fühlte sich so hilflos wie noch nie in seinem Leben. Nichts würde seine Freundin jetzt trösten können. Er hielt sie Minuten lang fest in seinem Arm. Die Ärztin hatte sie kurz allein gelassen und kam dann mit Beruhigungstabletten zurück. »Nehmen sie bitte morgens und abends jeweils eine davon«, sagte sie zu Anna. »Und gehen Sie morgen zu Ihrer Frauenärztin. Sie muss noch Ihre Gebärmutter ausschaben.«

Ivan war geschockt, als er diese Information hörte. Die Gewebereste des Embryos würden mit einer Art Löffel aus ihrem Unterleib ›abgetragen‹ werden. Das hörte sich so technisch an, so kalt und irreal. Und vor allem so endgültig. Ihr gemeinsames ungeborenes Kind war tot. Nachts um halb drei fuhren sie mit einem Taxi wieder zurück in ihre Wohnung. Obwohl sie beide sehr müde und schlapp waren, konnten sie nicht schlafen. Die Nacht war ein Albtraum. Anna hörte nicht auf zu weinen. Gegen vier Uhr schlief sie ein, wenig später nickte auch Ivan für drei Stunden weg.

Am nächsten Morgen meldete sich Anna krank. Auch Ivan teilte der Redaktionssekretärin mit, dass er wegen Übelkeit nicht zur Arbeit kommen könne. Anna nahm am Vormittag nochmals eine Beruhigungstablette, ohne wirklich ruhig zu werden. Sie lag auf dem Bett, starrte an die Decke, versuchte zu schlafen, was nicht gelang. Phasen des Schluchzens wechselten sich mit Apathie ab. Ivan rief in ihrer Agentur an, sprach mit ihrer Arbeitskollegin Tanja, mit der sie sich am besten verstand. Sie sagte zu, am Nachmittag vorbeizuschauen.

Als Anna schließlich eingeschlafen war, setzte sich Ivan ins Wohnzimmersofa und ließ die letzten zwanzig Stunden Revue passieren. Das Gespräch mit Beate über die misslungene Bewerbung, die Ablehnungsgründe des NDR, Annas Blutungen, die Fehlgeburt. Ivan rief sich Beates Schilderung in Erinnerung, dass er wegen sexueller Belästigung bekannt sei. Allmählich stieg wieder Hass in ihm hoch, das Adrenalin presste sich mit aller Macht in seinen Körper. Mordgedanken – Wienhold mit dem Auto anfahren oder die Treppe runterstoßen – zuckten kurz auf. Er verdrängte sie wieder. Die Rachegelüste blieben. Für diese Verleumdungen und deren Folgen müsste Wienhold bezahlen, dieses Mal käme er nicht ungeschoren davon. Der Hass tat Ivan nicht gut. Nicht zum ersten Mal spürte er ein seltsames Ziehen in der Herzgegend, das sich in solchen Stresssituationen bemerkbar machte. Je aufgewühlter er war, umso stärker trat dieser diffuse Schmerz in der linken Brustgegend auf, als würde sein Herz lauter kleine Risse bekommen. Ivan bemühte sich, ruhiger zu werden, seiner Gesundheit zuliebe. Er rief Paul an, der versprach, am Abend vorbeizukommen. Auch Beate besuchte die beiden, nachdem Ivan sie über die Vorfälle der Nacht informiert hatte.

VIII.

Die nächsten Wochen waren der Horror. Anna war zwei Wochen krankgeschrieben, kam aus ihrem Tief nicht heraus. Ivan litt stark darunter, dass es ihr so schlecht ging. Sein Hass auf Wienhold, den er für seine beruflichen wie privaten Probleme verantwortlich machte, kreierte immer konkreter werdende Racheszenarien. Noch verdrängte er sie wieder. In der Redaktion spulte er seinen Job ohne jegliche Motivation herunter. Seine Laune war auffällig schlecht, weshalb ihn Silvia Hornig mehr als einmal fragte, was mit ihm los sei. Er wich ihrer Frage mit einem kurzen »Alles okay« aus, hatte keine Lust, seine privaten Angelegenheiten in der Redaktion auszubreiten. Die Kollegen merkten alle, dass etwas mit ihm nicht stimmte, schienen sich darüber lustig zu machen. Denn eines Morgens saßen alle wieder mit diesem provozierenden Grinsen in der Konferenz, das sie auch nach Wienholds Ohrfeigen-Story aufgesetzt hatten. Wahrscheinlich hatte sich der Starreporter wieder eine begeisternde Geschichte einfallen lassen. Ivan versuchte, die Kollegen zu ignorieren. Aber es fiel ihm nicht leicht. Die Macht dieses kollektiven Ausgelachtwerdens war stark, viel stärker als nur die Summe der einzelnen grinsenden Fratzen. Es stellte ihn ins Abseits, machte ihm klar, dass er nicht dazu gehörte. Er musste weg hier, bald, konnte keine Unterstützung mehr erwarten, seit Beate nicht mehr da war. Die Vorstellung, dass die Gerüchte nicht nur bis in die Kantine, sondern schon bis zum NDR gelangt waren, tat weh. Wie weit waren die Verleumdungen schon herum gereicht worden, wer machte sich sonst noch über die erfundenen Geschichten lustig, was bedeutete das für seine Jobsuche, für sein Leben?

Ivan mied Wienhold, so gut es ging. Wenn er ihn in der Konferenz sitzen sah, musste er sich stark zusammenreißen, um ruhig zu bleiben. Er wollte sich an den klugen Spruch halten, dass Rache kalt serviert werden soll, wollte eine passende Gelegenheit abwarten, um sich wirkungsvoll zu revanchieren. Keine voreiligen Aktionen. Bis ihm die zündende Idee für die Retourkutsche einfiel, begnügte sich Ivan im Redaktionsalltag mit kleinen Schikanen. Als CvD ließ er den Kollegen – mehr als nötig – Texte überarbeiten, kritisierte jede Kleinigkeit, brachte ihn öfter aus der Fassung. Eines Tages verlangte er von ihm in der Abnahme, seinen Film neu zu schneiden.

»Lieber Malte, den Film können wir so nicht lassen. Der Aufbau macht überhaupt keinen Sinn. Der Beitrag ist nicht verständlich.« Eigentlich wäre ein neuer Schnitt nicht unbedingt erforderlich gewesen. Aber Ivan war an diesem Tag streitlustig und wollte testen, wie Wienhold reagierte.

»Waaas? Warum denn umschneiden? Wenn man nicht alles versteht, reichen doch ein paar Textkorrekturen«, meinte der aufgebrachte Kollege.

»Nein, das reicht nicht. Der Film ist miserabel. Schneidet ihn wie besprochen um. Ich schaue in einer Stunde wieder rein.«

Wienhold wollte das nicht akzeptieren und lief zu Huber. Das war typisch für ihn. Wenn er selbst nicht mehr weiter kam, wurde sein Freund aus der Redaktionsleitung gerufen. Huber schaute sich den Film an und entschied, dass keine neue Fassung geschnitten werden musste. Er nahm Ivan zur Seite, um ihm klarzumachen, dass er seine persönlichen Aversionen gegen Wienhold nicht in seinem CvD-Job ausleben soll. Der Chef war ziemlich genervt, weil er kapierte, dass es in diesem Fall ausgerechnet mal nicht um die schlechte Qualität von Wienholds Arbeit ging. Ivan verteidigte sich, sprach die Schwächen des Films an, ohne sich am Ende durchzusetzen.

Über diesen Verlauf der Auseinandersetzung war Ivan nicht überrascht. Beate hatte ihm neulich erzählt, dass Wienholds

Vater im Aufsichtsrat von *Studio Hamburg* sitzt. Ein NDR-Kollege wusste, dass dieser Vater mit Nachnamen Schneider heißt, weshalb die Verbindung zu Wienhold nicht direkt gezogen werden konnte. Der Senior sei Textil-Unternehmer, habe tatsächlich Kontakte zu den oberen Etagen des HSV. Beates Neuigkeiten erklärten einiges von dem, was sich in den letzten Monaten in der Redaktion abgespielt hatte. Es bewahrheitete sich, dass Malte Wienhold von Beruf ›Sohn‹ war, der sich sicher fühlte, dass ihm keiner in der Redaktion etwas anhaben konnte.

»Pass auf, wenn du dich mit ihm anlegst«, hatte ihn Beate gewarnt. »Da könntest du schnell als Verlierer vom Platz gehen.«

»Abwarten«, sagte Ivan. Er wollte Wienhold schaden, ohne sich selbst angreifbar zu machen. Allerdings hatte er dafür immer noch keinen geeigneten Masterplan gefunden.

Anna erholte sich nach drei, vier Wochen allmählich, konnte auch wieder lachen. Aber die Fehlgeburt machte ihr sehr zu schaffen. Für den Job legte sie eine freundliche Fassade auf, doch abends brach sie öfter in Tränen aus, wenn sie an die zurückliegenden Wochen dachte. Im Juli wollte sie sich in ihrer Urlaubszeit bei ihrer Mutter in München verwöhnen lassen und erholen. Sie hatte ihre Ferien in Bayern auf diese Zeit gelegt, weil auch Ivan Anfang Juli nicht in Hamburg sein würde. Er hatte einen Dreh im Ausland organisiert, nachdem er einige Wochen zuvor in der Zeitung über einen Extremsportler gelesen hatte, der auf Ultralangstreckenlauf spezialisiert war. Dieser 46-jährige Hamburger, Klaus Dittrich, nahm vorwiegend an Wettkämpfen teil, bei denen die Sportler mehr als hundert Kilometer laufen mussten. Zehn Jahre zuvor hatte er mit einem gewöhnlichen Marathon angefangen. Nachdem er fünfzehn absolviert hatte, wollte er mehr, bestritt 100-km- und 24-Stunden-Rennen. Sein bizarrster Wettkampf war ein 6-Tage-Lauf in der Nähe von Düsseldorf, bei dem die achtzig Teilnehmer fast eine Woche lang auf einer 400-Meter-Aschenbahn rund um einen Fußballplatz trabten. Sechs Tage im Oval der Stadionrunde, auf der Suche nach ihrem wahren Ich oder dem Sinn des Lebens oder anderen schwer erreichbaren Zielen. Dittrich schaffte fast siebenhundert Kilometer, blieb weit hinter der Bestleistung des Schnellsten von knapp über tausend.

Ivan liebte solche durchgeknallten Geschichten. Im Juli wollte Dittrich im kalifornischen Death Valley an einem mehr als zweihundert Kilometer langen Lauf teilnehmen. Dem legendären und in der Szene gefürchteten *Badwater Ultramarathon*, bei über fünfzig Grad im Schatten. Das Tal des Todes ist einer der heißesten Orte unseres Planeten und daher genau die richtige Location für Extremsportler. Dittrich erzählte Ivan im Vorgespräch, dass an diesem Rennen im Death Valley nur teilnehmen darf, wer eine gewisse Anzahl an Ultraläufen absolviert hatte. Nur die Harten kämen in den Garten dieser irdischen Hölle. »Ein paar absolvierte Marathons reichen nicht aus, um mitmachen zu dürfen. Da lachen sie dich aus«, sagte Dittrich. »Marathons sind gerade gut genug zum Warmlaufen.« Er hatte seine Wettkampfergebnisse beim kalifornischen Veranstalter eingereicht und bekam dann die Zusage für seine Teilnahme. Dass Ivan ihn bei diesem Lauf mit der Kamera begleiten und einen Fernsehbeitrag produzieren wollte, fand Dittrich gut. Auch Anna gefiel die Death Valley-Idee. Der Dreh im Ausland würde ihm Abstand zum Stress in der Redaktion verschaffen, meinte sie.

Ivan musste noch seine Redaktionsleiter überzeugen, dass dieses Thema die Sendung schmücken würde. Üblicherweise berichtete das Magazin über Themen aus der Hansestadt, aber gelegentlich auch über Hamburger, die irgendwo in der Welt ein ausgefallenes Projekt realisierten. Entscheidend war, dass keine hohen Ausgaben für die Redaktion anfielen. Die Flugkosten in die USA musste Ivan selbst auftreiben. Daher handelte er mit der Sportredaktion des NDR einen Deal aus, dass sie nach der Ausstrahlung im *Hamburg Magazin* die Bilder vom Rennen gegen

Bezahlung bekommen. Mit diesen Einnahmen konnte er seine Reise finanzieren. Unter diesen Voraussetzungen fand Huber das Thema spannend und sagte Ivan zu.

Anfang Juli landete er an einem Samstag frühmorgens in Las Vegas. Um sich möglichst schnell an die Zeitumstellung zu gewöhnen, entschied er sich gegen ein kurzes Nickerchen im Hotel, obwohl er im Flugzeug wenig geschlafen hatte und todmüde war. Er brachte sein Gepäck ins Zimmer, holte sein Smartphone aus der Tasche und schrieb Anna eine SMS. »Bin gut in Las Vegas gelandet. Hab' dich lieb. Kuss Ivan«. Fünf Minuten später kam die Antwort. »Hab' dich auch lieb. Pass auf dich auf. Kuss.«

Ivan setzte sich in seinen Mietwagen und fuhr planlos durch die Casino-Metropole. Das klimatisierte Fahrzeug war das Paradies, angesichts der Temperaturen in der Stadt. Ivan war darauf eingestellt, dass ihn im Death Valley eine fürchterliche Hitze erwartete. Aber schon hier in Las Vegas war es kaum auszuhalten, bei über vierzig Grad im Schatten. Daher beschränkte er sich weitgehend auf eine Sightseeing-Tour im kühlen Auto. Am frühen Abend genoss er ein dickes Steak, eiskaltes Bier und den Blick auf geschmacklos gekleidete Touristen, die an seinem Tisch vorbei flanierten. In Las Vegas, der Stadt der Schrillen und Lauten, schien sich jeder auf seine Art gehen zu lassen. Für manche bedeutete dies ›Sandalen mit weißen Socken‹, andere trugen auf ihrem Kopf alle Farben spazieren, die ihr Friseur im Angebot hatte. Und die Einheimischen waren alle mit ihren Pickups unterwegs, mit denen sie morgens auch zum Bäcker fuhren, um auf dem Rückweg die Brötchen-Tüte auf die Ladefläche legen zu können. Als er sein Steak gegessen hatte, wurde Ivan müde. Er fuhr zum Hotel zurück, legte sich abends um neun Uhr ins Bett und schlief sofort ein.

Mit Klaus Dittrich hatte er verabredet, dass sie sich am späten Sonntagnachmittag in Furnace Creek treffen. Die kleine Siedlung aus wenigen Häusern lag inmitten der Death Valley-Wüste. Die

Läufer übernachteten dort vor dem Rennen und auch Ivan hatte sich in einem Motel ein Zimmer reserviert. Laut Navigationsgerät würde er von Las Vegas bis zu Dittrich gute zwei Stunden benötigen. Im Auto wurde ihm allmählich klar, was auf ihn zukam. Die Temperaturanzeige stieg stetig an. Auf den letzten Kilometern vor Furnace Creek fuhr er durch die berühmte Mondlandschaft, die das Tal des Todes prägt. Als er seinen Wagen am Motel parkte, zeigte die Anzeige 52 Grad Celsius. Beim Aussteigen blies ihm ein heißer Wind ins Gesicht, als würde ihm jemand einen Fön vor die Nase halten. Ivan hatte in seiner Münchener Heimat schon viele heiße Tage erlebt, mit Temperaturen bis fast vierzig Grad. Aber diese Großraum-Sauna war für einen Mitteleuropäer kaum auszuhalten. Er flüchtete in die klimatisierten Räume des Motels, um Klaus Dittrich zu suchen.

»Hier kann man doch unmöglich Sport treiben«, schüttelte Ivan ungläubig den Kopf, als er den Hamburger traf.

»Doch, man kann. Du wirst es morgen sehen«, lächelte Dittrich. Schon bei ihrem ersten Treffen waren sie auf das ›Du‹ umgestiegen, das in Läuferkreisen üblich war. Wer tagelang auf der Aschenbahn nebeneinander her lief, wollte sich wohl nicht mit »Sie« ansprechen.

»Das kann doch nicht gesund sein.«

»Ist es auch nicht. Aber es ist für Läufer eine der größten Herausforderungen weltweit.«

»Und wie viele sterben hier jährlich?«

»Niemand. Alle sind bestens vorbereitet.«

»Wie will man sich denn darauf vorbereiten?« fragte Ivan nach.

»Manche stellen sich ein Laufband in die Sauna, um in der Hitze zu trainieren.«

»Nicht dein Ernst?«

»Doch, man kann ja in Europa diese Temperaturen sonst nirgends simulieren. Aber ich war nicht in der Sauna. Es muss auch ohne gehen. Hab' halt enorm lange Distanzen trainiert.«

Abends ging Ivan mit Dittrich und dessen Team zur offiziellen Info-Veranstaltung für den Badwater-Ultramarathon. In einem Saal hatten sich etwa vierhundert Leute versammelt, die Läufer und ihre Betreuer. Die Rennleitung teilte die wichtigsten Verhaltensregeln mit. Die Läufer erhielten die Anweisung, immer nur am linken Straßenrand zu laufen, um die entgegenkommenden Fahrzeuge auf sich zukommen zu sehen. Die Begleitfahrzeuge, die Verpflegung und Medikamente transportierten, durften nur am rechten Straßenrand anhalten. Zuletzt erhielten die Läufer ihre Startnummern. Klaus Dittrich bekam die Nummer 44.

»Wenn ich in vierundvierzig Stunden im Ziel bin, wäre ich zufrieden.«

»Was laufen denn die Schnellsten?«, fragte Ivan.

»Die Bestzeit liegt unter dreiundzwanzig Stunden. Pervers schnell. Wer weniger als achtundvierzig braucht, erhält die berühmte Badwater-Gürtelschnalle. Unter sechzig Stunden kriegt man immerhin noch eine Urkunde«

»Eine Gürtelschnalle oder Urkunde ist alles, was es an Prämien gibt?«

»So ist das. Es geht nicht um Geld. Jeder läuft für sich, für sein persönliches Ziel und gegen seinen inneren Schweinehund.«

»Das dürfte ein ganzes Rudel von Schweinehunden sein, gegen die man hier antritt«, kommentierte Ivan die Erklärung des Läufers.

»Allerdings, die vermehren sich hier rasend schnell«, gab Dittrich lächelnd zurück.

Ivan schaute sich um, studierte die Gesichter und Figuren der Läufer. Die meisten der etwa neunzig Teilnehmer sahen relativ normal aus, waren sehr schlank. Kein Wunder bei diesem Hobby. Ein paar Freaks waren allerdings schon dabei, etwa der Kriegsveteran, der mit einer Beinprothese an den Start ging. Oder der Siebzigjährige, der schon zum dreizehnten Mal diesen Irrsinn auf sich nahm. Auch ein bekanntes Gesicht aus Deutschland entdeckte

Ivan unter den Läufern: Joey Kelly, der schon zehn Jahre zuvor hier am Start war. Beim Abendessen erzählten erfahrene Badwater-Teilnehmer die wildesten Geschichten. Von Läufern mit Halluzinationen, die nachts in der größten Erschöpfung den Teufel mit Dreizack vor sich tanzen sahen oder Frösche so groß wie Schäferhunde. Die Fata Morgana lief bei vielen Läufern mit.

Abends um halb zehn verabschiedete sich Ivan von den Läufern. Im Freien herrschten immer noch 46 Grad. Als er in seinem kleinen klimatisierten Zimmer das Equipment für den nächsten Tag überprüfte, machte sich leichte Nervosität breit. Plötzlich fiel ihm ein, wie weit er im Augenblick von seinem Leben und seinen Sorgen in Hamburg weg war, räumlich und emotional. Auch die Erinnerung an sein Hassobjekt Wienhold konnte ihn in diesem Augenblick nicht aus der Fassung bringen. Er stellte sich vor, wie er ihm in dieser Wüste einen qualvollen Tod bereiten konnte, wie er ihn ohne Wasser aussetzen oder zwei Tage lang im Kofferraum austrocknen lassen würde. Phantasien, die Ivan aufheiterten. Er dachte an Anna, die sich in München von ihrer Mutter versorgen ließ, fragte sich, wie es ihr wohl ginge und ob ihr die bayerische Heimat wieder Lebensmut einhauchen konnte.

Morgens um sechs klingelte Ivans Wecker. Startpunkt des Rennens war Badwater, dieser gottverlassene Ort, der dem Ultramarathon seinen Namen gab. Badwater ist ein ausgetrockneter Salzsee, der tiefste Punkt Nordamerikas, 85 Meter unter dem Meeresspiegel. Eine endlose Salzwüste, umgeben von den hohen Kratern des Death Valley.

Um acht Uhr fiel der Startschuss für all die Wahnsinnigen, die sich freiwillig in diese Hölle begaben. Dittrich trug ein weißes Laufshirt, helle, knielange Sportshorts und eine Kappe, an der hinten ein Tuch bis auf die Schultern hing. Sonnenschutz für Kopf und Nacken. Viele Läufer hatten den ganzen Körper außer Gesicht und Händen bedeckt, liefen in weißen Overalls.

Nach dem Start sprang Ivan sofort in seinen Wagen, fuhr ein

Stück vor, um seine Kamera für die nächsten Bilder zu positionieren. Nach jedem Kilometer hielt das Begleitfahrzeug Dittrichs an. Einer der Betreuer spritzte den Läufer mit einem Wasserspender nass, gab ihm zu trinken. Ivan hielt sich wegen der Hitze immer nur so kurz wie möglich im Freien auf. Schon um elf glühte die Straße. Als er versuchte, auf dem Boden kniend eine Einstellung aus der Froschperspektive zu drehen, zog er das Knie blitzschnell wieder weg, wie von einer heißen Herdplatte. Direkt über dem schwarzen Asphalt stiegen die Temperaturen auf neunzig Grad an. Bei vielen Läufern löste sich während des Rennens die Haut von der Fußsohle.

Klaus Dittrich hielt sich gut in den ersten Stunden – bei fünfzig Grad. Kein Schatten weit und breit. Kein Baum, keine Wolke am Himmel, stattdessen immer und überall die unerbittliche Sonne. Zwischendurch bat Ivan einen der Betreuer Dittrichs, sich für ein paar Kilometer ans Steuer seines Wagens zu setzen, damit er aus dem fahrenden Auto drehen konnte.

»Wie läuft's bei Klaus?« interviewte er den Betreuer, als sie beim nächsten Halt auf Dittrich warteten.

»Bisher ganz gut. Wir müssen ihm halt ständig den Körper abkühlen. Mit nassen Handtüchern auf dem Kopf und den Schultern.

»Womit versorgt ihr ihn?«

»Vor allem mit viel Wasser. Zwischendurch isotonische Getränke.

»Und was isst er?«

»Unterschiedliche Sachen: Bananen, Trauben, Powergels, manchmal auch Babynahrung, weil die leicht verdaulich ist.

Die Temperatur stieg am Nachmittag auf 53 Grad an. Die heißen, für das Death Valley berüchtigten Feuerwinde verstärkten den Eindruck, in einem Backofen mit Umluft zu stecken. Für Ivan war es schon zu viel, wenn er für kurze Zeit zum Drehen aus dem Auto musste. Hier Sport zu treiben, war für ihn völlig irre.

Gesund war das definitiv nicht. Ein paar Jahre zuvor hatten einige Läufer an einer medizinischen Studie teilgenommen. Sie wurden während des Badwater-Rennens untersucht. Die Ergebnisse waren schockierend. Manche Läufer standen kurz vor einem Herz- und Nierenversagen, Blutzellen gingen kaputt, Gehirnschwellungen drohten aufgrund des Salzmangels durch das extreme Schwitzen.

Nach siebzig Kilometern, in Stovepipe Wells, legten sich einige auf die Betten in den Hotelzimmern, schliefen kurze Zeit oder kühlten sich in einem Pool ab. Klaus Dittrich ließ seine wund gelaufenen Füße verarzten, aß dabei einen mit kaltem Wasser angerührten Kinderbrei.

»Wie geht's dir, Klaus«, fragte Ivan, der die Pausenaktivitäten mit der Kamera dokumentierte.

»Mir ging's schon besser«, antwortete der sichtlich angegriffene Dittrich. »Die Hitze ist abartig. Hab' ich mir nicht so schlimm vorgestellt. Ich kann kein Wasser mehr sehen. Ich glaub, ich hab' schon drei Badewannen leergetrunken.«

Manche Läufer stiegen in Stovepipe Wells aus, hatten mehrmals gekotzt und keine Kraft mehr. Schon gar nicht für das, was ihnen jetzt bevorstand: Ein dreißig Kilometer langer Anstieg bis auf 1600 m hoch, zum Townes Pass. Danach wieder runter, bevor der zweite Berg drohte. Wen nicht schon die Hitze kaputt gemacht hatte, den schaffte die Höhe. Dittrich quälte sich durch die Nacht. An Laufen war nicht mehr zu denken, stattdessen langsames Schritttempo. Nur die Schnellsten rannten auch die steilen Pässe hoch. Die Führenden waren jetzt schon viele Stunden vor dem Hamburger, was ihm völlig egal war, da ihn die Platzierung nicht interessierte. Ihm ging es um seinen persönlichen Kampf gegen die Hitze, gegen die Berge und gegen die Schmerzen. Ivan drehte in der Nacht noch einige Einstellungen des mühsam schlurfenden Dittrich. Eine kleine Lampe auf seiner Kamera warf ein wenig Licht auf den Läufer, um seine Aktionen dokumentieren zu können. Um Mitternacht legte sich Ivan zum Schlafen auf die Rückbank seines Mietwagens.

Am nächsten Morgen machte er sich kurz vor sechs Uhr auf den Weg, um wieder zu Dittrich aufzuschließen. Mit dem Auto holte er ihn schnell ein. Dittrich hatte sich nachts um zwei in einem kleinen Motel in Panamint Springs völlig erschöpft auf eine Liege gelegt und war sofort eingeschlafen. Seine Betreuer weckten ihn, wie verabredet, nach drei Stunden. Dann quälte er sich den nächsten Berg hinauf. Ivan konzentrierte sich beim Drehen inzwischen auf die immer häufiger werdenden Pausen, in denen sich der Hamburger in einen Klappstuhl neben dem Begleitfahrzeug fallen ließ, für die nächste Portion Babynahrung. Einer der Betreuer hielt einen aufgespannten Sonnenschirm in der Hand, um Dittrich wenigstens ein paar Minuten Schatten zu gönnen.

»Das ist wirklich ein Höllenritt«, stöhnte er und beklagte sich über die steilen Anstiege. Aber auch die flacheren Passagen bis zum Städtchen Lone Pine, am Fuße der Sierra Nevada, machten ihn nicht glücklicher. Immer öfter musste er sich in der Gluthitze des zweiten Tages, am ganzen Leib zitternd, hinsetzen, um bei seinen Schwächeanfällen nicht umzukippen. Sein Magen rebellierte, vertrug keine Nahrung mehr. Schon zwei Mal hatte er sich übergeben. Babybrei half nicht gegen alle Leiden. Von Lone Pine aus musste Dittrich noch zwanzig Kilometer steil bergauf, den Mount Whitney hoch. Inzwischen lief er in der zweiten Nacht. Und immer öfter stützten ihn jetzt seine Betreuer. 2500 Meter über dem Meeresspiegel stolperte er schließlich ins Ziel, nach dreiundvierzig Stunden und vierzig Minuten. Der Rennleiter überreichte dem torkelnden Hamburger die Prämie für den Badwater-Finisher: eine Gürtelschnalle, die Tapferkeitsmedaille der Ultralangstreckenläufer. Zwanzig Minuten vor ihm war Joey Kelly ins Ziel gekommen, fast zwölf Stunden schneller als bei seinem ersten Start.

Nach Dittrichs Zielankunft war auch Ivan völlig fertig. Das ständige Aussteigen, Drehen, Weiterfahren, wieder Aussteigen hatte ihn geschlaucht. Noch nie hatte er sich mehr nach dem Hamburger Schietwetter gesehnt als an diesen beiden Tagen. Als

Dittrich seine Gürtelschnalle umhängen hatte, fuhr Ivan nach Lone Pine hinunter, warf sich morgens um fünf in sein Hotelbett und schlief bis um zwölf. Nachmittags um drei war auch Dittrich aufgewacht und saß gut gelaunt am Rand des Hotelpools.

»Hallo Ivan«, rief Dittrich ihm schon aus der Ferne zu. »Hast du den Lauf gut überstanden?«

»Geht so, hab' Blasen an den Fingern, von der Zoomerei«, scherzte Ivan. »Da hast du es ja deutlich leichter gehabt, mit dem bisschen Laufen.«

»Ja, war alles easy und entspannt. Ich könnte morgen gleich wieder laufen. Im Ernst: Badwater tue ich mir nie wieder an.«

»Das sagen die meisten nach dem ersten Mal. Und inzwischen sind sie schon zehn Mal gestartet. Nächstes Jahr bist du auch wieder hier, wetten?«

»Ich halte dagegen«, klang Dittrich ziemlich entschieden. »Wer die Wette gewinnt, kriegt vom anderen eine Gürtelschnalle und ein Glas Babybrei.« Ivan nahm die Wette an.

Am frühen Abend bestaunte er bei der Siegerehrung die ausgelaugten Badwater-Helden. Man sah ihnen die Erleichterung an, die Death Valley-Hölle überstanden zu haben. Jetzt, da alles gelaufen war, herrschte eine gelassene, fröhliche Stimmung. Um neun verabschiedete sich Ivan von Klaus Dittrich und dessen Team. Mit seinem Mietwagen machte er sich auf den Weg nach Las Vegas, wo nachts um zwei sein Flieger nach Deutschland startete. Von einer Anhöhe aus näherte er sich der Unterhaltungsmetropole, einem endlosen Meer aus bunten Lichtern. Die Casinos, Clubs und Kneipen schickten die Botschaft in die Ferne, dass diese Stadt niemals schläft.

Im Flugzeug dachte Ivan über die vergangenen Tage nach. Der USA-Trip hatte ihm gut getan. Er rief sich die bizarrsten Szenen dieses unglaublichen Rennens in Erinnerung, die mentale Stärke dieser Läufer, die ständig neue Schmerzen wegsteckten. Er nahm sich vor, von ihrer Einstellung zu lernen, um seinen Alltag gelassener nehmen zu können.

Als er am Donnerstagabend in seiner Wohnung in St. Pauli ankam, war er todmüde, da er im Flugzeug kaum geschlafen hatte. Anna war noch in München, wollte erst am Sonntag nach Hamburg zurückkommen, wie sie ihm am Telefon mitteilte. Ivan legte sich früh ins Bett. Der Wecker holte ihn nach zwölf Stunden aus dem Tiefschlaf. Die kurzen Nächte der zurück liegenden Tage steckten ihm noch in den Knochen. Als er mittags in die Redaktion kam, teilte er Huber mit, dass alles gut geklappt hat und der Film wie geplant am Montag fertig werde. Sein Chef hatte mal wieder dieses überhebliche Grinsen aufgelegt, das Ivan nicht mehr ertragen konnte.

Beim Sichten des Badwater-Materials notierte er sich die besten Laufszenen und Interviewpassagen. Und suchte schließlich nach passender Musik für den Film. Obwohl an diesem Nachmittag fast alle Kollegen in der Redaktion waren, kam zunächst niemand an seinen Sichtplatz, um nach den Erlebnissen im Death Valley zu fragen. Bezeichnend dafür, wie wenig sich die anderen für ihn und seine Arbeit interessierten. Nur Angela Kleinert schaute später kurz rein, fragte, ob er am Wochenende mal Lust auf ein Bier hätte. Sie verabredeten sich für Samstagabend im Biergarten des *Landhaus Walter* im Stadtpark.

Die Samstagsschicht am Schnitt des Badwater-Films war sehr kurzweilig. Die Cutterin war begeistert, beeindruckende Wüstenbilder und einen Film voller Wahnsinniger schneiden zu können. Für beide bedeutete es eine willkommene Abwechslung zu den drögen politischen und wirtschaftlichen Themen, die sie sonst bearbeiten mussten.

»Wir sollten möglichst viele Einstellungen in den Film schneiden, die die extremen Bedingungen verdeutlichen«, sagte Ivan der Cutterin.

»Die nassen Handtücher, die die Läufer ständig auf den Kopf bekommen, passen dafür gut«, schlug die Cutterin vor.

»Ja, stimmt. Aber auch die aufgeplatzten Füße. Die zeigen, dass es viel mehr als nur normale Blasen sind.«

Dass sich Klaus Dittrich, die Hauptfigur des Films, ständig neuen Widerständen ausgesetzt sah, war gut für den Beitrag. Entsprechend zufrieden waren Ivan und seine Cutterin, als sie ihn fertig hatten.

Abends um neun saß er mit Angela im großen Biergarten im Stadtpark. Die Lage mitten im Grünen erinnerte ihn an manche Lokale in München. Zudem gab es bayerisches Weißbier, was seine Stimmung an diesem warmen Juli-Abend noch steigerte. Da Ivan einen entspannten Arbeitstag hatte, traf Angela auf einen gut gelaunten Kollegen.

»Wie war's im Death Valley«, fragte sie ihn.

»Heiß«, antwortete Ivan schmunzelnd.

»Ach was, das überrascht mich jetzt aber.«

»Ich meine: richtig heiß«, unterstrich Ivan seine erste Antwort. »Heißer als erträglich. Das wusste ich zwar vorher schon. Aber diese Hitze live zu erleben, war dann doch sehr speziell.«

»Hat die Kamera keine Probleme gemacht?«

»Nein, gar nicht. Ich hab' sie allerdings meist nur ein paar Minuten im Freien gehabt. Die restliche Zeit lag sie im gekühlten Auto. Eine streikende Kamera wäre der Super-Gau gewesen.« Ivan schilderte einige Details vom Rennen, bevor er sie nach Neuigkeiten aus der Redaktion fragte.

»Hier hast du nichts verpasst«, meinte Angela. »Was die Themenlage betrifft, stecken wir schon im Sommerloch. Alle suchen nach guten Storys. Seit Montag laufen die Freizeit-Tipps für diejenigen, die den Sommer in Hamburg verbringen. Wie in jedem Jahr, das kennst du ja.«

»Ist denn noch niemand im Urlaub«, fragte Ivan.

»Doch, dein Freund Malte. Er kommt erst in zwei Wochen wieder zurück.«

»Ach, wie schade. Ich werde ihn vermissen.«

»Er erzählt übrigens, dass du dich beim NDR beworben hast, aber chancenlos gescheitert bist. Stimmt das?«

Ivan hatte damit gerechnet, dass seine Bewerbung bald bekannt würde. »Dass ich mich beworben habe, stimmt. Dass ich chancenlos war, stimmt nicht. Chancenlos war ich nämlich erst, als jemand den NDR-Leuten erzählt hat, ich sei wegen sexueller Belästigung aufgefallen.«

Angela starrte ihn konsterniert an. Sie war sich erst nicht sicher, ob es ein Witz sein sollte. Doch dann erkannte sie an Ivans ernstem Gesichtsausdruck, dass ihm bei diesem Thema überhaupt nicht nach Scherzen zumute war. »Beate hat es von einem NDR-Kollegen erfahren. Der kennt Leute aus dem Gremium, das über diese Stellenbesetzung entschieden hat. Ich sei wohl einer der Favoriten gewesen, aber nach der Info aus dem *Hamburg Magazin* war ich natürlich aus dem Rennen.«

»Was für ein dreckiges Schwein«, sagte eine erzürnte Angela.

»Was erzählt Wienhold denn über meine Bewerbung«, fragte Ivan.

»Deine Beiträge wären von den NDR-Leuten als ungeeignet für ihren Sender eingestuft worden. Daher hättest du keine Chance gehabt.«

Ivans Überraschung hielt sich in Grenzen, da er dieses Niveau seit Monaten von Malte Wienhold kannte. Verleumdung, wenn er sonst nicht mehr weiterkam. Dieser Kollege machte, was er wollte. Und Ivan musste hilflos zuschauen, wie er beruflich und sozial diskreditiert und demontiert wurde.

»Und was mache ich jetzt mit dem Wienhold?«, fragte er entmutigt seine Kollegin.

Angela fiel dazu nicht viel Hilfreiches ein. »Kennst du keine Schlägertypen, die ihm mit etwas Körpereinsatz Anstand beibringen könnten?« Ihre Bemerkung war nicht ganz ernst gemeint, auch wenn in diesem Augenblick beiden danach war, eine solche Aktion in die Wege zu leiten.

»Wenn ich sein Chef wäre«, überlegte Ivan, »würde ich ihm die Sportberichterstattung wegnehmen und ihm nur noch politische Themen geben. Da wäre Wienhold so überfordert, dass er von sich aus kündigen würde. Aber wahrscheinlich hofft Huber auf einen Karrieresprung, wenn er den Sohn des Aufsichtsrats weiterhin miserable Beiträge produzieren lässt.«

Angela war ziemlich desillusioniert, was ihre Zukunft in dieser Redaktion betraf. »Bei nächster Gelegenheit bin ich weg«, sagte sie zu Ivan.

»Super«, antwortete er. »Dann macht das Arbeiten dort ja noch mehr Spaß. Vielleicht wird Wienhold bald der neue Chef, dann müssen wir im Dienst künftig HSV-Trikots tragen. Das wäre doch mal eine schöne Abwechslung.«

Sie saßen noch bis um elf im Biergarten und lästerten über Kollegen. Ivan befürchtete, dass Angela bald die Redaktion verlassen würde. Sie war entsetzt über die intriganten Spielchen Wienholds, die sie schon am eigenen Leib erfahren hatte und die offensichtlich nicht aufhörten.

IX.

Am nächsten Tag rief Ivan seine ehemalige Kollegin Beate an. »Was hältst du davon, wenn ich verbreite, dass Wienhold bei uns längst rausgeflogen wäre, wenn sein Vater nicht wäre?«, fragte er sie.

»Keine gute Idee«, wiegelte sie ab. »Das wird zum Eigentor. Wenn Huber davon erfährt, kriegst du mit ihm noch größere Probleme. Du unterstellst damit, dass er sich ›kaufen‹ lässt – womit auch immer.«

»Aber so ist es doch. Die Chefs lassen Malte machen, was er will, weil es Druck von außen gibt.«

»Das weiß ich ja alles. Aber solche Geschichten zu verbreiten, bringt dir nichts, außer kurzfristiger Genugtuung«, wiederholte Beate ihre Meinung.

Ivan war gereizt, weil ihm kein guter Gedanke einfiel, wie er Wienhold schaden könnte. Und weil Beate solche Aktionen nicht unterstützen wollte. Er fühlte sich allein gelassen, da auch Anna ähnliche Einwände geäußert hatte, und beschloss, seine Racheaktionen im Alleingang durchzuführen.

Am Abend kam Anna aus München zurück. Ivan holte sie am Flughafen ab. Im Taxi fuhren sie ins *Locks* nach Poppenbüttel, wo er einen kleinen Tisch auf der Terrasse des Restaurants reserviert hatte. Sie waren vor einigen Wochen schon mal hier gewesen, als sie während eines Spaziergangs auf dem Alsterwanderweg eine Kaffeepause eingelegt hatten.

»Es war schön, mal wieder für längere Zeit in München zu sein«, erzählte sie Ivan. »Alles ist vertrauter als hier, Heimat halt. Nichts gegen Hamburg. Aber in München fühl ich mich einfach wohler.«

»Willst du zurück in den Süden?«, fragte Ivan.

»Keine Ahnung, ich weiß es auch nicht. Ich hab' mich in meiner alten Agentur mal wegen Stellen erkundigt. Dort könnte ich als freie Mitarbeiterin anfangen. Das ist zwar nicht mein Wunschjob, aber es wär' eine Möglichkeit für den Anfang.«

»Du schaust dich schon nach Jobs um?«, fragte Ivan irritiert. »Vielleicht hätten wir das mal besprechen können. Es betrifft mich schließlich auch.«

»Ich hab' ja nur mal nachgefragt«, gab Anna genervt zurück. »Das hat hier doch keine Zukunft mit deinem Job. Das weißt du selbst am besten.«

Anna fühlte sich in ihrer Einschätzung bestärkt, als sie von Wienholds neuen Geschichten erfuhr. Von möglichen Racheaktionen riet sie Ivan entschieden ab. Alles, was mit seinem aktuellen Job zu tun hatte, verband sie inzwischen mit ungesundem Stress. Und diesen wollte sie von sich halten, weshalb sie dieses Gesprächsthema abblockte. Ivan reagierte gereizt, fühlte sich in seinem Frust und seiner Enttäuschung nicht ernst genommen.

»Was soll ich denn machen?«, fragte er genervt. »Bei Bewerbungen habe ich ja wenig Chancen, wie wir festgestellt haben.«

»Dann versuch es halt in einer anderen Stadt. Wieso denn nicht wieder nach München?«

Ivan sagte zunächst mal nichts. Es kam ihm wie eine Niederlage vor, nach so kurzer Zeit wieder zurück in die bayerische Hauptstadt zu gehen. Er wollte sich in Hamburg durchsetzen, zeigen, dass er es auch hier schaffen konnte. Wienhold sollte ihn davon nicht abhalten.

»Ich geh bestimmt nicht zu meiner alten Redaktion zurück. Dort wollte ich unbedingt weg. Gute Stellen gibt es halt selten«, erklärte sich Ivan.

»Aber guck dich doch wenigstens um. Es kommt sicher bald wieder was Passendes.«

Anna lenkte das Gespräch auf andere Themen, fragte nach den Erlebnissen im Death Valley. Aber Ivan hatte keine Lust auf große Erzählungen. Er war niedergeschlagen. Gestern noch saß er gut gelaunt im Schneideraum und dachte, den Ärger der letzten Monate verdrängen zu können. Jetzt musste er feststellen, dass er schon wieder im alten Frust fest hing und sich über alles rund um seinen Job aufregte.

Am nächsten Vormittag nahm Krattenhals den Badwater-Film ab. Er war zufrieden mit Ivans Beitrag, mäkelte nur an einigen Kleinigkeiten herum, um seiner CvD-Rolle gerecht zu werden. Danach gab ihm der Vize-Chef Unterlagen zu einem neuen Thema, das Ivan bis Mittwoch umsetzen sollte. Ausgerechnet HSV, dachte Ivan. Da Wienhold im Urlaub war, bekam er die Story über die Handballer des Vereins, die im Mai erstmals Deutscher Meister geworden waren. Ivan sollte einen Beitrag über die Vorbereitungen für die kommende Saison produzieren. Als er am nächsten Tag wegen eines Interviews im Büro des Trainers ankam, sprach dieser ihn gleich auf den Kollegen an. »Heute kein Malte Wienhold am Start?«

»Er ist im Urlaub, daher darf ich mich um die Handballer kümmern«, erklärte Ivan.

»Wir werden es verkraften«, meinte der Trainer schmunzelnd. Ivan war zunächst nicht klar, wie er das meinte. Hatte er hier einen Wienhold-Kritiker vor sich oder sprach er immer so flapsig über Journalisten? Als der Trainer später nochmals kritisch die Arbeiten des Kollegen thematisierte, wollte Ivan ausloten, wie weit er gehen konnte. »Kennen Sie den Vater von Malte Wienhold? Er heißt Paul Schneider und sitzt im Aufsichtsrat des HSV.«

»Das ist der Vater von eurem Wienhold?«, fragte der Trainer überrascht. »Das wusste ich nicht. Ich weiß nur, dass dieser Schneider ständig unseren Handball-Etat kürzen will und bei uns nicht besonders beliebt ist.«

»Bei uns mischt er ja indirekt auch mit. Er sitzt im Aufsichtsrat von *Studio Hamburg* und hält die schützende Hand über seinen

Sohn.« Ivan kam allmählich aus der Deckung und prüfte die Reaktion seines Gesprächspartners. »Sein Sohn Malte ist ein typischer Fall von verhätscheltem Kind, wird fachlich bei uns eher belächelt. Aber unser Chef fasst ihn mit Samthandschuhen an.«

»Höhere Gewalt«, meinte der Trainer mit einem vielsagenden Blick.

»Da kann man wohl nicht viel machen. Aber ›danke‹ für die Info.«

Ivan war einerseits froh, jemanden getroffen zu haben, bei dem der kritische Kommentar über Wienhold gut platziert schien. Andererseits konnte er nicht so richtig einschätzen, was aus dieser Geschichte werden konnte. Der Handball-Trainer schien zwar eine kritische Haltung gegenüber Paul Schneider zu haben. Und auch sein Kommentar über Wienhold machte nicht den Eindruck, als würde er besonders viel von ihm halten. Aber es war schwer vorhersehbar, wie andere Leute beim HSV auf Ivans Bemerkungen reagieren würden. Insofern musste er damit rechnen, dass sein geliebter Kollege etwas davon mitbekommt. Doch das war Ivan egal. Er war froh, endlich einmal auf Wienholds Diffamierungen reagiert zu haben. Frustabbau.

Zu Hause war die Stimmung in den ersten Tagen nach Annas Rückkehr aus München nicht besonders gut. Ivan war klar, dass sie von ihm einen baldigen Jobwechsel erwartete, am liebsten nach München. Er wollte allerdings nicht irgendeine beliebige Stelle antreten, schon gar nicht im Boulevard. Das *Hamburg Magazin* sollte ihm – wenn schon nicht als langfristiger Arbeitsplatz – zumindest als Sprungbrett zu einem anspruchsvollen Redakteursposten dienen. Die von Wienhold verbreiteten Gerüchte waren dafür natürlich wenig dienlich, zumindest bei Bewerbungen in der Hansestadt, wo jeder jeden in der Medienbranche kannte. Letztlich würde es wohl auf einen Wechsel in eine andere Stadt hinauslaufen. Aber Ivan war noch nicht so weit, seine jetzige Stelle kampflos aufzugeben, zumal ihm der Job viel Spaß machen könnte – wenn da nicht bestimmte Kollegen und Chefs wären.

»Paul hat vorhin angerufen und gefragt, ob wir mit ins Kino gehen«, erzählte Anna, als Ivan am Mittwochabend nach Hause kam. »Ich hab' ihm zugesagt. Wir treffen uns um acht vor dem Zeise-Kino.«

»Was wollt ihr denn anschauen?«, fragte Ivan.

»Hangover 2«

»Keine Lust auf den Film. Aber du kannst gern mit Paul allein gehen.«

»Das werde ich auch machen«, antwortete Anna entschlossen. »Ich will nämlich nicht wieder den ganzen Abend deine schlechte Laune ertragen.«

»Danke für das Kompliment«, konterte Ivan und holte sich ein kaltes Hefeweizen aus dem Kühlschrank.

Seine schlechte Stimmung war ihm durchaus bewusst. Und ihm war auch klar, dass das für seine Freundin alles andere als unterhaltsam war. Aber er kam einfach nicht aus seinem Tief heraus. Der Trip in die USA hatte ihm zwar gut getan, aber leider keine anhaltende Verbesserung seines Gemütszustands bewirkt. Beate sprach neulich davon, dass er wohl eine leichte Depression habe und sich mal von einem Arzt beraten lassen sollte. Aber Ivan hatte keine Lust auf Psycho-Gespräche.

Zwei Tage später lieferten Medienberichte aus Norwegen verheerende Neuigkeiten. Der Rechtsradikale Anders Behring Breivik hatte bei einem Bombenanschlag in Oslo und einem Massaker auf der kleinen Insel Utöya insgesamt 77 Menschen ermordet. Die meisten von ihnen waren Jugendliche, die ein Ferienlager der sozialdemokratischen Partei besuchten. Nicht nur Norwegen stand unter Schock. Der 22. Juli wurde für das skandinavische Land zum Datum eines nationalen Traumas.

Breiviks Amoklauf inmitten des Zeltlagers spielte sich am späten Freitagnachmittag ab, so dass die Informationen darüber erst am frühen Abend nach Deutschland kamen. Da das *Hamburg*

Magazin keine Wochenendsendungen ausstrahlte, musste aktuell nichts produziert werden. Dennoch bekam Ivan am Abend dieses 22. Juli einen Anruf von Krattenhals. Er bat ihn, am Wochenende die Sendungen über das Massaker zu verfolgen und für Montag einen Beitrag vorzubereiten. Es sollte ein Film werden, der vom Fall Breivik ausgehend das Thema Amoklauf aufgriff und die Sicherheit an öffentlichen Einrichtungen der Hansestadt thematisierte.

»Recherchier mal an einigen Schulen, wie dort solchen Ereignissen vorgebeugt wird«, beauftragte ihn Krattenhals. »Schulen waren ja in Deutschland schon öfter Ziele von Amokläufen.«

»Haben wir denn Bilder aus Winnenden und Erfurt im Archiv, die ich benutzen kann«, fragte Ivan.

»Ja, dazu müsste auf jeden Fall etwas da sein. Schau dir mal die alten Beiträge dazu an. Und organisier dir für Sonntag einen Cutter, damit du einige Sequenzen vorschneiden kannst. Am Montag solltest du dann mit Rektoren und Schülern reden.«

»Okay«, sagte Ivan. »Kannst du mir am Montag jemanden zur Seite stellen, falls wir parallel drehen müssen. Kann ich Angela fragen?«

»Ja, mach das. Sie hat noch keinen Dreh geplant. Viel Erfolg«, beendete Krattenhals das Telefonat.

Ivan fand es noch nach vielen Berufsjahren irritierend, wie auch die schlimmsten Nachrichten von Reportern darauf reduziert wurden, wie sie medial umgesetzt werden konnten. Was auch immer in der Welt passierte, es ging zunächst vor allem darum, wo kriegt man Bilder her, welches Kamerateam steht zur Verfügung und wer kann in einem Interview Auskunft geben. Akute mediale Versorgung. Wie ein Arzt, der nach einem schweren Unfall sofort die notwendigen operativen Eingriffe durchführen muss, kümmerte sich der Journalist um eine schnellstmögliche Berichterstattung. Das verlangte eine nüchterne Haltung zu den Informationen. Für eine emotionale Beziehung zu diesen Themen blieb in der Hektik der Medienbranche keine Zeit.

Ivan rief Angela an und teilte ihr mit, dass sie am Montag gemeinsam an der Produktion des Attentat-Beitrags arbeiten würden. Danach schaute er sich auf verschiedenen Fernsehkanälen die Nachrichten an. Er notierte sich Informationen zu Breivik und zu den Norwegen-Bildern, um einen Überblick über das vorhandene Material zu bekommen. In den meisten Sendungen waren die immer gleichen Einstellungen zu sehen. Einerseits die Zerstörungen, die die Bombe in Oslo angerichtet hatte, andererseits die aus Helikoptern gedrehten Luftaufnahmen der Insel Utöya, mit Leichen an der Küste. Im Laufe des Wochenendes sichtete er im Internet noch einige Fernsehbeiträge, die die Sender in ihren Mediatheken hoch geladen hatten. Psychologen und Psychiater spekulierten über Breivik, seine Motive, seine Krankheit. Die ersten Informationen über seine schwierige Kindheit kamen auf, über die Trennung seiner Eltern und die offensichtlich überforderte Mutter, die ihn schon als Kleinkind zeitweise in Heimen untergebracht hatte. Terrorismusexperten analysierten seinen fundamentalistischen Extremismus, der sich vorwiegend gegen eine multikulturelle Gesellschaft und gegen den Islam wandte. Die Basis für diese Einschätzungen war ein mehr als tausend Seiten langes ›Manifest‹, das Breivik kurz vor seinem Attentat per Massen-Email verbreitet hatte.

Für Ivan stellte sich an diesem Wochenende vor allem die Frage, wie man dieses Massaker für das *Hamburg Magazin* sinnvoll verarbeiten konnte, ohne nur die bisher gezeigten Bilder und Experten zu präsentieren. Am Sonntag besprach er mit Angela die Inhalte ihres Films.

»Wir müssen auf jeden Fall an einer Schule drehen«, stellte Ivan fest. »Ich habe bei zwei Rektoren bereits angefragt. Am Montagmorgen wollen sie mir Bescheid geben, ob es klappt. Zudem hätte ich gern noch einen Experten, der etwas über Amokläufe im Allgemeinen sagen kann. Auch wenn Breivik nicht an einer Schule gewütet hat, sollte das für uns der Fokus sein.«

»In der *Tagesschau* lief ein gutes Statement eines Psychologen zum Thema Waffen«, sagte Angela. »Ich werde mal recherchieren, ob man den Herrn für ein Interview bekommen kann.«

»Mich würde vor allem interessieren, was er zum Thema Computerspiele zu sagen hat. Die Schul-Attentäter sind ja fast immer extreme Nerds in Sachen Killer-Games.«

Sie besprachen, wer welche Recherchen und Vorarbeiten übernimmt und verabredeten sich für Montagmorgen. Ivan las noch einige Online-Artikel über Breivik und über deutsche Amokläufer der letzten Jahre. Interessant fand er die Analyse, dass viele der Schulattentäter zwar Einzelgänger waren, aber letztlich sehr angepasst und unauffällig gelebt hatten. Sie waren nicht die schrill gekleideten Jugendlichen, die sich immer schon durch ihr Äußeres absetzen wollten. Ihr Extrem-Sein bestand vielmehr in ihrem Mangel an Sozialkontakten sowie ihrer Begeisterung für Waffen und gewaltverherrlichende Computerspiele. Ihre Taten waren in der Regel lange vorbereitet und zeichneten sich alle durch diese erbärmliche Feigheit aus, wahllos auf hilflose Menschen zu schießen. Offensichtlich erhofften sie sich gerade durch solch verabscheuungswürdige Taten, berühmt oder berüchtigt zu werden.

Am Montagvormittag drehte Ivan an einer Wandsbeker Schule. Er interviewte den Rektor zu Auffälligkeiten von Schülern und prophylaktischen Maßnahmen. Angela nahm zur gleichen Zeit ein Gespräch mit dem Schulsenator auf. Anschließend interviewte sie einen Psychologen, der sich zu Täterprofilen von Schul-Amokläufern äußerte. Solche Attentate entstünden immer aus einer Vielzahl von Komponenten, weshalb sie so schwer vorhersehbar seien, so der Experte. Auch die Tatsache, dass viele Amokläufer exzessive Computerspieler waren, helfe nicht weiter. Denn viele andere, die die gleichen Killer-Games regelmäßig spielen, würden nicht zu Mördern. »Das gilt auch für Jugendliche, die in Schützenvereinen sind oder einen anderen Zugang zu Waffen haben und nie auffällig werden. Zu Amokläufern werden sie erst, wenn mehrere Faktoren in einer unglückseligen Konstellation zusammenkommen und nicht als gefährlich erkannt werden.«

Am Abend lieferten Ivan und Angela einen fast fünfminütigen Beitrag ab, der das Thema ›Amoklauf‹ mit Blick auf Hamburger Schulen analysierte. Ein solider Film, den der CvD als gelungen abnickte, ohne viel zu beanstanden. Nach Feierabend gingen sie gemeinsam ein Bier trinken.

»Ich werde in der nächsten Woche kündigen«, erklärte Angela ihrem verdutzten Kollegen. »Bei einer Produktionsfirma, die für verschiedene TV-Sender Dokus und Magazinbeiträge produziert, kann ich im September anfangen.«

»Das musste ja kommen«, kommentierte Ivan frustriert diese Neuigkeit. »Frag doch mal, ob sie nicht noch eine zweite Stelle frei haben. Ich geh sofort mit.« Allmählich wurde das *Hamburg Magazin* ein freudloser Ort für ihn. Ohne die Kolleginnen, mit denen er sich am besten verstanden hatte, würde diese Redaktion nicht auszuhalten sein.

Anfang August kam Wienhold aus seinem Urlaub zurück. Ivan bedauerte, dass der Kollege nicht in Oslo war und beim Bombenanschlag getötet wurde. Dann wäre er einige Probleme los. Aus seiner Sicht hatte ihm dieser Bastard die Karriere ruiniert und das wollte er nicht einfach so hinnehmen. Obwohl ihm klar war, dass Wienhold eindeutig am längeren Hebel saß. Aber Ivan war nicht der Typ, der alles nur kommentarlos hinnahm, der die Verleumdungen ertrug, ohne zu reagieren. Der Teufelskreis aus Intrigen und Diffamierungen drehte sich weiter.

Anna redete seit ihrem Urlaub immer wieder von München, schwärmte von dieser Stadt, wie sie es nie zuvor getan hatte. Dieser unkritische Blick auf die bayerische Landeshauptstadt regte ihn auf. Der Gedanke an eine Rückkehr fühlte sich erbärmlich an. Anna wiederum war genervt von seinen Klagen über die Kollegen und Chefs. Sie wollte das alles nicht mehr hören. Immer öfter ging sie mit Paul aus. Die beiden verstanden sich sehr gut, hatten den gleichen Filmgeschmack und einen ähnlichen Humor. Ivan sagte meistens ab, wenn seine Freundin fragte, ob er mit wolle. Er zog sich immer mehr in seine Depression zurück, fühlte sich dort fast wohler als in irgendeiner Kneipe. Da weder Anna noch Paul Interesse an Gesprächen über seinen Job hatten, vermied er diese Dreierkonstellation. Auch mit Paul allein unternahm er kaum mehr etwas. Sein Freund riet ihm dringend, den Job zu wechseln, weil er sich sonst kaputt mache. Da er diesen Spruch schon ständig von seiner Freundin hörte, wollte er sich das nicht noch von weiteren Leuten aufs Brot schmieren lassen.

»Willst du jetzt immer daheim rumhocken, wenn ich mit Paul ausgehe«, fragte ihn Anna, als er wieder einmal einen gemeinsamen Kinobesuch abgelehnt hatte.

»Sorry, ich hab' halt keine Lust auf Kino«, antwortete Ivan. »Außerdem will ich euch nicht stören, ihr scheint euch ja bestens zu verstehen.«

»Du Idiot«, fluchte Anna. »Du gefällst dir offensichtlich in deiner leidenden Rolle. Lass deinen Frust sonst irgendwo raus, aber nicht ständig an mir. Ich halt das nicht mehr aus.« Sie zog ihre Jacke an und knallte beim Verlassen der Wohnung wütend die Tür zu.

Ivan bedauerte seine Bemerkung, aber ihm fehlte oft die Motivation, abends entspannt ein Bier zu trinken. Immer stärker suhlte er sich in Selbstmitleid. Am nächsten Tag rief Paul ihn an und versuchte, ihm den Kopf zu waschen.

»Wenn du so weiter machst, bist du deine Freundin bald los«, machte ihm sein Freund klar. »Anna ist komplett genervt von deiner üblen Laune. Du musst was ändern.«

»Ja, aber was bitteschön? In Hamburg hab' ich bisher keinen passenden Job entdeckt. Und von der Bewerbung in Köln noch keine Rückmeldung«, entgegnete Ivan.

»Nicht aufgeben, bewirb dich weiter und hol dir mal ärztliche Unterstützung, damit du aus diesem Tief rauskommst.«

»Jetzt kommst du wieder damit«, reagierte Ivan genervt. »Der Arzt kann mir auch keinen neuen Job basteln.«

»Aber er kann dir helfen, dein Leben wieder positiver zu sehen.«

»Ja, ja, danke für den Tipp und schönen Tag noch.« Ivan legte frustriert auf. Wenn die Leute aus seinem Umfeld nicht mehr weiter wussten, brachten sie immer ›psychologische Hilfe‹ ins Spiel. Als würde das seine Probleme lösen. Ivan glaubte nicht daran, dass ihn solche Gespräche aus seiner misslichen Lage herausholen konnten. Gegen seinen schlechten Schlaf, der ihm zuletzt viele unruhige Nächte beschert hatte, unternahm er inzwischen etwas. Bei völliger Übermüdung schluckte er Schlaftabletten. Ausgeruht konnte er seine Jobprobleme entspannter ertragen.

Anfang September kam Wienhold eines Morgens in sein Büro und starrte ihn mit einem drohenden Blick an, den Ivan noch nicht von ihm kannte. Eine Mischung aus Wut, Verbitterung und Aggressivität, als würde er ihm gleich an die Gurgel gehen. Er stand einige Sekunden an seinem Schreibtisch, ohne etwas zu sagen. Seine fülligen Backen zitterten leicht. Plötzlich drehte er sich wortlos um und verließ das Zimmer.

Hubert Meindl hatte einigermaßen irritiert geschaut, als Wienhold stumm in ihrem Zimmer herumstand und schließlich kommentarlos davon stampfte. Meindl fragte nicht, was das zu bedeuten hatte, würde es beim Mittagessen ohnehin von seinem Freund Malte erfahren. Ivans Verhältnis zu Meindl war so abgekühlt, dass sich ihre Kommunikation auf den notwendigen Smalltalk zum Tagesgeschäft beschränkte.

In den folgenden Wochen gab es für Ivan keine Komplikationen in der Redaktion. Noch immer hatte er alle fünf oder sechs Wochen CvD-Dienst. An Wienholds Beiträgen kritisierte er nur das Nötigste. Ende September kam es allerdings zum nächsten Zusammenstoß. Wienhold schlug in der Themenkonferenz eine Reportage über das neue Alkoholverbot im öffentlichen Nahverkehr vor. Die Hansestadt hatte erlassen, dass ab Oktober jeder,

der mit Alkohol in U- oder S-Bahnen erwischt wird, vierzig Euro bezahlen muss. Wienholds Protagonist sollte ein Kontrolleur namens Karl Reuter sein, den er in einer Nachtschicht begleiten wollte.

»Das soll wohl ein Witz sein«, kommentierte Ivan empört Wienholds Vorschlag. »Genau dieses Thema mit genau diesem Protagonisten habe ich in den letzten Tagen recherchiert. Die Unterlagen liegen auf meinem Schreibtisch.« Ivan verließ den Konferenzraum und kam wenig später konsterniert zurück.

»Und«, fragte Huber. »Hast du deine Unterlagen gefunden?«

»Nein, an meinem Platz liegt nichts mehr. Offensichtlich haben sich meine Notizen einen neuen Platz gesucht, auf Maltes Tisch«, antwortete Ivan.

»Willst du mir schon wieder unterstellen, ich hätte dir was geklaut«, spielte ein scheinbar erboster Wienhold wieder das Unschuldslamm. »Das hatten wir doch schon mal.«

»Ist schon gut, Malte«, wiegelte Ivan frustriert ab. »Du hast ganz zufällig denselben Protagonisten wie ich gefunden. Hamburg ist ja klein, da passiert so was schnell mal. Vielleicht sollte jemand bei dem Kontrolleur nachfragen, wer sich zuerst mit ihm unterhalten hat«, sagte Ivan zu Huber gewandt. »Es kann ja nicht sein, dass man sich jetzt schon die Themen vom Schreibtisch klauen lassen muss.«

»Hör mit deinen absurden Vorwürfen auf«, warf Wienhold empört ein. »Ich hab' mit dem Kontrolleur gesprochen. Und er sagte mir, dass sich schon ein Kollege gemeldet hätte, dass aber noch nichts vereinbart worden war. Daraufhin habe ich konkrete Termine mit ihm gemacht. Was ist daran verwerflich?«

Die anwesenden Kollegen saßen stumm am Konferenztisch, warteten gespannt, wie die Chefs auf die Auseinandersetzung reagieren würden. Als Wienhold zugab, vom Kontrolleur gehört zu haben, dass schon ein Kollege angerufen hatte, schaltete sich Huber ein.

»Malte, so geht's natürlich nicht«, meinte Huber. »Wenn Ivan das Thema mit demselben Protagonisten recherchiert hat, kannst du das nicht einfach ignorieren und Termine vereinbaren. Klärt untereinander ab, wer den Beitrag macht.«

»Wie, das ist alles, was du zu dem Vorfall zu sagen hast, Armin?«, fragte Ivan entsetzt. »Malte klaut mir meine Unterlagen vom Tisch und ihr geht zur Tagesordnung über. Das ist doch nicht euer Ernst.«

»Ivan, ich hab' keine Ahnung, wer wem was geklaut hat«, reagierte der Chef aufgebracht. »Was ich aber weiß, ist, dass es hier ständig Ärger mit dir gibt. Und dass du immer wieder Unterstellungen machst, die du nicht beweisen kannst. Das geht so auf keinen Fall weiter. Wir besprechen das nachher unter vier Augen.« Huber hatte keine Lust mehr auf diese stressigen Auseinandersetzungen, wollte sich Ärger mit Wienhold vom Leib halten. Anders war nicht zu erklären, dass er keinerlei Interesse zeigte, den Vorfall aufzuklären. Als sie nach der Konferenz in Hubers Zimmer saßen, verlangte er von seinem Mitarbeiter, nicht ständig einen Streit anzufachen. »Wenn du weiterhin in dieser Redaktion arbeiten willst, dann muss sich einiges ändern«, erklärte ihm sein Chef. »Ich kann hier keine Mitarbeiter gebrauchen, die sich bekriegen.«

»Aber es kann doch nicht sein, dass ich mich bestehlen lassen muss, ohne Konsequenzen«, verteidigte sich Ivan. »Malte interessiert sich doch sonst nicht für Themen außerhalb des Sports. Es ist doch offensichtlich, dass die Story von mir kommt. Das kannst du als Chef doch nicht kommentarlos hinnehmen.«

»Noch einmal«, betonte Huber. »Ich weiß nicht, wer wem etwas geklaut hat. Also bring Beweise oder lass die Vorwürfe stecken. Etwas anderes möchte ich noch ansprechen. Malte hat mir erzählt, dass du beim HSV verbreitest, er werde bei uns nur geduldet, weil sein Vater eine wichtige Figur in unserem Unternehmen sei. Das ist ein ungeheurer Vorwurf. Wir behandeln Malte nicht bevorzugt. Aufgrund deiner Vorwürfe und des neuerlichen Streits habe ich entschieden, dass du in den nächsten drei Monaten normaler Reporter bist und keinen CvD-Job machst. Es wäre verantwortungslos, wenn du in der jetzigen Situation Filme von Malte abnimmst. Dafür fehlt dir im Augenblick die nötige Distanz. Ende des Jahres setzen wir uns wieder zusammen und besprechen die Situation. Wenn die nächsten Monate gut verlaufen, kannst du ab Januar wieder CvD sein. Schönen Tag noch.«

Ivan verließ fassungslos Hubers Büro. Dass sein Chef über die HSV-Geschichte nicht begeistert war, konnte er verstehen, nicht jedoch, dass er deswegen degradiert wurde. Hubers Opportunismus war so ausgeprägt, dass für Selbstkritik bei ihm kein Platz war. Er wollte nicht zugeben, was ganz offensichtlich war: dass Wienhold einen Sonderstatus hatte. Das Schlimmste an dem Gespräch mit Huber war jedoch die Tatsache, dass er über den Diebstahl von Unterlagen völlig hinweg sah und ihn zum Unruhestifter erklärte. Zum wiederholten Male musste sich Ivan eingestehen, dass er in dieser Redaktion immer der Verlierer sein würde. Gegen Wienhold war er chancenlos.

Eigentlich wollte er Anna vom aktuellen Vorfall nichts erzählen. Aber seine Laune war so unterirdisch, dass sie ihr nicht entgehen konnte. »Was ist denn mit dir los?« Ivan schilderte in knappen Sätzen, was sich am Nachmittag ereignet hatte. Ihr fiel dazu zunächst gar nichts mehr ein. Kopfschüttelnd lief sie durch die Wohnung, von der Küche ins Esszimmer, ins Wohnzimmer, zurück in die Küche. »Wenn man nicht selbst beteiligt wäre, könnte man wahrscheinlich darüber lachen. Aber leider sind wir mitten drin. Was soll ich dazu noch sagen? Nichts wie weg aus diesem Scheiß-Laden.« Sie ließ sich ins Sofa fallen und starrte wie festgefroren an die Wand. Auch Ivan fiel zu diesem Trauerspiel kaum mehr etwas ein.

»Dem Kerl muss doch irgendwie beizukommen sein«, fluchte Ivan halblaut vor sich hin.

»Hör auf mit deinen Racheplänen. So kommst du nicht weiter. Du musst da raus. Und zwar schnell.«

Ivan kochte. Am Arbeitsplatz wurde er schikaniert, und zu Hause ging seine Beziehung allmählich kaputt, weil er die Situation nicht in den Griff bekam. Er spürte wieder diesen diffusen Druck in der linken Brusthälfte. Der Stress attackierte seinen Körper.

»Weißt du, was wirklich erbärmlich ist«, sagte Ivan zu seiner Freundin. »Dass die Kollegen sich alle komplett wegducken. Nicht einer von ihnen hat sich geäußert oder den Themenklau moniert. Niemand. Das muss man sich mal vorstellen: das sind Journalisten, die das ganze Jahr über in ihren Beiträgen den Moralapostel spielen und den Zuschauern mitteilen, was verwerflich und was korrekt ist. Und im eigenen Umfeld sind es die größten Mitläufer.«

»Was erwartest du denn von ihnen? Dass sie sich heldenhaft auf deine Seite schlagen?«, fragte Anna provozierend.

»Sie sollen ihr Hirn einschalten und erkennen, was für eine Kacke in dieser Redaktion abläuft. Das wäre das Mindeste, was ich erwarte, nicht nur von Journalisten.«

»Aber sie tun es nicht«, rief Anna ihm zu. »Das stellst du doch seit Monaten schon fest. Du kannst die Leute nicht erziehen. Sie sind, wie sie sind. Und das wird so bleiben, was auch immer du von ihnen erwartest.«

Ivan hatte in den letzten Monaten schön öfter mit ihr über dieses Thema gesprochen. Sie vertraten beide eine ähnliche Meinung, aber Anna hatte auch den realistischen Blick auf die Situation, der ihr klarmachte, dass seine Erwartungen an die Kollegen nicht erfüllt würden. Zu viele Opportunisten in dieser Redaktion, die sich nur um ihren eigenen Kram kümmerten. Aber das sei keine Besonderheit an Ivans Arbeitsplatz, meinte Anna, das sehe in anderen Jobs ähnlich aus.

Ivan hatte sich als Journalist mehrfach mit den Themen ›Zivilcourage‹ beschäftigt. Er war überzeugt, dass die deutsche Gesellschaft auch heute wieder ein großes Problem hätte, wenn der Typ ›Diktator mit schmalem Schnauzer‹ die Macht übernähme. »Alle wären sie wieder dabei«, sagte er zu Anna, als sie sich vor einigen Monaten darüber unterhielten. »Die Mitläufer und Karrieristen ohnehin. Aber auch viele von denen, die in der Demokratie die

Fahne der Aufrichtigkeit ganz hoch hängen. So hoch, dass sie manchmal nicht mehr wissen, wofür sie steht.«

»Und du wärst natürlich einer der tapferen Widerständler?«, fragte Anna provozierend.

»Das behaupte ich ja gar nicht. Aber ich würde auch nicht jeden Dreck mitmachen. Und schon gar nicht Leute aus dem persönlichen Umfeld denunzieren.«

»Das kannst du gar nicht vorhersagen«, hielt Anna dagegen. »Wir haben keine Vorstellung davon, wie groß der Druck in solchen Situationen ist. Du weißt nicht, wie sich bestimmte Leute in einer Diktatur verhalten würden.«

»Bei manchen Journalisten, die ich im Job erlebt habe, bin ich mir sicher, dass sie in der Arschkriecher-Skala ganz oben stünden. Wer sich schon in unserer Demokratie so anbiedernd verhält, wird bestimmt nicht zum Helden, wenn es riskant wird.«

Ivan war überzeugt, dass viele Menschen formbar wie Knetmasse sind und sich in Diktaturen schlagartig von einer ganz neuen Seite zeigen. Selten von einer besseren Seite. Die deutsche Geschichte konnte davon ein vielstrophiges und leidvolles Lied singen. Gegen die Nazis hatten letztlich nur ein paar wenige gekämpft. Über einen von diesen, Georg Elser, hatte Ivan in seiner Münchener Zeit einen Fernsehbeitrag gemacht. Der schwäbische Schreiner hatte herausragenden Mut bewiesen, als er im November 1939, kurz nach Kriegsbeginn, im Münchener Bürgerbräukeller einen Bombenanschlag auf Hitler verübt hatte. Die Führungsspitze der Nazis war dort zu einer Propagandaveranstaltung zusammen gekommen. Hitler überlebte, weil er früher als geplant das Lokal verließ – dreizehn Minuten bevor die Bombe hochging. Ivan war beeindruckt von der Entschlossenheit dieses Mannes, der auf seiner Flucht an der deutsch-schweizerischen Grenze gefasst und 1945 im KZ erschossen wurde. Dass nur ein einfacher Schreiner gegen die große Bedrohung durch Hitler vorging, aber Millionen seiner Mitbürger diesem kranken Führer-Hirn hinterherliefen, fand Ivan sehr bedenklich.

Bei ihren Diskussionen über Elser und das 3. Reich widersprach ihm Anna, wenn es um die Themen ›aufrechter Gang‹ und politisches Rückgrat in der heutigen Gesellschaft ging. »Die Deutschen haben gelernt, was Faschismus und Diktatur bedeuten« betonte sie. «Sie lassen es gar nicht mehr so weit kommen.«

»Vielleicht hast du Recht, dass wir wegen unserer Geschichte von einer Diktatur weiter entfernt sind als viele andere Länder. Aber angenommen, es würde sich wieder ein durchgeknallter Extremist durchsetzen, dann hätten wir den gleichen Scheiß an der Backe. Der Opportunismus sitzt zu tief. Menschlicher Gen-Defekt. Da hilft kein anti-faschistischer Geschichtsunterricht.«

»Du bist ein unverbesserlicher Schwarzmaler«, hielt sie dagegen. »Wenn du das so siehst, tu doch was dagegen. Du bist Journalist, hast die Möglichkeiten, politisch zu agieren.«

»Das habe ich getan, wie du weißt.«

In München hatte sich Ivan als Journalist wiederholt mit rechtsextremen Themen befasst, da ihm die braune Brut zuwider war. Schon nach dem ersten Beitrag über die lokale Nazi-Szene gab es Emails mit Drohungen. Für das *Hamburg Magazin* hatte Ivan nur einmal an einem Beitrag über Neonazis mitgewirkt. Ansonsten war dies das Gebiet von Peter Nodrum, der sich seit vielen Jahren mit der rechten Szene in Hamburg beschäftigte. Ausgerechnet Nodrum, der nach außen den kritischen Journalisten gab, aber intern die Klappe hielt, wenn es unbequem wurde.

Anna konnte Ivans Klagen über die Kollegen nicht mehr hören. Dass sie mit ihm nicht mehr über das Thema reden wollte, steigerte seine Wut auf die Leute, die ihm sein Leben kaputt machten. Seit Wochen lebten die beiden nebeneinander her, führten eher den Alltag einer WG, deren Bewohner sich aus dem Weg gingen, als eine Liebesbeziehung. Sie unternahmen kaum mehr etwas gemeinsam. Anna ging entweder mit Arbeitskolleginnen oder mit Paul aus, während Ivan sich immer mehr zurückzog. Er hing abends vor der Glotze und trank mehr Alkohol als ihm gut tat.

Außer in Köln hatte er sich auch in Frankfurt auf eine Redakteursstelle beworben, aber in beiden Fällen nur eine Absage erhalten. Keine guten Aussichten an der Job-Front. Er musste dringend aus diesem Hamburg-Sumpf raus, das war ihm klar. Aber wie? Schließlich sprang er über seinen Schatten und bewarb sich Mitte Oktober bei einer Produktionsfirma in München. Die bayerische Landeshauptstadt hatte er eigentlich vermeiden wollen, aber es ging ihm inzwischen so schlecht, dass er auf diese Vorsätze keine Rücksicht mehr nahm. Anna nahm die Mitteilung über die Bewerbung in München emotionslos zur Kenntnis, kommentierte sie knapp mit »gute Entscheidung«.

In seiner Redaktion waren die Kollegen ihm gegenüber nach der Diebstahl-Affäre sehr reserviert. Entweder machte sich schlechtes Gewissen breit, weil sich alle rausgehalten hatten. Oder sie hatten einfach keine Lust, in diese Angelegenheit hineingezogen zu werden. Ivan vermutete, dass eher Letzteres zutraf. Die Kollegen begegneten ihm regelmäßig mit diesem unverschämten Grinsen, das er von früheren Gelegenheiten kannte, wenn wieder ein Gerücht über ihn verbreitet wurde. Übersehen konnte er das zwar nicht, versuchte aber, ihren Blicken auszuweichen, um nicht mit diesen überheblichen Visagen konfrontiert zu werden. Er hatte sich vorgenommen, solche Beobachtungen an sich abprallen zu lassen. Das gelang ihm aber nicht immer. Stattdessen wurde er dadurch an die Verleumdungen erinnert, die Wienhold gestreut hatte. Die Vorstellung, dass neue, unerfreuliche Geschichten über ihn verbreitet wurden, kränkte ihn sehr. Die Enttäuschung über die Kollegen nahm ständig zu. Sobald einer der Opinion Leader Sprüche über Ivan klopfte, trotteten alle hinterher und lachten mit. Das schien für sie die beste Versicherung zu sein, nicht selbst zum Opfer des Gespötts zu werden.

Als er Ende Oktober an einem Mittwochabend aus der Redaktion nach Hause kam, teilte ihm Anna mit, dass sie einen Tisch bei ihrem Lieblingsitaliener reserviert hatte.

»Gibt es was zu feiern?«, fragte Ivan. »Hab' ich einen Termin verschwitzt? Dein Geburtstag kann es nicht sein, der ist ja im April. Unser Hochzeitstag kann es auch nicht sein, weil wir nicht verheiratet sind.«

»Nein, einfach so«, sagte Anna. »Mal wieder zusammen ausgehen.«

Als sie im Restaurant saßen und das Essen bestellt hatten, fing Anna an, ihr Leben der letzten Monate zu beschreiben. »So kann es nicht weitergehen«, sagte sie zu ihrem Freund.

»Das weiß ich selbst«, konterte Ivan. »Ich such ja was Neues.«

»Wird höchste Zeit. Es bringt nämlich nichts, wenn du weiterhin deine Kollegen für all deine Probleme verantwortlich machst.«

»Aber an vielem sind sie zumindest mitschuldig«, erklärte sich Ivan.

»Mag ja sein, aber das hilft dir auch nicht weiter«, unterstrich Anna ihren Standpunkt. »Du musst dich unabhängig von ihnen machen.«

»Ich bin aber nicht unabhängig von ihnen. Mein Job, mein Tagesablauf und letztlich meine Launen hängen stark von ihnen ab.«

»Dann ändere deine Haltung ihnen gegenüber, sonst kommst du aus dem alten Trott nicht raus.«

Sie verfielen wieder in die alten Muster, nach denen ihre Gespräche der letzten Monate abgelaufen waren. Ivan verstand zwar, was Anna meinte, aber in seiner Redaktion befand er sich in einer völlig verfahrenen Situation. Mit Aktionen wie beim HSV hatte er einige Leute gegen sich aufgebracht. Manche Kollegen machten inzwischen einen großen Bogen um ihn. Er galt als jemand, der ständig Ärger machte und dem man besser aus dem Weg ging. Auch privat hatte er kaum mehr soziale Kontakte.

Inzwischen waren die Pizzen auf dem Tisch und die beiden machten sich an ihr Essen. Danach griff Anna das Gespräch wieder auf. »Die letzten Monate waren die schlimmsten meines Lebens«, sagte sie zu Ivan.

»Danke gleichfalls.«

»Ich habe ein Kind verloren, ich habe eine gute Beziehung verloren und habe keine Lust, meine Gesundheit auch noch zu verlieren. Ivan, ich hab' keine Kraft mehr für ein solches Leben.«

»Lass uns so schnell wie möglich hier wegziehen«, warf er ein. »Wir brauchen dringend einen Tapetenwechsel.« Er merkte, wie niedergeschlagen und traurig seine Freundin war und wollte sie mit seiner Bemerkung ein wenig trösten. Aber das gelang ihm an diesem Abend nicht.

»Unsere Beziehung steckt in einer tiefen Krise«, analysierte Anna. »Wir leben parallel nebeneinander her, keiner schert sich mehr um den anderen. Mir fehlt die Kraft, dich in deiner schwierigen Situation voll zu unterstützen.« Anna schwieg, starrte vor sich auf den Tisch. »Ich werde dich verlassen, Ivan. Es geht nicht mehr. Ich muss hier weg, von dir und deinem Leben. Ich halt das nicht mehr aus.« Sie schaute ihn mit tieftraurigen Augen an, Tränen liefen ihr über die Wangen.

Ivan war geschockt. Klar, ihre Beziehung war zuletzt aus dem Ruder gelaufen. Aber Trennung? Er hatte überhaupt nicht damit gerechnet, dass Anna mit diesem Gedanken spielte. »Wenn wir hier wegziehen, können wir ein neues Leben anfangen. In München oder sonst wo.«

Anna schaute ihm stumm in die Augen und schüttelte ihren Kopf. »Nein, Ivan, wir können kein neues Leben beginnen. Das alte hat uns viel zu sehr im Griff. Deine traurige Stimmung oder Depression oder was immer das ist, macht mich auch so unglücklich, dass ich Abstand zu dir brauche, großen Abstand.« Wieder machte sie eine Pause und schaute an ihm vorbei aus dem Fenster. »Ich habe bereits gekündigt. Ende November ziehe ich nach München zurück. Ab Dezember habe ich dort einen neuen Job.«

Ivan, sprachlos, erkannte erst jetzt, wie ernst sie es meinte. Und wie endgültig ihre Entscheidung zu sein schien. Nach einer längeren Pause, in der er vergeblich Blickkontakt zu ihr gesucht hatte, reagierte er auf ihre Aussagen. »Warum hast du nie davon gesprochen, dass du so schnell nach München und die Beziehung beenden willst?«, fragte er sie.

»Weil es nichts gebracht hätte. Wir haben in letzter Zeit so viel über deine Probleme gesprochen. Mit deinem Tunnelblick nimmst du nichts mehr um dich herum wahr. Dass unsere Beziehung gefährdet ist, hättest du längst bemerken müssen, wenn du nicht so stark von deinen eigenen Geschichten vereinnahmt wärst.«

Ivan wurde klar, dass das keine spontane Entscheidung von ihr war. Er hatte keine Lust mehr zu reden. Seine langjährige Beziehung ging zu Ende und er konnte offensichtlich nichts mehr dagegen tun. Zu lange hatte er geglaubt, ihr alles zumuten zu können, aber jetzt bekam er dafür die Rechnung serviert. Sie hatte ihn oft genug gewarnt und ihn gebeten, sein Leben zu ändern, seine Wut und seinen Hass loszuwerden. Aber er war dazu nicht in der Lage gewesen und hatte jetzt die Konsequenzen zu tragen. Sein Kopf war leer, die Gedanken hingen fest.

»Das klingt so,« setzte er nach längerer Pause das Gespräch fort, »als wäre eh schon alles entschieden.«

»Ja, so ist das, Ivan«, antwortete Anna entschlossen. »Ich habe mich wochenlang mit dieser Entscheidung herum gequält. Und ich bin immer wieder zu dieser Lösung gekommen. Ich brauche diese Trennung. Auch wenn es in nächster Zeit nicht leicht wird, dafür bist du mir viel zu wichtig. Aber ich will wieder glücklich sein. Das bin ich seit Monaten nicht mehr.«

Auf dem Weg nach Hause gingen sie still nebeneinander her. Ivan hatte seine Gedanken immer noch nicht sortiert. Alles schien auf Pause-Modus zu stehen. Der kühle Oktoberabend lieferte mit seinem Nieselregen die passende Atmosphäre zur tristen Stimmung der beiden. Zu Hause kam ihm die Situation befremdlich vor. Alles war zwar noch an der gleichen Stelle wie einige Stunden zuvor, dennoch bekamen viele Gegenstände in der Wohnung plötzlich eine andere, eine größere Bedeutung. Bilder an der

Wand, die Anna gekauft hatte, würde sie wohl mitnehmen. Ebenso eines der beiden Sofas, Blumenvasen, Geschirr. Nicht, dass er besonders an den Sachen hing. Aber wenn sie in einigen Wochen weg sein würden, wäre die Trennung endgültig vollzogen. Er nahm sich ein kaltes Weißbier aus dem Kühlschrank, setzte sich die Kopfhörer auf und drehte den Sound der *Queens of the Stone Age* laut auf.

Am nächsten Tag meldete sich Ivan krank. Er hing in der Wohnung herum, trank tagsüber schon die ersten zwei Biere und verabredete sich für den Abend mit Paul. Als sie sich im *Tiefenrausch* trafen, war seinem Kumpel sofort klar, dass etwas Schwerwiegendes passiert war.

»Wie siehst du denn aus«, fragte Paul.

»Wieso, wie soll ich aussehen. Hab' halt schlecht geschlafen, nichts gegessen und zwei Weißbier im Leib. Da sieht man halt so aus.«

»Seit wann trinkst du unter der Woche tagsüber Bier?«

»Seit meine Freundin sich von mir getrennt hat.«

Paul wurde ruhig, schaute seinen Freund an und wartete, ob Ivan weiterreden würde. Tat er aber nicht. »Wann hat sie das gemacht?«

»Gestern Abend. Ich nehme an, du bist über ihre Pläne bestens informiert. Oder nicht?«, fragte Ivan.

»Was heißt denn ›bestens informiert‹. Sie hat mir gegenüber angedeutet, dass eure Beziehung ziemlich kriselt. Vor einigen Tagen hat sie dann gesagt, dass sie keine Zukunft mehr für euch sieht.«

»Super«, sagte Ivan. »Mein Kumpel weiß schon Tage vor mir, dass meine Freundin mit mir Schluss macht. Großartig.«

»Was hätte ich denn tun sollen? Zu dir laufen und sagen, Anna wird sich wahrscheinlich morgen oder vielleicht erst übermorgen von dir trennen?«

»Du hättest mich ja wenigstens warnen können, dass sie schon so weit war. Ich hätte nie gedacht, dass sie alles so schnell hinwirft.«

»Du bist vielleicht ein Komiker«, fiel ihm Paul ins Wort. »›So schnell hinwirft‹ ist ja wohl ziemlich unpassend. Seit Monaten redet sie auf dich ein. Aber du hast ja nur noch deinen Hass auf diesen Wienhold im Kopf.«

»Leck mich am Arsch«, fluchte Ivan, stand auf und verließ die Kneipe. Er ließ sich durch St. Pauli treiben, streifte ziellos durch die Straßen, bis er im *Roschinsky's* landete, wo er sich einen Caipirinha bestellte. Noch nie hatte er sich in seinem Leben so einsam gefühlt. Von der Freundin verlassen, vom besten Freund nicht verstanden und keine Hoffnung auf baldige Besserung seiner Lebensumstände. Er saß stumm an der Bar und schlürfte seinen Cocktail. Nach dem dritten Caipirinha sah er ein, dass er sich diesen Abend auch mit viel Alkohol nicht lustig trinken konnte – und torkelte nach Hause.

Seine üble Laune trug er in den nächsten Tagen auch in der Redaktion spazieren, unrasiert und unausgeschlafen. Ivan hatte das Gefühl, dass ohnehin alles kaputt sei und er keine gute Miene zum schlechten Leben machen müsste. Nur Silvia, die Redaktionsassistentin, erkundigte sich nach seinem Befinden, doch er hatte keine Lust, private Details in der Redaktion zu verbreiten. Er redete sich damit raus, dass er wegen einer hartnäckigen Erkältung schlecht schlafe. Ihren Tipp, zu Hause zu bleiben, bis er ganz gesund sei, wollte er sich überlegen.

Anfang November kam wieder ein großes Thema auf, das die deutsche Medienlandschaft in Beschlag nahm. Zwei Mitglieder der rechtsextremistischen Terrorgruppe ›Nationalsozialistischer Untergrund‹ NSU, beide mit Vornamen Uwe, hatten Selbstmord begangen. Die bei ihnen gefundenen Waffen wiesen darauf hin, dass sie für eine jahrelange Mordserie verantwortlich waren. Eines ihrer Opfer war der 31-jährige Obst- und Gemüsehändler Süleyman Taşköprü, der im Juni 2001 in seinem Lebensmittelgeschäft in Hamburg-Bahrenfeld erschossen wurde. Drei Kopfschüsse hatten den türkischstämmigen Mann hingerichtet, der eine damals dreijährige Tochter hinterließ. Als sich aufgrund der polizeilichen Ermittlungen jetzt herausstellte, dass der Gemüsehändler ein Opfer der NSU-Terroristen war, beschäftigte sich auch das *Hamburg Magazin* wieder mit dieser Mordserie. Da Peter Nodrum, der Rechtsradikalen-Experte der Redaktion, im Urlaub war, wurde Ivan beauftragt, einen Beitrag zu diesem Thema zu machen.

Seine Recherchen zu diesem Film ergaben, dass nach dem Mord an dem Hamburger Gemüsehändler, wie bei anderen NSU-Opfern, zunächst von Drogengeschäften und Schutzgeld-Erpressungen die Rede war. Vielerlei falsche Verdächtigungen wurden geäußert, die für die Familie des Getöteten verheerend waren. Ivan stieß immer wieder auf die unfassbaren Pannen der ermittelnden Behörden. Sie waren zahlreichen Spuren, die auf den NSU hinwiesen, nicht nachgegangen. Das kostete einigen Menschen das Leben.

Die Arbeit an diesem Thema hielt ihn einige Tage auf Trab, da ständig neue Details zu den Mordserien publik wurden. Ivan war so eingespannt, dass seine gescheiterte Beziehung eine Zeitlang in den Hintergrund trat. Am Wochenende hing er allein in seiner Wohnung herum, da Anna nach München gereist war, um vor ihrem Umzug einiges zu regeln. Eigentlich hatte er am Samstagmorgen ausschlafen wollen, aber schon um halb acht lag er wach, wälzte sich eine Stunde im Bett. Der Tag war Tristesse pur. Keine Lust auf nichts. Auch die frischen Brötchen vom Bäcker schmeckten nicht. Den ganzen Samstag hörte er Musik in einer nachbarprovozierenden Lautstärke. Er rechnete damit, dass jemand klingeln und sich beschweren würde. Aber nichts geschah. Entweder waren alle ausgeflogen oder sie hatten den gleichen Musikgeschmack wie er. Das wäre allerdings ein großer Zufall gewesen, da er sich kreuz und quer durch die Geschichte der Rockmusik hörte, *Doors, Iggy Pop, Fehlfarben, White Stripes, Black Keys.*

Am Samstagabend folgte er seiner Routine, schaute sich auch

an diesem hoffnungslosen Tag die *Sportschau* an. Er konnte sich kaum eine bessere Ablenkung vorstellen als Fußball in der Glotze, und war froh, für zwei weitere Stunden verplant zu sein. Zum Fußball schmeckte das Weißbier besonders gut. Am späten Abend schaute er sich in der ARD noch *Inas Nacht* an, in der Michael Mittermeier zu Gast war. Der Höhepunkt dieser Sendung war für ihn allerdings nicht der bayerische Comedy-Star, sondern eine US-amerikanische Sängerin, die ihren ersten Auftritt im deutschen Fernsehen hatte. *Lana del Rey* sang ihren aktuellen Hit *Video Games*. Die 25-jährige New Yorkerin hauchte mit ihrer entspannten Melancholie Ivans Unzufriedenheit weg. Ihre tieftraurige und zugleich laszive Stimme löste in ihm eine überraschende Leichtigkeit aus. Wohlfühlzone in Moll. Ivan war begeistert, klappte seinen Laptop auf und suchte nach Internet-Spuren dieser *Lana del Rey*. Und er fand sie, zuhauf. Das Video zu *Video Games* war im ersten Monat nach Veröffentlichung mehr als eine Million Mal angeklickt worden. Die sozialen Netzwerke hatten diese amerikanische Sängerin in kürzester Zeit weltbekannt gemacht. In zwei Tagen hatte sie ein Konzert in Berlin, das aber schon lange ausverkauft war. Schade, dachte er sich, diese Reise hätte er gern auf sich genommen. Er saß noch eine Stunde an seinem Laptop und suchte nach Auftritten dieser Sängerin, die in einigen Wochen ihr erstes Album herausbringen wollte. Von ihren ersten europäischen Konzerten existierten im Internet verschiedene Handy-Aufnahmen. Viele schrieben überschwängliche Kommentare, andere konnten gar nichts mit ihr anfangen.

Bei Ivan rief diese Art von Musik eine spezielle Stimmung wach, versetzte ihn, trotz oder wegen der durchdringenden Melancholie, in eine relaxte Zufriedenheit. Er erinnerte sich an eine Frage, die Nick Hornby in seinem Roman *High Fidelity* gestellt hatte. War zuerst die Musik da oder das Unglücklichsein? War man unglücklich, weil man gern traurige Musik hörte oder liebte man diese Musik, weil man dem Unglücklichsein ausgeliefert war?

Fest stand, dass Ivan sich stark zu melancholischer Musik hingezogen fühlte.

Am nächsten Morgen wachte er wieder viel zu früh auf, unausgeschlafen und entsprechend schlecht gelaunt. Er erinnerte sich an die Musik von *Lana del Rey*, fuhr seinen Laptop hoch, hörte sich *Video Games* und *Blue Jeans* an. Von dem angenehmen Gefühl, das er in der Nacht zuvor bei dieser Musik empfunden hatte, war wenig übrig geblieben. Nicht, weil er die Musik schlecht fand. Aber in seiner verkaterten Stimmung löste sie eher Trostlosigkeit aus. Das wurde auch nicht besser, als er noch einen ihrer Songs im Internet entdeckte. *Born to die*, eine weitere Melancholie-Hymne, deren Zeile «Don't make me sad, don't make me cry" ihm heute auch nicht weiterhalf.

Er saß an seinem Esstisch, mit dem dritten Espresso dieses Morgens und dachte über sein Leben nach. Die Beziehung am Ende, der Job eine Katastrophe, emotional ein Wrack. Er dachte an Malte Wienhold, der ihm den ganzen Ärger eingebrockt hatte. Rasende Wut riss wieder an seinem Herz. Kiefer und Unterkiefer pressten sich aufeinander, Mordgedanken stiegen ungefragt auf. Er stellte sich vor, wie er den widerlichen Kollegen aus dem Fenster stieß, wie er ihm mit einem Stein den Schädel einschlug. In der linken Brust spürte er das unangenehme Ziehen. Ivan fragte sich, was die Wut mit seinem Herzen anstellte, das sich immer öfter bemerkbar machte. Als würde es Warnungen verschicken und ihm mitteilen, dass dieser Stress bedenklich für seine Gesundheit sei. Ivan versuchte, die aufwühlenden Gedanken zu verdrängen. Er wollte es nicht so weit treiben, dass sein Körper nach dem Rettungswagen rief. Aber in den letzten Wochen rutschte er immer öfter in diesen Teufelskreis aus wütender, aggressiver Stimmung und körperlichen Beschwerden. Das konnte und wollte er seinem Körper nicht mehr lange zumuten, zumal er gelesen hatte, dass allein schon eine chronische depressive Verstimmung das Herzinfarkt-Risiko enorm erhöhte. Demnach ließ er kaum etwas aus, um sich selbst zu schaden. Das musste ein Ende haben. Er zwang sich, an anderes zu denken als an Wienhold.

In der Wohnung wurde er überall an Anna erinnert, was seine Stimmung noch tiefer sinken ließ. Er ging auf die Straße, um sich abzulenken. Ohne konkretes Ziel streifte er durch die Hafengegend, ging über den Hein-Köllisch-Platz und setzte sich schließlich auf eine Bank oberhalb der Landungsbrücken. Sein Blick schweifte über die Elbe, über die Kranlandschaft und die Touristenströme in der Hafenstraße. Er rief sich in Erinnerung, was im letzten Jahr alles passiert war. Ein einziges Desaster. Das Schlimmste war diese Ausweglosigkeit. Wie sollte er an einen neuen Job kommen, wenn vernichtende Gerüchte wie sexuelle Belästigung über ihn im Umlauf waren? Wie sollte er zufriedener werden, wenn er keinen anderen Arbeitsplatz fände? Schon wieder drehten sich seine Gedanken um seinen Job, um die Kollegen, die ihm Unterstützung versagten, um die Chefs, die ihn nur noch als Unruhestifter empfanden. Auf dem Rückweg zu seiner Wohnung ging er noch ins *Café Geyer,* in der Hoffnung, die nette Bedienung anzutreffen. Aber sie war nicht da. Ivan trank einen Rioja, viel zu schnell, und ging nach Hause. Anna wollte erst drei Tage später aus München zurückkommen, da sie noch einige Tage Resturlaub hatte.

In der Redaktion wartete in der kommenden Woche Routinearbeit auf ihn. Da er nach Hubers Anweisung nicht mehr als CvD arbeiten durfte, war er stärker in die Beitragsproduktion eingespannt. Er kümmerte sich immer noch um die NSU-Mordserie, da ständig neue Informationen über die skandalösen Ermittlungspannen der vergangenen Jahre publik wurden. Wenn ihm Wienhold über den Weg lief, grüßte er ihn auffallend freundlich. Ivan hatte sich zum Ziel gesetzt, die Strategie zu ändern und nach außen hin Entspannung vorzuspielen. Seit Monaten sprach er den Kollegen erstmals wieder von sich aus an. »Hallo Malte, alles klar. Was steht bei dir diese Woche an?«, fragte er Wienhold, als dieser ihm auf dem Flur entgegenkam. Der verdutzte Kollege wusste gar nicht, wie ihm geschah, war völlig irritiert und zunächst sprachlos. Als er sich gefangen hatte, antwortete er kurz und knapp. »Alles ok. Ich mach was über Thorsten Fink.« Ivan verabschiedete sich höflich und bog in sein Zimmer ein. Na klar, über Thorsten Fink, den neuen HSV-Trainer, der seit einem Monat im Amt war. Was sollte er auch sonst machen, als eine Story rund um den Fußball. Alles andere würde eh zum Fiasko führen, dachte Ivan. In der Redaktionskonferenz stellte Wienhold den geplanten Beitrag vor, eine Bilanz nach vier Wochen Trainertätigkeit, für die er am Nachmittag ein Interview mit Fink führen wollte.

Ivan blieb an diesem Abend länger im Büro, erzählte Meindl, er müsse noch in Sachen NSU recherchieren. Als alle Kollegen nach der Sendung das Haus verlassen hatten, ging er in Wienholds Büro. Er hoffte, die Speicherkarten mit den Aufnahmen vom HSV-Dreh zu finden. Sie lagen auf einem Stapel Unterlagen zum Thema Fink. Er zog sein Stofftaschentuch aus der Hose, fasste damit die erste der beiden Karten und steckte sie in Wienholds VJ-Kamera, die auf dem Tisch stand. Das Taschentuch, um Fingerabdrücke zu vermeiden, fand er selbst ein wenig übertrieben. Aber für irgendetwas musste es ja hilfreich sein, ständig TV-Krimis zu schauen. Er wollte kein Risiko eingehen. Als die Kamera die gedrehten Bilder anzeigte und Ivan das Fink-Material erkannte, klickte er sich durch das Menü, bis zu ›Delete all‹. Er war ganz ruhig, als er den Ok-Knopf drückte und die Aufnahmen von einer Sekunde auf die andere weg waren. Den gleichen Vorgang wiederholte er mit der zweiten Karte. Es war so einfach. Mit einem einzigen Klick war Wienholds Arbeit eines Tages gelöscht. Ivan fühlte sich gut, jedenfalls deutlich besser als zwei Stunden zuvor.

Am nächsten Morgen verlief die Redaktionskonferenz normal. CvD Nodrum stellte die Themen des Tages vor, darunter den Beitrag über den HSV-Trainer. Eine halbe Stunde später wurde es unruhig, als plötzlich Huber in Ivans Zimmer stand und ihn bat, ihm in sein Büro zu folgen. Dort warteten schon Wienhold und Krattenhals.

»Ivan, hast du uns irgendetwas zu beichten«, fragte Huber.

»Wie meinst du das? Was meinst du mit ›beichten‹?« stellte sich Ivan unwissend.

»Malte hat gestern ein Interview mit Thorsten Fink gedreht und wollte das Material jetzt für seinen heutigen Beitrag schneiden. Aber auf seinen Karten ist nichts drauf«, sagte Huber mit ernstem Blick.

»Und wieso erzählst du das mir?«

»Weil du gestern als Letzter in der Redaktion warst und vielleicht irgendetwas mitbekommen hast.«

»Was soll ich denn mitbekommen haben?« fragte Ivan scheinheilig. »Das Einzige, was ich gestern Abend noch gesehen habe, war eine staubsaugende Putzfrau. Ansonsten ist mir nichts aufgefallen. Was soll dieses Verhör? Vielleicht war gar nichts auf den Karten drauf.«

»Malte hat gestern nach dem Dreh noch kurz in das Material reingeschaut«, antwortete Huber. »Und da war sehr wohl was drauf.« Huber merkte, dass er so nicht weiter kam, obwohl er vermutete, dass Ivan mit der Sache zu tun hatte. »Aber wenn du nichts beobachtet hast, kannst du jetzt wieder an deine Arbeit gehen.« Ivan verließ das Zimmer, innerlich triumphierend, und kümmerte sich an seinem Schreibtisch wieder um seine NSU-Recherchen. Statt des HSV-Beitrags lief abends ein vor Tagen fertig gestelltes Porträt einer Nachwuchsleichtathletin, die deutsche Juniorenmeisterin geworden war.

Das folgende Wochenende war das letzte, das er mit Anna in der Hamburger Wohnung verbringen würde. In den vergangenen Nächten hatten sie schon in getrennten Zimmern geschlafen, Anna wie bisher im Schlafzimmer, Ivan auf einer Matratze auf dem Boden des Wohnzimmers. Am Samstagabend gingen sie noch ein letztes Mal gemeinsam aus. Sie einigten sich auf ein Restaurant in der Paul-Roosen-Straße, in dem sie noch nie zusammen waren.

»Bist du zufrieden mit deiner neuen Wohnung in München«, fragte Ivan.

»Ja. Ein bisschen klein, aber okay.« Anna war nicht sehr gesprächig und er merkte schnell, dass das keine gute Idee mit dem Essen war.

»Wie läuft's in der Redaktion?«

»Der tägliche Wahnsinn halt«, fasste sich Ivan kurz.

»Und was macht die Jobsuche?«, fragte Anna nach.

»Nichts Neues, bisher nur Absagen. Aus Köln, Frankfurt und vor zwei Tagen auch aus München.«

»Du musst dran bleiben, immer weiter bewerben.«

»Ja, mach ich doch«, sagte Ivan genervt.

»Du musst als Übergang auch eine weniger interessante Stelle akzeptieren«, riet ihm Anna.

»Vielleicht kann ich einen Hausmeister-Posten annehmen, bei einem Fernsehsender. Dann mach ich immer noch was mit Medien«, antwortete Ivan sarkastisch.

»Ich glaube, du willst dir gar nicht helfen lassen«, entgegnete ihm Anna desillusioniert. »Dann bleib halt in deinem *Hamburg Magazin*, bis du richtig am Arsch bist.«

Während des Essens schwiegen sie sich fast nur noch an. Beide waren froh, als sie endlich bezahlen und das Restaurant verlassen konnten. Anna rief eine Arbeitskollegin an und fragte, ob sie bei ihr übernachten konnte. Ivan war nicht traurig, seine Ex-Freundin nicht länger sehen zu müssen. Er hatte ihre besserwisserischen Ratschläge satt, die ihm weismachen wollten, dass er jederzeit einen neuen Job finden könnte. Aber warum sollte er eine neue Stelle annehmen, wenn er vorher schon wusste, dass er damit unzufrieden wäre? Daheim legte er sich vor den Fernseher, versuchte sein TV-Glück wieder mit *Inas Nacht*, aber leider war die Sendung weniger inspirierend als eine Woche zuvor.

Am nächsten Montag erlebte er in der Redaktion eine große Überraschung. Seine kompletten Unterlagen zum NSU-Fall waren weg. Alle Mitschriebe von Telefonaten und Vorgesprächen, alle transkribierten Interviewauszüge, alle Telefonnummern und Adressen von Beteiligten. Zunächst suchte er in seinem Zimmer, dann ging er an die Schnittplätze, um zu sehen, ob sie dort lägen. Letztlich stand er bei Huber im Zimmer und berichtete ihm von den fehlenden Unterlagen.

»Hört endlich mit euren blöden Spielchen auf«, brüllte er Ivan an. »Ich hab' es satt, mir diesen Kindergarten weiterhin anzutun.«

Ivan verließ Hubers Büro und ging an seinen Schreibtisch. Er fing an, im *Abendblatt* nach Themen zu suchen, konnte sich aber nicht konzentrieren. Das kurze Gespräch mit Huber hatte klar gemacht, dass Wienhold wieder mal ungeschoren davon käme. Ivan wollte den Sportexperten nicht mit der Tatsache der geklauten Unterlagen konfrontieren, weil dieser ihm ohnehin nur eine unverfrorene Lüge präsentieren würde. Er empfand für ihn nur noch kalten Hass, der nach der nächsten Retourkutsche Ausschau hielt.

Nach der Mittagspause bat Huber die beiden Streithähne in sein Büro und forderte sie ein weiteres Mal auf, ihren Krieg zu beenden. Weder Ivan noch Wienhold kommentierten die Aussagen des Chefs und gingen wortlos zurück in ihre Zimmer. Meindl ignorierte seinen Zimmerkollegen inzwischen komplett. Auch Ivan hatte keine Lust, mit Wienholds Kumpel nur einen Satz mehr als nötig zu reden. Die anderen Redaktionsmitglieder gingen Ivan und seiner schlechten Laune aus dem Weg. Am letzten Arbeitstag im November, drei Tage nach Annas Umzug nach München, bat Huber ihn um ein Gespräch.

»Setz dich«, sagte er zu Ivan, als dieser die Zimmertür hinter sich geschlossen hatte. »Wir müssen ein paar wichtige Dinge besprechen.« Als Ivan auf dem Stuhl vor Hubers Schreibtisch saß, sprach der Chef weiter. »In den letzten Wochen haben sich in dieser Redaktion einige Sachen abgespielt, die ich nicht mehr erleben will. Ständig tauchen neue Vorwürfe gegenüber Kollegen auf, das Klima ist vergiftet, die Leute reden nicht mehr miteinander. So geht das nicht weiter. Du bist seit Monaten mittendrin und offensichtlich nicht ganz unschuldig an vielen Entwicklungen. Vor allem scheinst du hier mit niemanden mehr so richtig klar zu kommen. Ich habe mich umgehört und erfahren, dass alle einen großen Bogen um dich machen. Ich musste eine Entscheidung treffen, um das Redaktionsklima wieder ins Lot zu bringen. Und die lautet: Das *Hamburg Magazin* kündigt dir heute deinen Arbeitsvertrag. Da du eine dreimonatige Kündigungsfrist hast, läuft dein Vertrag Ende Februar aus.« Huber klang hart und kompromisslos, sein feistes Gesicht zeigte Entschlossenheit. Er übergab Ivan die schriftliche Kündigung und wartete auf eine Reaktion seines Mitarbeiters.

Ivan war während dieser Ansprache die letzte Energie aus seinem Körper entwichen. Er hatte keine Lust, mit seinem Chef zu diskutieren. Er nahm das Kündigungsschreiben entgegen, antwortete mit einem kurzen »Okay«, stand auf und ging aus dem Raum. In seinem Zimmer packte er seine Tasche, meldete sich bei Silvia Hornig krank und verließ das Haus.

Mit der Bahn fuhr er zurück nach St. Pauli, ohne zu wissen, was er tun wollte. Sein Hirn taugte gerade noch dafür, ihm mitzuteilen, an welcher Haltestelle er aussteigen musste. Er ging in seine Lieblingskneipe, das *Roschinsky's*, setzte sich an die Bar und bestellte ein Hefeweizen. Die Bedienung, die ihn kannte, fragte, ob er heute frei hätte. »So ähnlich«, antwortete Ivan, ohne sich weiter zu erklären. Er hatte kein großes Interesse an einem Gespräch, wollte allerdings auch nicht allein in seiner Wohnung sitzen. Um nicht zu unfreundlich zu wirken, fragte er zurück.

»Ist noch ziemlich leer heute.«

»Eigentlich immer nachmittags. Ruhe vor dem Sturm. Ab sechs wird es voller. Und abends haben wir kaum Platz, um mit den Getränken an die Tische zu kommen. Das kennst du ja«, sagte die junge Frau hinter der Bar.

»Ja.« Ivan gab es auf, den Smalltalk fortzusetzen. Letztlich wollte er nur in Ruhe sein Bier trinken. Er schnappte sich die aktuelle Ausgabe des *Spiegel* und setzte sich an einen Tisch. Zwei Stunden später verließ er die Kneipe, wackelig auf den Beinen. Auf dem Weg zu seiner Wohnung holte er sich einen Döner. Zu Hause setzte er sich vor die Glotze. Stundenlang zappte er durch die Programme, dämliche Talksendungen, Quizshow, Skifahren. Schließlich landete er bei einer der vielen CSI-Folgen. Das war eine ähnlich wirkungsvolle Ablenkung wie die *Sportschau* am Samstag. Allerdings fehlte ihm die Geduld, eine ganze Sendung zu schauen. Der Zapping-Marathon ging weiter.

Am nächsten Tag erschien er pünktlich zur Redaktionskonferenz. Allerdings so schlapp, dass ihm beim Zuhören fast die Augen zufielen. Richtig wach wurde er erst, als ihm Krattenhals Unterlagen für einen neuen Beitrag in die Hand drückte.

»Der Senat will einige Schwerverbrecher, die aus der Sicherungsverwahrung entlassen wurden, in einem ehemaligen Altenheim in Jenfeld unterbringen. Dagegen protestieren natürlich die Anwohner. Schau, dass du einen kurzen Beitrag für heute Abend hinkriegst, nicht länger als zwei Minuten.«

Ivan war frustriert. Er hatte gehofft, einen ruhigen Recherchetag am Schreibtisch verbringen zu können. Mit dem zuständigen Mitarbeiter des Senats verabredete er ein Interview für den späten Vormittag. Danach fuhr er mit dem Kamerateam nach Jenfeld, wo sie einigen Bürgern kritische Aussagen zu den Plänen des Senats entlockten. Gegen drei war Ivan zurück in der Redaktion, ging direkt in den Schneideraum. Da der Cutter noch nicht da war, wollte er kurz in sein Büro, um ein paar Unterlagen zu holen. Auf dem Weg dahin hörte er ein auffällig lautes Lachen aus dem Zimmer von Wienhold und Nodrum. Ivan stellte sich neben die Tür, um nicht gesehen zu werden.

»Und jetzt ist ihm auch noch die Freundin weg gelaufen«, frohlockte Wienhold. »Der arme Ivan, ganz allein im kühlen Norden.

Wahrscheinlich hat er ihr zu oft vorgeworfen, dass sie seine Sachen stiehlt.«

Nodrum kicherte. »Er hat die Fernbedienung für den Fernseher gesucht und sie empört des Diebstahls beschuldigt.«

Ivan hatte genug gehört, ging in den Schneideraum zurück, ohne von den Kollegen beobachtet worden zu sein. In dieser Redaktion schockierte ihn gar nichts mehr. Aber er war überrascht, dass die Info über seine Trennung hier gelandet war, da ihm keine direkte Verbindung zu seinem Privatleben bekannt war. Letztlich war es auch egal, wer das verbreitet hatte. Hamburg war auch nur ein großes Dorf, wenn es um das Streuen von Gerüchten in der Medienbranche ging.

Am Abend davor hatte er sich geschworen, sich an Wienhold zu rächen. Es sollte mehr sein als üble Nachrede. Er wollte ihm körperlich schaden. Ivan hatte ernsthaft darüber nachgedacht, auf dem Kiez einen Schläger zu organisieren, der Wienhold um ein paar Zähne leichter macht. Je schlimmer Ivans Zustand, je hasserfüllter seine Emotionen, umso radikaler wurden seine Rachegelüste. Seine Depression ließ ihn gelegentlich darüber nachdenken, seinem Leben ein Ende zu setzen. Doch sein Wunsch nach Rache war größer. Die Mordphantasien flackerten immer häufiger auf, konkreter, realer.

X.

Am Tag darauf stand Ivan völlig gerädert auf, hatte kaum geschlafen. Er meldete sich wieder krank, gab vor, mit Fieber im Bett zu liegen. Am Kiosk nebenan holte er sich das *Abendblatt.* Die Jenfelder-Altenheim-Pläne waren das Topthema auf der Titelseite. Obwohl er sich am Vortag in seinem Film intensiv damit befasst hatte, interessierte ihn der Zeitungsartikel dazu überhaupt nicht. Der Kauf des *Abendblatts* war ein Ritual an freien Tagen, von dem er auch an diesem tristen Freitag nicht abrückte. Apathisch blätterte er die Seiten um, überflog die Kultur- und Sportnachrichten, ignorierte die News aus Hamburg, weil sie ihn an seine Redaktion erinnerten.

Am späten Vormittag holte er die Post aus seinem Briefkasten. Neben Kontoauszügen und Heizkostenabrechnung war auch ein DIN A4-Schreiben des Bayerischen Rundfunks darunter. Die Größe dieser Postsendung ließ ihn erahnen, was sich wenige Sekunden später bewahrheitete. Der BR hatte seine Bewerbung auf eine Redakteursstelle in der *Abendschau* zurückgeschickt. Eine Standardabsage mit den besten Wünschen für seine Zukunft schmückte den Brief. Ivan warf die Bewerbungsmappe frustriert in eine Ecke seines Wohnzimmers.

Das Alleinsein in dieser trostlosen Stimmung machte ihm zu schaffen. Der Hass auf seinen Kollegen Wienhold plagte ihn. Er spürte wieder das Ziehen in der Herzgegend. Wenn er diesen Stress nicht bald in den Griff bekam, würde er sich demnächst einen Herzinfarkt einfangen. Er warf Tabletten ein, um sich zu beruhigen, überlegte, mit wem er reden könnte. Auf Pauls Ratschläge hatte er keine Lust. Andere Leute, die er mit seiner beschissenen Stimmung konfrontieren wollte, fielen ihm nicht ein. Das erste Bier um die Mittagszeit vertrieb seine Wut.

Der Samstag war ein Abbild des vorangegangenen Tages. Lähmende Antriebslosigkeit. Als er sich mittags wieder ein Bier zur Aufheiterung gönnte, rief er Beate an. Mit ihr hatte er schon längere Zeit nicht mehr gesprochen, weil auch sie die immer gleichen Tipps abgab. Zudem hatte er sich nicht anhören wollen, wie begeistert sie vom NDR ist. An diesem Samstag aber war er so miserabel drauf, dass er dringend jemanden zum Quatschen brauchte.

»Wie geht's«, fragte sie ihn, als sie abends zusammen im *Familien-Eck* saßen.

»Beschissen«, antwortete Ivan. »Gestern kam die siebte Absage auf eine Bewerbung. Ich hab' keine Ahnung, wie ich an einen neuen Job kommen soll. Mir ist inzwischen jede Stadt recht. Huber hat mir Ende November gekündigt, weil ich zu viel Unruhe in die Redaktion bringe.«

»Nein! Das ist nicht dein Ernst?«, fragte Beate erstaunt. Nach einer kurzen Pause hakte sie nach. »Wieso zu viel Unruhe?«

»Der Streit mit Wienhold hat sich zugespitzt. Wir haben uns gegenseitig Sachen vom Schreibtisch geklaut. Und am Ende habe ich diesen Kampf verloren – und bin jetzt arbeitslos. Während Herr Wienhold sicher auf seinem Stuhl sitzt.«

»Was hast du jetzt vor?«

»Keine Ahnung. Ich werde mich weiter in München bewerben. Vielleicht ist die Beziehung mit Anna zu retten, wenn ich wieder in der gleichen Stadt wie sie wohne.«

Beate wurde noch nachdenklicher als sie es davor schon war. Sie litt offensichtlich mit ihrem Ex-Kollegen, sagte gar nichts mehr, starrte nur stumm auf den Tisch.

»Alles okay?«, fragte Ivan

Sie blieb eine Zeitlang ruhig, schaute ihn dann entschlossen an und meinte: »München ist vielleicht keine gute Idee.«

»Wieso denn nicht?«, bohrte er nach.

»Paul zieht zum Jahresende nach München.« Nach einer kleinen Pause, sprach sie weiter. »Anscheinend sind er und Anna ein Paar. Das hat mir ein Kumpel von ihm erzählt, den ich neulich bei einem Fest kennen gelernt habe.«

Ivan hatte in den letzten Monaten oft gedacht, dass er schon alle Scheiße dieser Welt erlebt hätte, dass es nicht mehr schlimmer kommen könnte. Doch immer wieder gab es eine Steigerung. Diese Info von Beate übertraf alles. Wenn das stimmte, hatte er überhaupt nichts davon mitbekommen. Bewegte er sich tatsächlich seit Langem in einem Tunnel, in dem er außer seinem Hass auf Wienhold nichts mehr um sich herum wahrnahm? Paul und Anna waren öfter mal zusammen aus, das wusste er. Sie verstanden sich gut. Auch das war ihm bekannt. Aber ein Paar?

»Das kann ich nicht glauben«, stammelte Ivan kraftlos.

»Ich kann dir nur sagen, was ich gehört habe.«

Ivan nahm sein Smartphone in die Hand und wählte Pauls Nummer.

»Hi Paul, Ivan hier. Ich hab' nur eine kurze Frage: Stimmt es, dass du demnächst nach München ziehst?« Zunächst herrschte einige Sekunden Ruhe.

»Ja«, sagte Paul kleinlaut.

»Und stimmt es auch, dass du mit Anna liiert bist?«

»Was heißt ›liiert‹? Wir verstehen uns gut.«

»Nur, weil man sich gut versteht, zieht man nicht sofort einer Frau hinterher. Also: Seid ihr ein Paar?«

Paul schwieg, auch nach einer längeren Pause kam keine Antwort. Ivan legte auf. Er hatte genug Stille gehört.

»Danke für die Info, Beate. Danke für die offenen Worte. Das war wichtig für mich.« Ivan ahnte in diesem Augenblick noch nicht, was diese Mitteilung über Paul und Anna mit ihm anstellen würde. Während er mit Beate in der Kneipe saß, konnte er der Auseinandersetzung mit dieser Neuigkeit noch ausweichen. Aber als er eine Stunde später zu Hause in seinem Wohnzimmersessel hing, schwappten die unterschiedlichsten Emotionen über ihn herein. Kränkung, Fassungslosigkeit und vor allem eine maßlose Enttäuschung, die ihm den letzten Lebenswillen raubte. Dass ihm Arbeitskollegen in den Rücken fielen oder ihm aus Opportunismus keine Unterstützung boten, hatte ihn schon ziemlich aus der Bahn geworfen. Aber dass ihn seine engsten Freunde auf übelste Art hintergingen, versetzte ihm den finalen Niederschlag. Sein Hirn war gelähmt. Sein Körper passte sich an, lag regungslos im Sessel. Die einzige Bewegung, die ihm noch gelang, war, die Bierflasche an seinen Mund zu heben. Eine Stunde steckte er so fest. Ohne Musik, ohne Fernsehen. Als die Gedanken – durch den Alkohol geschmiert – wieder liefen, traf er einige wichtige Entscheidungen. Dann schaltete er die Glotze ein und zappte sich bis morgens um drei durch das Samstagnacht-Programm. Im Bett lag er noch lange wach, wilde Phantasien und blutige Szenarien schwirrten durch seinen Kopf. Um fünf schaute er das letzte Mal auf seinen Wecker, danach schlief er für knapp drei Stunden ein.

Am nächsten Morgen suchte er auf seinem Smartphone nach einer Telefonnummer. »Hallo, hier ist Ivan Fischer vom *Hamburg Magazin*. Könnten wir uns am Nachmittag treffen, wegen eines geplanten Filmbeitrags.«

»Worum geht es denn?«

»Das würde ich Ihnen gern persönlich mitteilen. Passt Ihnen um 14 Uhr im *Sorgenbrecher*?«

»Ja, geht in Ordnung.«

Ivan machte sich einen starken Espresso und überlegte, wie er das geplante Gespräch angehen sollte. Ihm war nach Gute-Laune-Musik. Er ging zum CD-Regal und zog einen alten *Mojo Club*-Sampler heraus, den er vor einigen Jahren gekauft und eine Zeitlang viel gehört hatte. Eine Mischung aus Dancefloor Jazz und Soul, die ihn begeisterte, obwohl er nie ein großer Jazz-Fan gewesen war. Songs wie ›Give me your love‹ von *Sisters Love* munterten ihn auf, ließen ihn klarer denken als der schräge Independent-Rock, den er in letzter Zeit viel gehört hatte. Er setzte sich in sein Sofa und genoss seine entspannte Stimmung.

Zwei Stunden später stand er im Hamburger Berg vor dem *Sorgenbrecher*, mit dem Herrn, mit dem er sich verabredet hatte. Sie holten sich an der Theke einen Drink und gingen wieder nach draußen. »Was gibt es denn so Spannendes, dass Sie nicht am Telefon darüber sprechen wollen«, fragte der ganz in schwarz gekleidete Mann, dessen zerfurchtes Gesicht auf ein bewegtes Leben schließen ließ.

Ivan erzählte ihm, dass seine Redaktion aufgrund der Ereignisse um die rechtsradikale NSU einen Beitrag über illegalen Waffenbesitz produzieren will. Laut aktuellen Zahlen der Innenministerien seien mehr als sechs Millionen registrierte Schusswaffen in Privatbesitz. Schätzungen zufolge komme ein Mehrfaches an illegalen Waffen dazu, mit denen die meisten Straftaten begangen werden. »Ich hab' in unserer Redaktion erwähnt, dass ich jemanden kenne, der uns bei diesem Thema vielleicht weiterhelfen kann. Deshalb bin ich hier. Denn Sie hatten mal erwähnt, wie leicht man illegal an Waffen kommen kann.«

»Und, was wollen Sie jetzt von mir«, fragte Ivans Gesprächspartner.

»Wir würden gern, mit versteckter Kamera, eine Waffenübergabe an jemanden ohne Waffenschein drehen. Selbstverständlich wird die Person, die die Waffe übergibt, im Film unkenntlich gemacht. Unser Beitrag will untersuchen, ob etwas an dem Spruch dran ist, dass man an Bahnhöfen deutscher Großstädte leichter Waffen als Tickets kaufen kann.«

»Und welche Rolle habe ich dabei?«

»Ich wäre Ihnen dankbar, wenn Sie uns eine solche Waffenübergabe organisieren könnten. Wir würden den Deal mit versteckter Kamera aus einer Umhängetasche drehen. Munition brauchen wir natürlich keine. Wir wollen ja damit nicht rumballern«, sagte Ivan mit einem Grinsen im Gesicht. »Es wird das Einfachste sein, wenn Sie selbst die Pistole übergeben. Ich werde sie entgegen nehmen. Sie dürfen die Aufnahmen vor der Ausstrahlung gern anschauen, um zu überprüfen, dass Sie nicht zu erkennen sind. Für Ihren Aufwand bezahlen wir Ihnen vierhundert Euro bei der Übergabe. Die Waffe kriegen Sie am nächsten Tag zurück.«

»Wieso wollen Sie die Waffe mitnehmen, wenn Sie nur die Aufnahmen von der Übergabe brauchen?«

»Wir wollen die Pistole bei einer Straßenumfrage in der Stadt zeigen, um Passanten anschaulich mit dem Thema ›illegale Waffen‹ zu konfrontieren. Außerdem werden wir in unserer Sendung ein Gespräch mit einem Experten der Hamburger Polizei führen. Dabei soll die Waffe im Studio gezeigt werden.«

»Wann soll die Übergabe ablaufen?«

»Am Donnerstag nächster Woche. Ist das machbar?«, fragte Ivan.

»Klar, das ist ja noch lange hin. Da könnte ich Ihnen noch ganz andere Waffen organisieren. Was für eine Pistole soll's denn sein?«

»Eine, die man für eine überschaubare Summe auf dem Schwarzmarkt bekommt«, sagte Ivan.

»Ich organisiere Ihnen eine Walther PPS, eine 9mm-Pistole, die auch bei der Polizei verbreitet ist.«

»Sehr gut«, sagte Ivan und vereinbarte mit dem Waffendealer Ort und Zeit der Übergabe in zehn Tagen. Sein Märchen vom Beitrag über illegale Waffen überzeugte. Sein Kontaktmann ging auf den Deal ein. Ivan kam so auf einfache Weise zu einer Waffe, wofür er gern vierhundert Euro investierte. Dass sein Kontaktmann die Geschichte glaubte, lag sicherlich daran, dass Ivan vor einigen Monaten einen seriösen und viel beachteten Fernsehbeitrag über die Kiez-Kriminalität produziert hatte. Offensichtlich galt er als vertrauenswürdig. Zudem hatte er von dem Waffendealer keine Munition haben wollen, um ihn nicht zu verunsichern. Von früheren Drehs wusste Ivan, wo er leicht welche bekommen könnte.

In den nächsten Tagen fühlte er sich auf eine unheimliche Art befreiter. Er schlief zwar immer noch nicht gut, schlug sich aber einigermaßen durch die Tage. Den verhassten Gesichtern einiger Redaktionsmitglieder begegnete er jetzt mit einer lange nicht gekannten Gelassenheit. Die bevorstehende Waffenübergabe heiterte ihn ein wenig auf. Er malte sich aus, was in der nächsten Woche passieren würde. Und das stimmte ihn seltsam zufrieden. Auch wenn es womöglich die letzten Tage seines Lebens sein würden.

In der Redaktion machte er Dienst nach Vorschrift. Pünktliches Erscheinen, unaufgeregtes Arbeiten, Zurückhaltung in den Sitzungen. Niemand aus dem Kollegenkreis sprach ihn auf die Kündigung an. Einige schienen froh zu sein, dass er bald weg ist, andere gingen ihm mit einem Schlechtes-Gewissen-Gesicht aus dem Weg. Ivan war inzwischen alles egal, da sein Ende in dieser Redaktion näher rückte.

Einige Tage vor dem Waffendeal begann er damit, seinen endgültigen Ausstieg zu planen. Dazu gehörte auch das Verfassen eines Testaments. Er machte sich im Internet schlau, wie es formuliert sein müsste, um gültig zu sein. Allzu viel hatte er ohnehin nicht zu vererben. Ein paar Möbel, kleine Ersparnisse von wenigen tausend Euro und viel Kleinkram. Schallplatten und CD sollte Anna bekommen, obwohl er im Augenblick nicht gut auf sie zu sprechen war. Aber sie hatte einen ähnlichen Musikgeschmack und würde die Sammlung gern entgegen nehmen. Letztlich wollte er damit erreichen, dass sie sich noch einige Zeit an ihn erinnerte. Den Rest seines überschaubaren Eigentums überschrieb er seiner Schwester. Sollte sie damit machen, was sie wollte.

Am Wochenende ging er kaum vor die Tür. Die Melancholie hatte ihn wieder eingeholt. Den ganzen Tag über hörte er Musik, die zu dieser Stimmung passte. *Bauhaus, Sisters of Mercy, Joy Division.* Beim Song ›She's lost control‹ übersang er das ›she‹ mit einem lauten ›he‹. Der düstere Sound erleichterte es ihm, seinen Plan gedanklich durchzuspielen. Entschlossen und rücksichtslos würde er auftreten müssen, um sein Ziel zu erreichen.

Beim Durchstöbern seiner Musiksammlung stieß er auf eine alte Platte der slowenischen Künstlergruppe *Laibach*, die er seit Jahrzehnten nicht mehr aufgelegt hatte. Dieser Sound war ihm für den täglichen Musikkonsum viel zu brachial, als dass er ihn öfter hören wollte. Aber für den bevorstehenden ›besonderen Anlass‹ erschien ihm der faschistoid klingende Gesang der Slowenen prädestiniert. Anfang der neunziger Jahre hatte er die umstrittene Gruppe live gesehen. Ein irritierendes Erlebnis, angesichts ihres Auftretens mit Reithosen, Stiefeln, braunen Hemden und Nazi-Symbolik. Die Musiker selbst verstanden sich als linke Künstlergruppe, wollten mit Uniformen und deutschen Texten provozieren. Drei *Laibach*-Songs lud sich Ivan aus dem Internet auf sein Smartphone herunter.

Am Montag meldete er sich bis Mittwoch krank. Als Ausrede mussten dieses Mal Magen-Darm-Probleme herhalten. Nachmittags besorgte er sich bei einer einschlägigen Kiez-Adresse die Munition für die Walther PPS. Drei Tage später, am Donnerstagvormittag, stand der Termin mit dem Waffendealer auf dem Programm. Der Treffpunkt lag in einer Seitengasse der Reeperbahn. Mit einer umgehängten Sporttasche, in die er vorne ein Loch geschnitten hatte, betrat er das Geschäft. Nichts wies hier auf Waffen hin, alles stand mit orientalischem Kram voll. Kaum hatte er den Laden betreten, kam auch schon sein Kontaktmann aus dem Hinterzimmer.

»Hallo, haben Sie die Waffe bekommen?«, fragte Ivan.

»Ja, klar, nichts leichter als das.«

Ivan übergab ihm die Quittung für das Ausleihen der Waffe. Dieses Bestätigungsschreiben hatte er auf offiziellem Redaktionspapier des Hamburg Magazin ausgedruckt. »Ich gehe jetzt raus, starte meine Kamera, hier in der Tasche, und komme wieder rein. Dann frage ich sie nach einer Waffe, Sie geben mir die Pistole und bekommen das Geld. Das sind die Bilder, die ich für den Beitrag benötige.«

»Okay, alles klar. Und wann kriege ich die Waffe zurück.«

»Der Film läuft morgen Abend, in der 19-Uhr-Sendung. Danach können sie die Pistole wieder haben.«

Ivan verließ das Geschäft, simulierte mit der Hand in seiner Tasche das Starten der Kamera. Er hatte tatsächlich einen kleinen Camcorder in der Tasche deponiert, falls der Dealer das überprüfen wollte. Er führte den Deal wie besprochen durch und spazierte eine Viertelstunde später zufrieden zu seiner Wohnung zurück. Zu Hause nahm er die Pistole mit großem Respekt aus der Tasche. Obwohl er wusste, dass keine Munition drin war, fasste er sie vorsichtig an. Er zog die Schublade des Esstischs auf und legte die Waffe auf den Stapel Bedienungsanleitungen für Espressomaschine, Geschirrspüler und HiFi-Verstärker.

Eine seltsame Stimmung überfiel ihn. Eine Mischung aus Angst und Vorfreude auf das geplante Spektakel. Machte er tatsächlich das Richtige? Gab es keine andere Lösung? Wieso dieser radikale Schritt? Diese Fragen hatte er sich in den letzten Tagen wiederholt gestellt. Und die Suche nach Antworten führte ihn immer zu seinem Vorhaben zurück. Ihm fehlte die Kraft für einen Neuanfang. Seine Depression raubte ihm alle Energie. Beruflich sah er keine Perspektiven mehr, wusste nicht, wie er aus dieser verfahrenen Situation herauskommen sollte. Übelste Verleumdungen hatten seinen Ruf massiv beschädigt. Auch privat war alles schief gelaufen, was schief laufen konnte. Ivan wollte und konnte nichts anderes mehr denken, als sich an den Leuten zu rächen, die ihm das ganze Desaster eingebrockt hatten.

Am Donnerstagnachmittag ging er wieder in die Redaktion. Da er für den nächsten Tag seine Tat geplant hatte, galt es, die letzten Vorbereitungen zu treffen. In der Konferenz schrieb sich Ivan auf, wer am Freitag in der Redaktion und in den Meetings ist. Die Morgenkonferenz kam für Ivans Racheaktion nicht in Frage, weil

Wienhold einen Drehtermin in der Stadt hatte. Nachmittags wären alle da. Zudem hatte Silvia am Freitag Geburtstag und wollte Sekt mitbringen. Der kleine Umtrunk nach der 15:30 Uhr-Konferenz war der perfekte Rahmen für seinen Abschied.

Am Donnerstagabend teilte Ivan seinen Chefs mit, dass er am nächsten Tag mehrere Recherche-Gespräche in der Stadt führen müsse. Er war damit beauftragt worden, einen Beitrag über die ›Kreditaffäre‹ des Bundespräsidenten Wulff zu produzieren. Die Recherche-Termine hatte Ivan erfunden, um den Vormittag frei zu haben

An diesem letzten Abend vor dem großen Finale saß er wieder einmal allein zu Hause. Er hatte das Bedürfnis, seine Wohnung aufzuräumen, was ihn selbst überraschte. Bisher zählte er nicht zu denen, die für ihren ausgeprägten Ordnungssinn bekannt waren. Jetzt aber war es ihm wichtig, seinen privaten Bereich in einem ansehnlichen Zustand zurückzulassen. Er brachte Altpapier und Altglas zu den Containern, heftete die letzten herum liegenden Unterlagen in Ordnern ab, räumte die frisch gewaschenen Klamotten in den Kleiderschrank. Weizenbier und Rotwein, die in den letzten Monaten manchen Schmerz betäubt hatten, blieben auch an diesem Abend seine treuen Begleiter. Seine depressive Stimmung konnte aber auch der Alkohol nicht wegspülen.

Gegen Mitternacht legte er sich ins Bett, hoffte, bald einschlafen zu können. Doch trotz des beträchtlichen Bier- und Wein-Konsums gelang es ihm nicht. Seine Gedanken rasten durch die letzten Monate, gingen noch weiter zurück, bis in seine Jugend und Kindheit. Er dachte an seine Familie, an die früh verstorbene Mutter. An seinen Vater, von dem er nicht einmal die aktuelle Adresse kannte. An seine Schwester, die er schon ewig nicht mehr gesehen hatte. Er erinnerte sich an frühe Beziehungen, an große Lieben und kurze Affären; an München, wo er sich immer zu Hause gefühlt hatte und an Hamburg, das ihm inzwischen verhasst war. Die Hansestadt hatte ihn kaputt gemacht. Verschiedene

Szenen aus seiner Redaktion mischten sich in seine Erinnerungen. Ruhe und Schlaf waren unerreichbar. Er stand wieder auf, schenkte sich ein weiteres Glas Rotwein ein, klappte seinen Laptop hoch, schaute sich Fotos aus glücklichen Tagen mit Anna an. Das hielt er allerdings nicht lange aus, da auch Paul auf vielen Bildern drauf war. Dass die beiden inzwischen ein Paar waren, war des Schlechten zu viel. Dieser Vertrauensbruch war die Krönung eines Katastrophenjahres. Er fühlte sich so einsam, dass es körperlich weh tat. Nachts um drei legte er sich wieder ins Bett, lag noch eine Zeitlang wach. Nach einer halben Stunde setzte die Wirkung des Alkohols endlich ein und schickte ihn in einen unruhigen Schlaf.

Um acht war er wach. Mit zwei Kopfschmerztabletten versuchte er seinen dröhnenden Kopf ruhig zu stellen. Im Radio hörte er, dass die *Gesellschaft für deutsche Sprache* den Begriff ›Stresstest‹ zum Wort des Jahres gewählt hatte. Ivan glaubte, nicht richtig zu hören. ›Stresstest‹ als Wort des Jahres. Als hätte *er* darüber entschieden. Aus seiner Sicht ging diese Wahl völlig in Ordnung. Das ganze Jahr war für ihn ein Stresstest, den er letztlich nicht bestanden hatte. Dem Stress nicht gewachsen, diesem Leben nicht mehr gewachsen. Er schaltete das Radio aus. So viel Ironie des Schicksals konnte er an diesem Morgen noch nicht ertragen. Er wollte sich allmählich in Stimmung bringen, entschied sich für eine frühe Portion *Laibach* aus den Lautsprechern. »Es gibt ein Leben vor dem Tod«, skandierte der Sänger.

Um die Mittagszeit war er bereit, feste Nahrung zu sich zu nehmen. Als er den Kühlschrank öffnete, fiel ihm ein, dass das seine Henkersmahlzeit sein könnte. Allzu groß war das Angebot an Essen nicht. Außer Joghurt, Quark und Wurst war kaum etwas da. Im Küchenschrank hatte er noch verschiedene Pasta. Aber er wollte keine Spaghetti als letzte Mahlzeit. Er zog seine Jacke an, kaufte beim Bäcker zwei Franzbrötchen und ging wieder zurück in seine Wohnung. Er stellte seine Espressokanne auf die Herdplatte und eine Kerze auf den Tisch. Er konnte sich nicht erinnern, von sich aus jemals Kerzenlicht zum Essen beigesteuert zu haben. Aber heute war kein gewöhnlicher Tag. Wenn es Franzbrötchen zum Mittagessen gab, konnte es kein gewöhnlicher Tag sein. Zum ersten süßen Stückchen trank er nicht nur starken Espresso, sondern auch Sekt. Schon morgens um zehn Uhr hatte er die Flasche geöffnet und war inzwischen beim vierten Glas angekommen. Franzbrötchen und Sekt – eine gute Kombination, fand er.

Jetzt fühlte er sich beschwingt genug für entschiedene Taten. Er zog die Schublade seines Esstischs auf, holte die Pistole heraus, nahm die Munition in die Hand und begann, die Waffe zu laden. Er legte die Pistole wieder zurück in die Schublade. Sie war ihm nicht geheuer, er wollte sie nicht in seiner Nähe haben – noch nicht.

In seiner Wohnung bereitete Ivan alles auf seinen Abgang vor. Er spülte das Geschirr ab, legte das Testament auf den Esstisch, daneben einen kurzen Abschiedsbrief, in dem er in einigen Sätzen beschrieb, was ihn zu diesem Schritt bewog.

Um zwei Uhr nachmittags hatte er die Flasche Sekt geleert. Noch war es zu früh, in die Redaktion zu fahren. Er wollte dort erst eintreffen, wenn die Konferenz bereits lief. In Gedanken ging er die Pläne für seine Racheaktion nochmals durch. Er war sich unschlüssig, was er an seinem letzten Tag anziehen sollte. Auf keinen Fall wollte er sich wie viele junge Amokläufer kleiden, die ganz in schwarz auftraten, weshalb ›Schwarz‹ oft als die Farbe der Desillusionierten und Rächer interpretiert wurde. Ein Desillusionierter war er zwar auch. Aber er sah sich überhaupt nicht in einer Reihe mit diesen Attentätern, die erbarmungslos auf alles schossen, was ihnen in die Quere kam. Letztlich entschied er sich für ganz normale Klamotten. Jeans, blaue Daunenjacke, graue Wollmütze.

Um drei verstaute er die Pistole in seiner Laptoptasche und verließ das Haus. Dieser Dezembertag war an Trostlosigkeit kaum zu überbieten. Nieselregen, nasskalt, Schneematsch auf dem Bürgersteig. Ivan hatte noch etwas Zeit, bis seine Bahn fuhr. Er schlenderte durch St. Pauli, an einigen Kneipen und Bars vorbei, in denen er viele Stunden seines Hamburg-Lebens verbracht hatte. Die Flasche Sekt machte ihm ein wenig zu schaffen, da er kaum etwas gegessen hatte. Nur ein Franzbrötchen, das zweite hatte er in seiner Jackentasche. Er war angetrunken, aber sehr entschlossen. Die enthemmende Wirkung des Alkohols würde ihm helfen, sein Vorhaben umzusetzen. Viertel nach drei stieg er in die Regionalbahn Richtung Jenfeld.

Eine halbe Stunde später ging er die Treppenstufen zu den Redaktionsräumen hoch. Die anderen Etagen waren an diesem Freitagnachmittag verwaist, da die meisten Abteilungen schon bei der *Studio Hamburg*-Weihnachtsfeier in einem anderen Gebäudekomplex waren. Ivans Kollegen wollten später dazu stoßen, wenn sie ihre Arbeiten für die aktuelle Sendung abgeschlossen hatten. Der Eingangsbereich der Redaktion war nicht besetzt, offensichtlich saßen alle in der Sitzung. Er nahm sein Smartphone, steckte sich einen Stöpsel des Kopfhörers ins linke Ohr und startete den ersten *Laibach*-Song ›Alle gegen alle‹. Das rechte Kopfhörer-Kabel ließ er herunter hängen, um noch mitzukriegen, was um ihn herum passierte.

Dann zog er die Pistole aus seiner Tasche, ging zum Konferenzraum, stellte sich in den Türrahmen. Die entgeisterten Gesichter der Kollegen stärkten seine Entschlossenheit. In diesem Augenblick war er überzeugt, das Richtige zu tun.

»Sitzen bleiben«, rief er in die Runde seiner Kollegen. In ihren Gesichtern sah er Fassungslosigkeit und Angst. Als Unruhe aufkam, schloss Ivan die Tür ab und steckte den Schlüssel in seine Hosentasche.

Huber ergriff vorsichtig das Wort: »Ivan, bitte, nimm die Waffe …«

»Schnauze«, fiel ihm Ivan ins Wort.

Wienhold saß zusammen gesunken in seinem Stuhl, vermied jeglichen Blickkontakt, starrte verstört auf den Tisch. Ivan stand inzwischen hinter Huber, schob den Lauf der Pistole vom Nacken den Hinterkopf hoch – und wieder zurück. Das wiederholte er einige Male. Ivan genoss die Verzweiflung, die er an Hubers Zittern deutlich spürte. Von Huber ging er weiter zu Krattenhals, der trotz seiner zwei Meter Körpergröße hilflos wirkte.

Ivan drehte sich wieder in Richtung Huber, schritt an diesem vorbei auf Wienhold zu. Aus dem Kopfhörer dröhnte *Laibach*: »Unsere Schreie sind so laut. Unser Tanz ist so wild. Ein neuer böser Tanz. Alle gegen alle.« Plötzlich ein lauter Schrei Wienholds, nachdem ihm Ivan den Pistolengriff auf den Hinterkopf geschmettert hatte. Blut lief aus der Wunde. »Ruhe«, brüllte er ihm ins Ohr. Ivan legte – an die Kollegen gewandt – den Zeigefinger seiner linken Hand auf den Mund. Nur das unterdrückte Stöhnen von Wienhold war noch zu hören. Ivan war zufrieden, alles lief nach Plan.

Silvia Hornig, die Redaktionsassistentin, wagte ein vorsichtiges, flehendes »Ivan, bitte, komm zur Vernunft«. Er wiederholte die Geste mit dem Zeigefinger auf dem Mund, um die unterbrochene Stille zurück zu bekommen. Silvia schwieg sofort. Eben noch schauten alle gespannt zu Ivan herüber. Nun huschten ihre Blicke schnell von ihm weg, verloren sich an der Wand oder auf der Tischoberfläche.

Er ging langsam im Kreis um den runden Konferenztisch herum, auf dem wegen Silvias Geburtstag Sektflaschen, Gläser und ein großer Teller mit Häppchen standen. Hier saßen sie jetzt alle, die ihn in den letzten Monaten ins Verderben laufen ließen. Manche waren stärker, manche weniger involviert. Aber niemand hatte ihn wirklich unterstützt. Welche Verleumdung auch immer über ihn kursierte, alle amüsierten sich mit, anstatt sich von den Diffamierungen durch Desinteresse zu distanzieren. Am meisten enttäuschten ihn Leute wie Peter Nodrum, diese vermeintlich kritischen Zeitgenossen, die sich als jämmerliche Mitläufer entpuppten.

Ivans Entschlossenheit schockierte alle. So kannte ihn niemand, ihn, der sonst eher zurückhaltend und leise auftrat. Die Art, wie er den ganzen Raum zum Schweigen brachte, wie er Huber eingeschüchtert und Wienhold verletzt hatte, beeindruckte sie alle. Niemand traute sich, etwas zu sagen oder sich zu bewegen. Nur Maltes Winseln störte die Stille. Als Ivan wieder hinter Huber stand, sang er laut den Refrain des gespenstischen *Laibach*-Sounds mit, den er per Smartphone hörte: »Es gibt ein Leben, es gibt ein Leben, es gibt ein Leben vor dem Tod.« Diese Zeilen zeigten Wirkung im Kreis der Redaktionsmitglieder. Pure Angst war in ihren Gesichtern zu lesen.

»Hände auf den Tisch« befahl er Huber, der sie sofort flach neben seinen Laptop legte. Ivan schlug mit voller Wucht den Pistolengriff auf zwei Finger der rechten Hand seines Chefs, der sich vor Schmerzen krümmte. Das Geräusch bei diesem Schlag war so eindeutig, dass jedem klar war, dass Knochen gebrochen waren. Ivan genoss die Macht über die Kollegen, staunte, wie schnell aus dem Hilflosen der Dominante werden konnte. Und das alles wegen dieser kleinen Waffe. Silvia traute sich nun ein zweites Mal, ihn anzusprechen. »Ivan, bitte, hör auf.« Aber wieder legte er nur den Zeigefinger auf den Mund, um sie um Ruhe zu bitten.

Er holte aus und schlug mit dem Pistolengriff hart auf Hubers Schädel. Der kleine Mann schrie wieder laut auf, übertönte jetzt das Jammern Wienholds, der sich noch immer den Kopf hielt. Ivan ging näher auf ihn zu, um dessen Wehklagen deutlicher hören zu können. »Alles okay bei dir, Malte?«, fragte er den Kollegen, der sich nicht traute, zu antworten. Ivan blieb hinter ihm stehen und steckte ihm den Pistolenlauf fest in den Nacken. Wienhold zuckte zusammen, hörte auf zu jammern, schien auf einen Schuss zu warten. »Nicht schießen«, flehte er Ivan an. »Warum nicht?«, schrie dieser. Wienhold verstummte sofort. Ivan fiel es überhaupt nicht schwer, ihm Schmerzen zuzufügen. Er hasste ihn, wie man nur hassen konnte. »Dem größten Sportreporter aller Zeiten geht es wohl nicht so gut«, flüsterte Ivan ihm ins Ohr.

Auf seinem Smartphone liefen inzwischen die letzten Sekunden des *Laibach*-Songs *Leben – Tod.* Dann kam aus dem Kopfhörer nur noch Stille. Das war für Ivan das Zeichen, seine Show allmählich zu beenden. Er nahm die Pistole von Wienholds Hinterkopf, fuhr damit über dessen Gesicht, den Rücken hinunter bis auf seinen rechten Oberschenkel – und drückte ab. Da die Waffe direkt auf dem Bein auflag, klang der Schuss gedämpft. Dennoch gaben fast alle im Raum einen kurzen Aufschrei des Entsetzens von sich. Wienhold brüllte vor Schmerzen, während Ivan die Waffe jetzt schnell auch auf dem linken Oberschenkel aufsetzte – und ein zweites Mal abdrückte.

»Alle Handys auf den Tisch legen«, forderte Ivan und sammelte eines nach dem anderen ein. Er ging zur Tür, wandte sich mit einem letzten Blick an die Redaktionsmitglieder. »Ich möchte mich bei euch allen noch für die letzten Monate bedanken. Vor allem für eure überragende Kollegialität. Bevor ich endgültig abhaue, wollte ich noch ein paar Spuren hinterlassen. Das dürfte ja gelungen sein. Ich verlasse jetzt diesen Raum und sitz noch eine Zeitlang draußen auf dem Flur. Wer in der nächsten halben Stunde raus kommt, wird erschossen. Silvia hat ja vorgesorgt, dass ihr weder verhungert noch verdurstet. Ihr könnt ja noch auf mich anstoßen.«

Ivan schloss die Tür auf und von außen wieder ab. Er verließ schnell das Gebäude. Draußen warf er die Handys der Kollegen in einen Mülleimer, hielt ein Taxi an und ließ sich zum Hafen fahren. Er war gelöst, befreit, fühlte sich gut. Auf der Fahrt dachte er an die letzten Minuten, an die entsetzten Gesichter, ihre Verzweiflung. Bei den Landungsbrücken stieg er aus dem Taxi und ging die Willi-Bartels-Treppe hoch. Oben setzte er sich auf eine der Bänke, von denen aus man sonst den weiten Blick auf die Elbe genießen konnte. Jetzt, da es um fünf schon dunkel war, schaute er auf das Lichtermeer im Hafen.

Alles kam ihm irreal vor. Soeben hatte er eine gesamte Redaktion mit einer Waffe bedroht, zwei der Kollegen verletzt – und jetzt saß er an der Elbe und genoss die frische Meeresbrise. Auf seinem Smartphone suchte er nach passender Musik, wählte *Lana del Reys* ›Born to die‹. Er ließ sich von der Schwermut dieses Liedes treiben, dachte an sein verpfuschtes Leben. Und erinnerte sich daran, warum er seine Attacke auf die Redaktion ausgerechnet an diesem 16. Dezember durchgeführt hatte. Er nahm seine Geldbörse aus der Innentasche seiner Jacke, zog das Ultraschallbild heraus, das ihm Anna vor einem halben Jahr gegeben hatte. Heute wäre der errechnete Geburtstag ihres gemeinsamen Kindes gewesen. Dass es nicht zur Welt kam, dafür machte er Wienhold verantwortlich. Und Huber, der alles mit angesehen hatte, ohne einzugreifen. Deshalb die Rache an diesen beiden genau an diesem Tag. Das war vielleicht etwas pathetisch, gestand sich Ivan ein. Aber angesichts dieses Verlusts hielt er ein wenig Pathos nicht für unangebracht.

»Choose your last words, this is the last time«, hauchte ihm *Lana del Rey* ins Ohr. Die Traurigkeit ihrer Stimme überwältigte ihn in diesem Augenblick, in dem ihm sein Leben aus den Fingern glitt. Er griff in seine Tasche und zog die Pistole heraus, um den zweiten Teil seines Plans umzusetzen. Den ersten hatte er in der Redaktion bereits erledigt, nun wollte er den Rest hinter sich bringen. »Cause you and I, we were born to die.« Er setzte die Waffe an seine Stirn, presste sie fest an den Kopf, dachte an vieles, dachte an nichts, senkte den Arm wieder und stoppte die Musik. Er wollte nicht schiessen, konnte nicht schiessen.

Er startete die Musik von neuem. Seine Einsamkeit fühlte sich unendlich an. Er schloss die Augen, dachte kurz an Anna, sog die Melancholie der Musik auf. Ihm fehlte der Mut für den zweiten Teil des Plans. Er nahm das Franzbrötchen aus seiner Jackentasche, zog es aus der Papiertüte und warf es in die Luft. Wie beim Tontaubenschiessen versuchte er, es zu treffen. Aber der Schuss verfehlte das süße Stück. Genug geballert, dachte sich Ivan, und warf die Pistole in die nahe gelegene Hecke.